你能把你的心安静下来吗？

孤单又灿烂的人生

徐迟 著

北京联合出版公司
Beijing United Publishing Co.,Ltd.

Contents
目录

第一章　独自生长

人的一生可以如此之简单而馥郁，
又如此之孤独而芬芳。

第二章　人间好风月

从前这里用金钱来赌博，现在他们却以生命来赌博了。

第三章　在路上的人

永远绕着真理的枢轴而转动，虽在人间，也如同生活在天堂里了。

第四章　孤桐、乔木与幽兰

我们不是孤独的。我们从来没有孤独过。

第五章　此生未完成

——《荷马史诗》选译

人之所需，并不是要做些事，而是要有所为，或是说，需有所是。

第一个人生

撒种的人生

第一章

◇

独自生长

人的一生可以如此之简单而馥郁，
又如此之孤独而芬芳。

《瓦尔登湖》节选

一个湖是风景中最美、最有表情的姿容。它是大地的眼睛；望着它的人可以测出他自己的天性的深浅。湖所产生的湖边的树木是睫毛一样的镶边，而四周森林蓊郁的群山和山崖是它的浓密突出的眉毛。

站在湖东端的平坦的沙滩上，在一个平静的九月下午，薄雾使对岸的岸线看不甚清楚，那时我了解了所谓“玻璃似的湖面”这句话是什么意思了。当你倒转了头看湖，它像一条最精细的薄纱张挂在山谷之上，衬着远处的松林而发光，把大气的一层和另外的一层隔开了。你会觉得你可以从它下面走过去，走到对面的山上，而身体还是干的，你觉得掠过水面的燕子很可以停在水面上。是的，有时它们俯冲到水平线之下，好像这是偶然的错误，继而恍然大悟。当你向西，望到湖对面去的时候，你不能不用两手来保护你的眼睛，一方面挡开本来的太阳光，同时又挡开映在水中的太阳光；如果，这时你能够在这两种太阳光之间，批判地考察湖面，它正应了那句话，所谓“波平如镜”了，其时只有一些掠水虫，隔开了同等距离，分散在全部的湖面，而由于它们在阳光里发出了最精美的想象得到的闪光来，或许，还会有一只鸭子在整理它自己的羽毛，或许，正如我已经说过的，一只燕子飞掠在水面上，低得碰到了水。还有可能，在远处，有一条鱼在空中画出了一个大约三四英尺的圆弧来，它跃起时一道闪光，降落入水，又一道闪光，有时，全部的圆弧展露了，银色的圆弧；但这里或那里，有时会漂着一枝蓟草，鱼向它一跃，水上便又激起水涡。这像是玻璃的溶液，已经冷却，但是还没有凝结，而其中连少数尘垢也还是纯洁而美丽的，像玻璃中的细眼。你还常常可以看到一片更平滑、更黝黑的水，好像有一张看不见的蜘蛛网把它同其余的隔开似的，成了水妖的栅栏，躺在湖面。从山顶下瞰，你可以看到，几乎到处都有跃起的鱼；在这样凝滑的平面上，没有一条梭鱼或银鱼在捕捉一个虫子时，不会破坏全湖的均势的。真是神奇，这简简单单的一件事，却可以这么精巧地显现，——这水族界的谋杀案会暴露出来——我站在远远的高处，看到了那水的扩大的圆涡，它们的直径有五六杆长。甚至你还可以看到水蝎（学名 Gyrinus）不停地在平滑的水面滑了四分之一英里；它们微微地犁出了水上的皱纹来，分出两条界线，其间有着很明显的漪澜；而掠水虫在水面上滑来滑去却不留下显明的可见痕迹。在湖水激荡的时候，便看不到掠水虫和水蝎了，显然只在风平浪静的时候，它们才从它们的港埠出发，探险似的从湖岸的一面，用短距离的滑行，滑上前去，滑上前去，直到它们滑过全湖。这是何等愉快的事啊。秋天里，在这样一个晴朗的天气中，充分地享受了太阳的温暖，在这样的高处坐在一个树桩上，湖的全景尽收眼底，细看那圆圆的水涡，那些圆涡一刻不停地刻印在天空和树木的倒影中间的水面上，要不是有这些水涡，水面是看不到的。在这样广大的一片水面上，并没有一点儿扰动，就有一点儿，也立刻柔和地复归于平静而消失了，好像在水边装一瓶子水，那些战栗的水波流回到岸边之后，立刻又平滑了。一条鱼跳跃起来，一个虫子掉落到湖上，都这样用圆涡，用美丽的线条来表达，仿佛那是泉源中的经常的喷涌，它的生命的轻柔的搏动，它的胸膛的呼吸起伏。那是欢乐的震抖，还是痛苦的战栗，都无从分辨。湖的现象是何等的和平啊！人类的工作又像在春天里一样的发光了。是啊，每一树叶、丫枝、石子和蜘蛛网在下午茶时又在发光，跟它们在春天的早晨承露以后一样。每一支划桨的或每一只虫子的动作都能发出一道闪光来，而一声桨响，又能引出何等的甜蜜的回音来啊!

在这样的一天里，九月或十月，瓦尔登是森林的一面十全十美的明镜，它四面用石子镶边，我看它们是珍贵而稀世的。再没有什么像这一个躺卧在大地表面的湖沼这样美，这样纯洁，同时又这样大。秋水长天。它不需要一个篱笆。民族来了，去了，都不能玷污它。这一面明镜，石子敲不碎它，它的水银永远擦不掉，它的外表的装饰，大自然经常地在那里弥补；没有风暴，没有尘垢，能使它常新的表面黯淡无光；——这一面镜子，如果有任何不洁落在它面上，马上就沉淀，太阳的雾意的刷子常在拂拭它，——这是光的拭尘布，——呵气在上，也留不下形迹，成了云它就从水面飘浮到高高的空中，却又立刻把它反映在它的胸怀中了。

空中的精灵也都逃不过这一片大水。它经常地从上空接受新的生命和新的动作。湖是大地和天空之间的媒介物。在大地上，只有草木是摇摆如波浪的，可是水自身给风吹出了涟漪来。我可以从一线或一片闪光上，看到风从那里吹过去。我们能俯视水波，真是了不起。也许我们还应该像这样细细地俯视那天空的表面，看看是不是有一种更精细的精灵，在它上面扫过。

到了十月的后半个月，掠水虫和水蝎终于不再出现了，严霜已经来到；于是在十一月中，通常在一个好天气里，没有任何东西在水面上激起涟漪。十一月中的一个下午，已经一连降落了几天的雨终于停止了，天空还全部都是阴沉沉的，充满了雾，我发现湖水是出奇的平静，因此简直就看不出它的表面来了，虽然它不再反映出十月份的光辉色彩，它却反映出了四周小山的十一月的阴暗颜色。于是我尽可能地轻轻静静，泛舟湖上，而船尾激起的微弱水波还一直延伸到我的视野之外,湖上的倒影也就曲折不已了。可是，当我望望水面，我远远地看到这里那里有一种微光，仿佛一些躲过了严霜的掠水虫又在集合了，或许是湖的平面太平静了，因此水底有涌起的泉源不知不觉也能在水面觉察到。划桨到了那些地方，我才惊奇地发现我自己已给成亿万的小鲈鱼围住，都只五英寸长；绿水中有了华丽的铜色，它们在那里嬉戏着，经常地升到水面来，给水面一些小小水涡，有时还留一些小小水泡在上面。在这样透明的、似乎无底的、反映了云彩的水中，我好像坐了氢气球而飘浮在空中，鲈鱼的游泳又是多么像在盘旋、飞翔，仿佛它们成了一群飞鸟，就在我所处的高度下，或左或右地飞绕；它们的鳍，像帆一样，饱满地张挂着。在这个湖中有许多这样的水族，显然它们要改进一下，在冬天降下冰幕，遮去它们的天光之前的那个短暂的季节，有时候那被它们激荡的水波，好像有一阵微风吹过，或者像有一阵温和的小雨点落下。等到我漫不经心地接近它们，它们惊慌起来，突然尾巴横扫，激起水花，好像有人用一根毛刷般的树枝鞭挞了水波，立刻它们都躲到深水底下去了。后来，风吹得紧了，雾也浓重了，水波开始流动，鲈鱼跳跃得比以前更高，半条鱼身已跳出水面，一下子跳了起来，成百个黑点，都有三英寸长。有一年，一直到十二月五号，我还看到水面上有水涡，我以为马上就会下大雨了，空中弥漫着雾，我急忙忙地坐在划桨的座位上，划回家去；雨点已经越来越大了，但是我不觉得雨点打在我的面颊上，其时我以为我免不了要全身湿透。可是突然间水涡全部没有了，原来这都是鲈鱼搅出来的，我的桨声终于把它们吓退到深水中去；我看到它们成群结队地消隐！这天下午我全身一直是干燥的呢。

一个大约六十年前常来湖边的老头儿，每每在黑暗笼罩了周围森林的时候前来告诉我，在他那个时代，有时湖上很热闹，全是鸭子和别的水禽，上空还有许多老鹰在盘旋。他是到这里来钓鱼的，用的是他在岸上找到的一只古老的独木舟。这是两根白松，中间挖空，钉在一起造成的，两端都削成四方形。它很粗笨，可是用了很多年，才全部浸满了水，此后也许已沉到湖底去了。他不知道这是属于哪个人的；或可以说是属于湖所有的。他常常把山核桃树皮一条条地捆起来，做成锚索。另外一个老年人，一个陶器工人，在革命以前住在湖边的，有一次告诉过他，在湖底下有一只大铁箱，还曾经看到过。有时候，它会给水漂到岸上来，可是等你走近去的时候，它就又回到深水去，就此消失了。听到那有关独木舟的一段话，我感到很有趣味，这条独木舟代替了另外一条印第安的独木舟，材料还是一样，可是造得雅致得多。原先那大约是岸上的一棵树，后来，好像倒在湖中，在那儿漂荡了一世代之久，对这个湖来说，真是再适当不过的船舶。我记得我第一次凝望这一片湖水的深处时，隐约看到有很多大树干躺卧在湖底，若非大风把它们吹折的，便是经砍伐之后，停放在冰上，因为那时候木料的价格太便宜了，可是现在，这些树干大部分都已经消失了。

我第一次划船在瓦尔登湖上的时候，它四周完全给浓密而高大的松树和橡树围起，有些山坳中，葡萄藤爬过了湖边的树，形成一些凉亭，船只可以在下面通过。形成湖岸的那些山太峻峭，山上的树木又太高，所以从西端望下来，这里像一个圆形剧场，水上可以演出些山林的舞台剧。我年纪轻一点的时候，就在那儿消磨了好些光阴，像和风一样地在湖上漂浮过，我先把船划到湖心，而后背靠在座位上，在一个夏天的上午，似梦非梦地醒着，直到船撞在沙滩上，惊动了我，我就欠起身来，看看命运已把我推送到哪一个岸边来了；那种日子里，懒惰是最诱惑人的事业，它的产量也是最丰富的。我这样偷闲地过了许多个上午。我宁愿把一日之计在于晨的最宝贵的光阴这样虚掷；因为我是富有的，虽然这话与金钱无关，我却富有阳光照耀的时辰以及夏令的日月，我挥霍着它们；我并没有把它们更多地浪费在工场中，或教师的讲台上，这我也一点儿不后悔。可是，自从我离开这湖岸之后，砍伐木材的人竟大砍大伐起来了。从此要有许多年不可能在林间的甬道上徜徉了，不可能从这样的森林中偶见湖水了。我的缪斯女神如果沉默了，她是情有可原的。森林已被砍伐，怎能希望鸣禽歌唱?

现在，湖底的树干，古老的独木舟，黑魆魆的四周的林木，都没有了，村民本来是连这个湖在什么地方都不知道的，却不但没有跑到这湖上来游泳或喝水，反而想到用一根管子来把这些湖水引到村中去给他们洗碗洗碟子了。这是和恒河之水一样的圣洁的水！而他们却想转动一个开关，拔起一个塞子就利用瓦尔登的湖水了！这恶魔似的铁马，那裂破人耳的鼓膜的声音已经全乡镇都听得到了，它已经用肮脏的脚步使沸泉的水混浊了，正是它，它把瓦尔登岸上的树木吞噬了；这特洛伊木马，腹中躲了一千个人，全是那些经商的希腊人想出来的！哪里去找呵，找这个国家的武士，摩尔大厅的摩尔人，到名叫“深割”的最深创伤的地方去掷出复仇的投枪，刺入这傲慢瘟神的肋骨之间?

然而，据我们知道的一些角色中，也许只有瓦尔登湖坚持得最久，最久地保持了它的纯洁。许多人都曾经被譬喻为瓦尔登湖，但只有少数几个人能受之无愧。虽然伐木的人已经把湖岸这一段和那一段的树木先后砍光了，爱尔兰人也已经在那儿建造了他们的陋室，铁路线已经侵入了它的边境，冰藏商人已经取过它一次冰，它本身却没有变化，还是我在青春时代所见的湖水；我反倒变了。它虽然有那么多的涟漪，却并没有一条永久性的皱纹。它永远年轻，我还可以站在那儿，看到一只飞燕坦然扑下，从水面衔走一条小虫，正和从前一样。今儿晚上，这感情又来袭击我了，仿佛二十多年来我并没有几乎每天都和它在一起厮混过一样，——啊，这是瓦尔登，还是我许多年之前发现的那个林中湖泊；这儿，去年冬天被砍伐了一个森林，另一座林子已经跳跃了起来，在湖边依旧奢丽地生长；同样的思潮，跟那时候一样，又涌上来了；还是同样水露露的欢乐，内在的喜悦，创造者的喜悦，是的，这可能是我的喜悦。这湖当然是一个大勇者的作品，其中毫无一丝一毫的虚伪！他用他的手围起了这一泓湖水，在他的思想中，予以深化，予以澄清，并在他的遗嘱中，把它传给了康科德。我从它的水面上又看到了同样的倒影，我几乎要说了，瓦尔登湖，是你吗？

这不是我的梦，
用于装饰一行诗；
我不能更接近上帝和天堂
甚于我之生活在瓦尔登湖。
我是它的圆石岸，
飘拂而过的风；
在我掌中的一握，
是它的水，它的沙，
而它的最深邃僻隐处
高高躺在我的思想中。

《瓦尔登湖》译本序

你能把你的心安静下来吗？如果你的心并没有安静下来，我说，你也许最好是先把你的心安静下来，然后你再打开这本书，否则你也许会读不下去，认为它太浓缩，难读，艰深，甚至会觉得它莫名其妙，臭知所云。

这个中译本的第一版是一九四九年在上海出版的。那时正好举国上下，热气腾腾。解放全中国的伟大战争取得了辉煌胜利，因此注意这本书的人很少。

但到了五十年代，在香港却有过一本稍稍修订了它的译文的，署名吴明实（无名氏）的盗印本，还一再再版，再版达六版之多。

这个中译本的在国内再版，则是在初版之后三十三年的一九八二年，还是在上海。经译者细加修订之后，由译文出版社出第二版的。这次印数一万三千册。几年前，《外国古典文学名著丛书》编委会决定，将它收入这套丛书，要我写一篇新序。那时我正好要去美国，参加一个“国际写作计划”，有了可能去访问马萨诸塞州的康科德城和瓦尔登湖了。在美国时，我和好几个大学的中外教授进行了关于这本书的交谈，他们给了我很多的帮助。于今回想起来，是十分感谢他们的。

对这第二版的译文我又作了些改进，并订正了一两处误译，只是这一篇新序却总是写不起来。一九八五年写了一稿，因不满意，收回重写。然一连几年，人事倥偬，新序一直都没有写出来。为什么呢？最近找了原因来，还是我的心没有安静下来。就是因为这个了，这回可找到了原因，就好办了。心真正地安静了下来，这总是可以做到的。就看你自己怎么安排了。为何一定要这样做？因为这本《瓦尔登湖》是本静静的书，极静极静的书，并不是热热闹闹的书。它是一本寂寞的书，一本孤独的书。它只是一本一个人的书。如果你的心没有安静下来，恐怕你很难进入到这本书里去。我要告诉你的是，在你的心静下来以后，你就会思考一些什么。在你思考一些什么问题时，你才有可能和这位亨利·戴维·梭罗先生一起，思考一下自己，更思考一下更高的原则。

这位梭罗先生是与孤独结伴的。他常常只是一个人。他认为没有比孤独这个伴儿更好的伴儿了。他的生平十分简单，十分安静。一八一七年七月十二日梭罗生于康科德城；就学并毕业于哈佛大学（1833—1837年）；回到家乡，执教两年（1838—1840年）。然后他住到了大作家、思想家拉尔夫·沃尔多·爱默生家里（1841—1843年），当门徒，又当助手，并开始尝试写作。到一八四五年，他就单身只影，拿了一柄斧头，跑进了无人居住的瓦尔登湖边的山林中，独居到一八四七年才回到康城。一八四八年他又住在爱默生家里；一八四九年，他完成了一本叫作《康科德河和梅里麦克河上的一星期》的书。差不多同时，他发表了一篇名为《消极反抗》（*On Civil Disobedience*）的极为著名的、很有影响的论文。按字面意义，这也可以译为“论公民的不服从权利”。后面我们还要讲到它。然后，到了一八五九年，我们的这本文学名著《瓦尔登湖》出版了。本书有了一些反响，但开始的时候并不大。随着时间的推移，它的影响越来越大。一八五九年，他支持了反对美国蓄奴制度的运动；当这个运动的领导人约翰·布朗竟被逮捕，且被判绞刑处死时，他发表了为布朗辩护和呼吁的演讲，并到教堂敲响钟声，举行了悼念活动。此后他患了肺病，医治无效，于一八六二年病逝于康城，终年仅四十四岁。他留下了《日记》三十九卷，自有人给他整理，陆续出版，已出版有多种版本和多种选本问世。

他的一生是如此之简单而馥郁，又如此之孤独而芬芳。也可以说，他的一生十分不简单，也毫不孤独。他的读者将会发现，他的精神生活十分丰富，而且是精美绝伦，世上罕见。和他交往的人不多，而神交的人可就多得多了。

他对自己的出生地，即马省的康城，深感自豪。康城是爆发了美国独立战争的首义之城。他说过，永远使他惊喜的是他“出生于全世界最可尊敬的地点”之一，而且“时间也正好合适”，适逢美国知识界应运而生的、最活跃的年代。在美洲大陆上，最早的欧洲移民曾居住的新英格兰六州，正是美国文化的发祥之地。而正是在马省的康城，点燃起来了美国精神生活的辉耀火炬。小小的康城，风光如画。一下子，那里出现了四位大作家：爱默生，霍桑，阿尔考特，和他，梭罗。一八三四年，爱默生定居于康城，曾到哈佛大学作了以“美国学者”为题的演讲。爱默生演讲，撰文，出书，宣扬有典型性的先知先觉的卓越的人，出过一本《卓越的人》，是他的代表作。他以先驱者身份所发出的号召，给了梭罗以深刻的影响。

梭罗大学毕业后回到康城，正好是他二十岁之时。一八三七年十月二十二日那天，他记下了他的第一篇日记：

“‘你现在在干什么？’他问，‘你记日记吗？’好吧，我今天开始，记下了这第一条。

“如果要孤独，我必须要逃避现在——我要我自己当心。在罗马皇帝的明镜大殿里我怎么能孤独得起来呢？我宁可找一个阁楼。在那里是连蜘蛛也不受干扰的，更不用打扫地板了，也用不到一堆一堆地堆放柴火。”

那个条文里面的“他”，那个发问的人就是爱默生。这真是一锤定了音的。此后，梭罗一直用日记或日志的形式来记录思想。日记持续了二十五年不断。正像卢梭写的《一个孤独的散步者的思想》一样，他写的也是一个孤独者的日记。而他之要孤独，是因为他要思想，他爱思想。

稍后，在一八三八年二月七日，他又记下了这样一条：

“这个斯多噶主义者（禁欲主义者）的芝诺（希腊哲人）跟他的世界的关系，和我今天的情况差不多。说起来，他出身于一个商人之家——有好多这样的人家呵！——会做生意，会讲价钱，也许还会吵吵嚷嚷，然而他也遇到过风浪，翻了船，船破了，他漂流到了皮拉乌斯海岸，就像什么约翰、什么汤麦斯之类的平常人中间的一个人似的。

“他走进了一家店铺子，而被色诺芬（希腊军人兼作家）的一本书（《长征记》）迷住了。从此以后他就成了一个哲学家。一个新生的日子在他的面前升了起来……尽管芝诺的血肉之躯还是要去航海呵，去翻船呵，去受风吹浪打的苦呵，然而芝诺这个真正的人，却从此以后，永远航行在一个安安静静的海洋上了。”

这里梭罗是以芝诺来比拟他自己的，并也把爱默生比方为色诺芬了。梭罗虽不是出身于一个商人之家，他却是出生于一个商人的时代，至少他也得适应于当时美国的商业化精神，梭罗的血肉之躯也是要去航海的，他的船也是要翻的，他的一生中也要遇到风吹和浪打的经历的，然而真正的梭罗却已在一个安安静静的海洋上，他向往于那些更高的原则和卓越的人，他是向往于哲学家和哲学了。

就在这篇日记之后的第四天，爱默生在他自己的日记上也记着："我非常喜欢这个年轻的朋友了。仿佛他已具有一种自由的和正直的心智，是我从来还未遇到过的。"过了几天，爱默生又在自己的日记里写："我的亨利·梭罗可好呢，以他的单纯和明晰的智力使又一个孤独的下午温煦而充满了阳光。"四月中，爱默生还记着："昨天下午我和亨利·梭罗去爬山，雾蒙蒙的气候温暖而且愉快，仿佛这大山如一座半圆形的大剧场，欢饮下了美酒一样。"

在爱默生的推动之下，梭罗开始给《日晷》杂志寄诗写稿了。但一位要求严格的编辑还多次退了他的稿件。梭罗也在康城学院里作了一次题为"社会"的演讲，而稍稍引起了市民的注意。到一八四一年，爱默生就邀请了梭罗住到他家里去。当时爱默生大肆宣扬他的唯心主义先验论，聚集了一班同人，就像办了个先验主义俱乐部似的。但梭罗并不认为自己是一个先验主义者。在一段日记中他写着："人们常在我耳边叮咛，用他们的美妙理论和解决宇宙问题的各种花言巧语，可是对我并没有帮助。我还是回到那无边无际，亦无岛无屿的汪洋大海上去，一刻不停地探测着、寻找着可以下锚，紧紧地抓住不放的一处底层的好。"

本来梭罗的家境比较困难，但还是给他上了大学，并念完了大学。然后他家里的人认为他应该出去闯天下了。可是他却宁可回家乡，在康城的一所私立中学教教书。之后不久，只大他一岁的哥哥约翰也跑来了。两人一起教书，哥哥教英语和数学，弟弟教古典名著、科学和自然史。学生们很爱戴他们俩。亨利还带学生到河上旅行，在户外上课、野餐，让学生受到以大自然为课堂，以万物为教材的生活教育。一位朋友曾称梭罗为"诗人和博物学家”，并非过誉。他的生活知识是丰富，而且是渊博的。当他孤独时，整个大自然成了他的伴侣。据爱默生的弟弟回忆，梭罗的学生告诉过他：当梭罗讲课时，学生们静静地听着，静得连教室里掉下一根针也能听得清楚。

一八三九年七月，一个十七岁的少女艾伦·西华尔来到康城，并且访问了梭罗这一家子。她到来的当天，亨利就写了一首诗。五天后的日记中还有了这么一句：“爱情是没有法子治疗的，唯有爱之弥甚之一法耳。”这大约就是为了艾伦的缘故写的。不料约翰也一样爱上了她，这就使事情复杂化了。三人经常在一起散步，在河上划船，登山观看风景，进入森林探险，他们还在树上刻下了他们的姓氏的首字。谈话是几乎没完没了的，但是这个幸福的时间并不长久。

这年春天，哥儿俩曾造起了一条船。八月底，他们乘船沿着康科德河和梅里麦克河上做了一次航行。在旅途上，一切都很好，只是两人之间已有着一些微妙的裂纹，彼此都未言明，实际上他们已成了情敌。后来约翰曾向她求婚而被她拒绝了。再后来，亨利也给过她一封热情的信，而她回了他一封冷淡的信。不久后，艾伦就嫁给了一个牧师。这段插曲在亨利心头留下了创伤。但接着发生了一件绝对意想不到的事。一八四二年的元旦，约翰在一条皮子上磨利他的剃刀片刀刃时，不小心划破了他的左手中指。他用布条包扎了，没有想到两三天后化脓了，全身胀痛不堪。赶紧就医，已来不及，他得了牙关紧闭症，败血病中之一种。他很快进入弥留状态。十天之后，约翰竟此溘然长逝了。突然的事变给了亨利一个最沉重的打击。他虽然竭力保持平静，回到家中却不言不语。一星期后，他也病倒了，似乎也是得了牙关紧闭症。幸而他得的并不是这种病，是得了由于心里痛苦引起来的心身病状态。整整三个月，他都在这个病中，到四月中他又出现在园子里了，才渐渐地恢复过来。

那年亨利写了好些悼念约翰的诗。在《哥哥，你在哪里》这诗中，他问道："我应当到哪里去／寻找你的身影？／沿着邻近的那条小河，／我还能否听到你的声音？"答复是他的兄长兼友人，约翰，已经和大自然融为一体了。他们结了绸缪，他已以大自然的容颜为他自己的容颜了，以大自然的表情表达了他自己的意念……大自然已取走了他的哥哥，约翰已成为大自然的一部分：从这里开始，亨利才恢复了信心和欢乐。他在日记中写着："眼前的痛苦之沉重也说明过去的经历的甘美。悲伤的时候，多么的容易想起快乐！冬天，蜜蜂不能酿蜜，它就消耗已酿好的蜜。"这一段时间里，他是在养病，又养伤；在蛰居之中，为未来作准备，在蓄势，蓄水以待开闸了放水，便可以灌溉大地。

在另一篇日记中，他说："我必须承认，若问我对于社会我有了什么作为，对于人类我已致送了什么佳音，我实在寒酸得很。无疑我的寒酸不是没有原因的，我的无所建树也并非没有理由的。我就在想望着把我的生命的财富献给人们，真正地给他们最珍贵的礼物。我要在贝壳中培养出珍珠来，为他们酿制生命之蜜。我要阳光转射到公共福利上来。我没有财富要隐藏。我没有私人的东西。我的特异功能就是要为公众服务。唯有这个功能是我的私有财产。任何人都是可以天真的，因而是富有的。我含蕴着，并养育着珍珠，直到它的完美之时。"

恢复健康以后的梭罗又住到了爱默生家里。稍后，他到了纽约，住在市里的斯丹顿岛上，在爱默生弟弟的家里。他希望能开始建立起他的文学生涯来。恰恰因为他那种独特的风格，并不是能被人、被世俗社会所喜欢的，想靠写作来维持生活也很不容易，不久之后，他又回到了家乡。有一段时间，他帮助他父亲制造铅笔，但很快他又放弃了这种尚能营利的营生。

于是到了一八四四年的秋天，爱默生在瓦尔登湖边买了一块地。当这年过去了之后，梭罗得到了这块土地的主人的允许，可以让他“居住在湖边”。终于他跨出了勇敢的一步，用他自己的话来说：

“一八四五年三月尾，我借来一柄斧子，走到瓦尔登湖边的森林里，到达我预备造房子的地方，开始砍伐一些箭矢似的、高耸入云而还年幼的白松，来做我的建筑材料……那是愉快的春日，人们感到难过的冬天正跟冻土一样地消融，而蛰居的生命开始舒伸了。”

七月四日，恰好那一天是独立日，美国的国庆，他住进了自己盖起来的湖边的木屋。在这木屋里，这湖滨的山林里，观察着，倾听着，感受着，沉思着，并且梦想着，他独立地生活了两年又多一点时间。他记录了他的观察体会，他分析研究了他从自然界里得来的音讯、阅历和经验。决不能把他的独居湖畔看作是什么隐士生涯。他是有目的地探索人生，批判人生，振奋人生，阐述人生的更高规律。并不是消极的，他是积极的。并不是逃避人生，他是走向人生，并且就在这中间，他也曾用他自己的独特方式，投身于当时的政治斗争。

那发生于一个晚上，当他进城去到一个鞋匠家中，要补一双鞋，忽然被捕，并被监禁在康城监狱中。原因是他拒绝交付人头税。他之拒付此种税款已经有六年之久。他在狱中住了一夜，毫不在意。第二天，因有人给他付清了人头税，就被释放。出来之后，他还是去到鞋匠家里，等补好了他的鞋，然后穿上它，又和一群朋友跑到几里外的一座高山上，漫游在那儿的什么州政府也看不到的越橘丛中——这便是他的有名的入狱事件。

在一八四九年出版的《美学》杂志第一期上，他发表了一篇论文，用的题目是《对市政府的抵抗》。在一八六六年（他去世已四年）出版的《一个在加拿大的美国人，及其反对奴隶制和改革的论文集》收入这篇文章时，题目改为《论公民的不服从权利》。此文题目究竟应该用哪一个，读书界颇有争论，并有人专门研究这问题。我国一般地惯用了这个《消极反抗》的题名，今承其旧，不再改变。文中，梭罗并没有发出什么政治行动的号召，这毋宁说正是他一贯倡导的所谓“更高的原则”中之一项。他认为政府自然要做有利于人民的事，它不应该去干扰人民。但是所有的政府都没有做到这一点，更不用说这个保存了奴隶制度的美国政府了，因此他要抗议和抵抗这一个政府，不服从这一个政府。他认为，如果政府要强迫人民去做违背良心的事，人民就应当有消极抵抗的权利，以抵制它和抵抗它。这篇《消极反抗》的论文，首先是给了英国工党和费边主义者以影响，后来又对于以绝食方式反对英帝国主义的印度圣雄甘地的“不合作运动”与“非暴力主义”有很大的作用，对于一九六〇年马丁·路德·金的争取民权运动也有很大的作用，对托尔斯泰的“勿以暴抗暴”的思想也有影响，以及对罗曼·罗兰也有一些影响。

梭罗是一生都反对蓄奴制度的，不止一次帮助南方的黑奴逃亡到自由的北方。在一八四五年的消极反抗之后，他还写过《马省的奴隶制》（1854年）一文，他和爱默生一起支持过约翰·布朗。一八五九年十月，布朗企图袭击哈泼斯渡口失败而被捕，十一月刑庭判处布朗以绞刑，梭罗在市会堂里发表了《为约翰·布朗请愿》的演说。布朗死后，当地不允许给布朗开追悼会时，他到市会堂敲响大钟，召集群众举行了追悼会。梭罗关于布朗的一系列文章和行动都是强烈的政治言行。

这期间，梭罗患上了肺结核症，健康明显地变坏。虽然去明尼苏达做了一次医疗性的旅行，但病情并无好转。他自知已不久人世了。在最后的两年里，他平静地整理日记手稿，从中选出一些段落来写成文章，发表在《大西洋月刊》上。他平静安详地结束了他的一生，死于一八六二年五月六日，未满四十五岁。

梭罗生前，只出版了两本书。一八四九年自费出版了《康科德河和梅里麦克河上的一星期》，这书是他在瓦尔登湖边的木屋里著写的，内容是哥儿俩在两条河上旅行的一星期中，大段大段议论文史哲和宗教等等。虽精雕细刻，却晦涩难懂，没有引起什么反响。印行一千册，只售出一百多册，送掉七十五册，存下七百多册，在书店仓库里放到一八五三年，全部退给作者了。梭罗曾诙谐地说，我家里大约藏书九百册，自己著的书七百多册。

他的第二本书就是《瓦尔登湖》了，于一八五四年出版。也没有受到应有的注意，甚至还受到詹姆斯·洛厄尔[①]以及罗勃特·路易斯·斯蒂文生[②]的讥讽和批评。但乔治·艾略特在一八五六年元月，却在《西敏寺周报》上给他以“深沉而敏感的抒情”和“超凡入圣”的好评。那些自以为是的，只知道要按照他们的规范来规规矩矩地生活的人，往往受不了他们毫不理解的事物的价值，自然要把梭罗的那种有历史意义的行为，看作不切实际

---

① 詹姆斯·洛厄尔：又译詹姆士·拉塞尔·洛威尔（Robert Lowell，1819—1891），美国作家、批评家、编辑及外交官。代表作有《比格罗诗稿》（*The Biglow Papers*）。（本书中所有注释均为编者注）

② 罗勃特·路易斯·斯蒂文生：又译罗伯特·路易斯·史蒂文森（Robert Louis Stevenson，1850—1894），英国作家。代表作有《金银岛》《化身博士》《绑架》《卡特丽娜》等。

的幻梦虚妄了。

随着时光的流逝，这本书的影响是越来越大，业已成为美国文学中的一本独特的卓越的名著。他一生所写的三十九卷手稿，是他的日记或日志，其中记录着他的观察、思维、理想和信念。他在世时的，在报刊上发表过的文章，他去世后已收集、整理好，出版了的计有《旅行散记》（1863年）、《缅因森林》（1864年）、《科德角》（1865年）三种。他的全集出版有《梭罗文集》，有一九〇六年的和一九七一年的两种版本。此外是他的日记，有《梭罗：一个作家的日记》、《梭罗日记》两卷本、《梭罗日记之心》的精选本等。

以上只是梭罗生平的一个简单的介绍。下面再说一点他的这本书。

对于《瓦尔登湖》，不须多说什么，只是还要重复一下，这是一本寂寞、恬静、智慧的书。其分析生活，批判习俗，有独到处。

自然颇有一些难懂的地方，作者自己也说过，“请原谅我说话晦涩”。例如那失去的猎犬、栗色马和斑鸠的寓言，爱默生的弟弟爱德华问过是什么意思。他反问：“你没有失去吗？”却再也没有回答了。有的评论家说，梭罗失去过一个艾伦（斑鸠）、一个约翰（猎犬），可能还失去了一个拉尔夫（栗色马）。谁个又能不失却什么呢？

本书内也有许多篇页是形象描绘，优美细致，像湖水的纯洁透明，像山林的茂密翠绿；有一些篇页说理透彻，十分精辟，有启发性。这是一百多年以前的书，至今还未失去它的意义。在白昼的繁忙生活中，我有时读它还读不进去，似乎我异常喜欢的这本书忽然又不那么可爱可喜了，似乎觉得它什么好处也没有，甚至弄得将信将疑起来。可是黄昏以后，心情渐渐地寂寞和恬静下来，再读此书，则忽然又颇有味，而看的就是白天看不出好处辨不出味道的章节，语语惊人，字字闪光，沁人心肺，动我衷肠。到了夜深人静、万籁无声之时，这《瓦尔登湖》毫不晦涩，清澄见底，吟诵之下，不禁为之神往了。

应当指出，这本书是一本健康的书，对于春天，对于黎明，作了极其动人的描写。读着它，自然会体会到，一股向上的精神不断地将读者提升、提高。书已经摆在读者面前了，我不必多说什么了，因为说得再好，也比不上读者直接去读了。

人们常说，作家应当找一个僻静幽雅的去处，去进行创作；信然，然而未必尽然。我反而认为，读书确乎需要一个幽静良好的环境，尤其读好书，需要的是能高度集中的精神条件。读者需要一个朴素淡泊的心地。读《瓦尔登湖》如果又能引起读者跑到一个山明水秀的、未受污染的地方去的兴趣，就在那样的地方读它，就更是相宜了。

梭罗的这本书近年在西方世界更获得重视。严重污染使人们又向往瓦尔登湖和山林的澄净的清新空气。梭罗能从食物、住宅、衣服和燃料，这些生活之必需出发，以经济作为本书的开篇，他崇尚实践，含有朴素的唯物主义思想。

译者曾得美国汉学家费正清先生暨夫人鼓励；译出后曾编入《美国文学丛书》，一九四九年出了第一版。一九八二年再版时，参考了香港吴明实的版本。译文出版社在第二版的编审过程中，对译文进行了一次全面的校订工作。对所有这些给过我帮助的人，就在这里，深致感谢。

莫干山露营记

我是最初在中学生时代读过《鲁滨逊漂流记》，读过《金银岛》，后来读过旅行部类的若干的奇异书籍。夏之际，又无意间读了一册木刻家（Rockwell Kent[①]）的日记：《在荒岛上》。我被唤起了远游的宿旧感似的，对这本书着了迷。接着，炎呵，桢呵，尤其是近来虽然很穷，然而又借到了钱的洋画家基，和兴，全给这本书迷上了。

于是，我们五人一般地成了汤姆、莎野式的顽童，幻想着撑一木筏，去系在钱塘江中的什么岛上去了。我们的梦幻无已，直到一个盛暑中的青色的手掌样的黎明。

“烟草够了吧？”

“仔细看看，你的画布呢？”

“讨厌！讨厌！刮胡子的刀子也没有带。你带了没有？”

“请你们鉴赏鉴赏我的朱丽叶小姐的手帕。”

小火轮向水路上前行而轰响着。我们的旅行真在幻梦之后开始了。诙谐的取笑，轻快的谈话，同时我们读着淡水的平凡的故事。我们来到的日

① Rockwell Kent：洛克威尔·肯特（1882—1971），美国20世纪最负盛名的版画家、插画家、油画家、航海家，1920年出版了由自己绘制插图的第一部书《荒原集》。

子幻想得比什么还美丽还喜悦。天气是盛暑，但我们并不觉得炎热，于是到了快进午餐的时候，就弃舟登陆了。我们到了湖州。

“告罪！告罪！”忽然炎这样说。河埠上出现了炎的恋人。我们本是五个人，原来只有四个是真实的同志呵。“我只能算作送行者了。”他吊着脸这么说。这个打击来得太突然了，连责备失信的炎也来不及。恍然的事，炎挟着他的恋人的手，摇动他鳗鱼一样的圆柱形的肚子，退出了，离开了。

木刻家先生，我们四个人，是你的教义的虔诚信徒。因为寻不到盐水的荒岛，到山峰与山峰间来了。我们所带来的是帆布的篷帐，寻求的是暑天的露营的生活，需要你做榜样。你说得很好，“这里，当想到我们及我们的世界，正是我们所悦的人物与风土之际，我们简直不大想到任何时代、任何文化与我们有多大的关系了，洛克威尔已成为穴居人，带了一柄石斧……”我们也异常的勇敢。今天吹来的风，是非常之磅礴的。洛克威尔先生呵，祝福我们吧。

在夕阳的山峰上扎营，我们不是木刻家（Woodcutter）而是伐竹者（Bamboocutter）。我们伐竹围起营地，埋锅造饭。全是未婚的汉子，仿佛是甜蜜的小家庭，过起第一夜来。木刻家铿锵的梦，给了我们精力、气魄，和舒服的睡眠！

“炎，这人太不老实了。”

“扫兴得很。”

“我们这几个人，如果有纪律约束，是不容他儿戏的。”

“我是狗一样忠实的。”我说。

我们占领荒山一角的第二天，早粥已准备好了：有鸡蛋、蜂蜜和咖啡。

画家的基立刻不见了；我却提着竹篮子，捧着装得饱饱的肚子直走下山去入市。在酱油瓶子里，买了酱油；酒瓶子里，买了酒；鸡二只，鱼一尾，牛肉一磅，洋葱六颗。村子里的早晨也是熙熙攘攘的。流出了汗来，走回了营地。四面是寂寂的峦山。

桢割着肉。

基回来了，小马一样喘着气。

“路走得太多了。”

“可不是。稍稍走动总要六七公里的样子。兴呢？”

记下我们的生活可不容易。这生活太愉快了！可是打击却又一连串地来到了。譬如，真倒霉呵，还没有感觉到什么，只是健康地过了两天而已，而在我第三天早上入市采办时，进了邮局一问，倒接了许多信件和报纸，内中有一封可是快信。桢拆阅。阅过后，他朗读起来了：“快邮代电，兹事又生纠葛，请速驾回来。”原来桢是很忙碌的人。忙人，生什么幻想！真正是没有办法，也应该原谅他。他忠忠实实吃了午饭后的水果，便提了小箱子说他也只好走了。

我们只有三个了。太荒凉了吧，只有三个人了。放纵的眼光却看得见许多山下的弹丸似的城市。但兴却怪起劲地报告给我们听：“明天有客来，明天有客来了！”他也接了信。可是我们问：“谁是你的客人？”他一声不响地走到山的泉水边上去出神了。

没有造过饭的人，只知道叱责厨师的手段不高明的人，请他们自己造一次饭，就会知道这不是容易的事。而且，午饭又没有柴火了。几十斤柴只烧四天便完了。兴出去偷柴去，不知他从何处偷来的，今天够用了。我轮流运用左右两手砍柴。结果，洋画家烧出了他家乡的古怪的饭来。

我用木条搭了书架。这是我们布置一个比较幽雅的营地的成绩。我们本想造木房子。这究竟不大容易。但是艺术家做了露天椅，还画了鹤的嘴，恰好是椅靠。如此我们已经开始得到舒服了。运动是绝不会缺少的，我们在竹林的婀娜的腰肢上，模仿人猿泰山，爬上竹枝的颈子，脚荡着。等着竹竿挂下来，我们已经到地上了。

日子无忧无虑地过得很欢了。

“失败，失败！”

“什么失败呵？”

“云海是可以画的，瀑布是可以画的，那些远处的避暑山庄的亭台楼阁是可以画的。画梁画了朱红色，堡垒似的石岩画了赭色，可是竹枝？竹画青色，不错。可是……竹枝……”

“竹枝怎么了？”

“毕加索也画不出这样的一球一球的满山的竹林呵！”

“哦！得了，有你的信件。”邮政对于我们真不是什么祝福：走了一个桢了，现在又要走掉一个基了。荒山对我们尽管是很和婉的，可是我们对它并不很忠实呢。白云冉冉在半山，发射一团团的怒火，远处的亭台楼阁，一时在云里消失不见了，一时又和云的颜色比赛似的耀眼。

“哇！我的弟弟！糟糕，糟糕！是怎么一回事？自杀了吧，唉！”

客来了，洋画家去了。于是，最简单的算术，剩下了兴和我是两个人，如果再加上一个客人是几个呢？

什么客人？来的却是一个姑娘，兴的情人来了呢！山岩的布景前，就有了恋爱的场景。我兼了导演和摄影师，一张张地，歌舞剧似的，给他们摄了影还唱了歌曲，还有许多的装腔作势。一会儿，这一对恋人不见了。

去了一个，又来了一个，还是三个。但是我也忽被冷落了。我只有窥视恋人们的举止。两个又不见了，剩下了几个呢？

月亮出来了。恋人们踏月去啦。嗯！

我的心空虚极了。我孤独极了。一盏豆火之下，燃了烟，斟了茶，月呵，香呵，微风呵，全来做客了。我到底是个社会的动物呵，叫我离群索居，那我不能习惯。现在是只有这个我。人家全跑了。有的为这，有的为那，而差不多都跑掉了。至于有谁个是追逐形骸之外的人物，也许他肯在竹林下过方士生活的吧。我们忘记了我们的入荒山的动机了吗？我竟然厉声问我自己，你要在此悟道吗？你要在此参禅吗？

“爱情呵！”我的思想这样的孤独！我的梦想老远地走入山的那面，老远的海的那边，老远老远的。恋人们踏月去了。我抛弃了营地，也踏月去。在避暑山庄的一个人家，和半熟的老年人风风雅雅地弈棋。

弈棋是消磨时间了，我的心反不静。我一连战败了三局。

次日，又是青色的黎明。实在，荒山是有一个灵魂的，我又安于这个灵魂了。在瀑布下洗过澡，我在竹林的下面见到兴。兴忘记了我们初时的志愿，忘记了我，他也要下山了。这是恋人的命令：下山到钱塘江边，西子湖上去。

呸！绿色的车，芦苇的棚，他们俩，双双地，走下山去了，流着他们的婉娈的汗。现在我才是真真的孤独了。

接连了的三分的段落的断崖，白色的瀑布狂想地冲了下来。我洗了朱丽叶的手帕。一个人，活不了。活了一天，苦闷着。

桢走了，留下他的铺盖、笛子、箱子；基走了，留下他的铺盖，他的画具、箱子。兴走了，留下他的铺盖、箱子，和我这个寂寥的人。

看看要饿肚子了，我也走了，行李、帆布营装、行灶、锅碗，笨重已极。而炎的鳗鱼样的肚子，突着，又在我的藏有《鲁滨逊漂流记》《金银岛》和无数旅行记的《在荒岛上》的书斋里了。

“很快活吧，我在羡慕你们呢。我真羡慕你们呵！”

“不用说了，我算是上了那个木刻家的当了，五个人之中只我一个人是狗一样的忠实的。算了，算了吧！”

黄山记

一

大自然是崇高、卓越而美的。它煞费心机，创造世界。它创造了人间，还安排了一处胜境。它选中皖南山区。它是大手笔，用火山喷发的手法，迅速地，在周围一百二十公里，面积千余平方公里的一个浑圆的区域里，分布了这么多花岗岩的山峰。它巧妙地搭配了其中三十六大山峰和三十六小峰。高峰下临深谷；幽潭傍依天柱。这些朱砂的、丹红的、紫霭色的群峰，前拥后簇，高矮参差。三个主峰高风峻骨，鼎足而立，撑起青天。

这样布置后，它打开了它的云库，拨给这区域的，有倏来倏去的云、扑朔迷离的雾、绮丽多彩的霞光、雪浪滚滚的云海。云海五座，如五大洋，汹涌澎湃。被雪浪拍击的山峰，或被吞没，或露顶巅，沉浮其中。然后，大自然又毫不悭吝地赐予几千种植物。它处处散下了天女花和高山杜鹃。它还特意委托风神带来名贵的松树树种，播在险要处。黄山松铁骨冰肌，异萝松天下罕见。这样，大自然把紫红的峰、雪浪云的海、虚无缥缈的雾、苍翠的松，拿过来组成了无穷尽的幻异的景。云海上下，有三十六源，二十四溪、十六泉，还有八潭、四瀑。一道温泉，能治百病。各种走兽之外，又有各种飞禽。神奇的音乐鸟能唱出八个乐音。稀世的灵芝草，有珊瑚似的肉芝。作为最高的效果，它格外赏赐了只属于幸福的少数人的、极罕见的摄身光。这种光最神奇不过。它有彩色光晕如镜框，中间一明镜可显见人形。三个人并立峰上，各自从峰前摄身光中看见自己的面容身影。

这样，大自然布置完毕，显然满意了，因此它在自己的这件艺术品上，最后三下两下，将那些可以让人从人间通入胜境去的通道全部切断，处处悬崖绝壁，无可托足。它不肯随便把胜境给予人类。它封了山。

二

鸿蒙以后多少年，只有善于攀援的金丝猴来游。以后又多少年，才来了人。第一个来者黄帝，一来到，黄山命了名。他和浮丘公、容成子上山采药。传说他在三大主峰之一，海拔一千八百四十公尺的光明顶之旁，炼丹峰上，飞升了。

又几千年，无人攀登这不可攀登的黄山。直到盛唐，开元天宝年间，才有个诗人来到。即使在猿猴攀登的地方，这位诗人也不愁。在他足下，险阻山道挡不住他。他是李白。他逸兴横飞，登上了海拔一千八百六十公尺的莲花峰，黄山最高峰的绝顶。有诗为证：丹崖夹石柱，菡萏金芙蓉。伊昔升绝顶，下窥天目松。李白在想象中看见，浮丘公引来了王子乔，“吹笙舞松风”。他还想“乘桥蹑彩虹”，又想“遗形入无穷”，可见他游兴之浓。

又数百年，宋代有一位吴龙翰，“上丹崖万仞之巅，夜宿莲花峰顶。

霜月洗空，一碧万里”。看来那时候只能这样，白天登山，当天回不去，得在山顶露宿，也是一种享乐。

可是这以后，元明清数百年内，大多数旅行家都没有能登上莲花峰顶。汪瓘以“从者七人，二僧与俱”，组成一支浩浩荡荡的登山队，“一仆前持斧斤，剪伐丛莽，一仆鸣金继之，二三人肩糗执剑戟以随。”他们只到了半山寺，狼狈不堪，临峰翘望，败兴而归。只有少数人到达了光明顶。登莲花峰顶的更少了。而三大主峰之中的天都峰，海拔只有一千八百一十公尺，却最险峻，从来没有人上去过。那时有一批诗人，结盟于天都峰下，称天都社。诗倒是写了不少，可登了上去的，没有一个。

登天都，有记载的，仅后来的普门法师、云水僧、李匡台、方夜和徐霞客。

三

白露之晨，我们从温泉宾馆出发。经人字瀑，看到了从前的人登山之途，五百级罗汉级。这是在两大瀑布奔泻而下的光滑的峭壁上琢凿出来的石级，没有扶手，仅可托足，果然惊险。但我们现在并不需要从这儿登山。另外有比较平缓的、相当宽阔的石级从瀑布旁侧的山林间，一路往上铺砌。我们甚至还经过了一段公路，只是它还没有修成。一路总有石级。装在险峻地方的铁栏杆很结实；红漆了，更美观。林业学校在名贵树木上悬挂小牌子，写着树名和它们的拉丁学名，像公园里那样的。

过了立马亭、龙蟠坡，到半山寺，便见天都峰挺立在前，雄峻难以攀登。这时山路渐渐地陡削，我们快到达那人间与胜境的最后边界线了。

然而，现在这边界线的道路全是石级铺砌的了，相当宽阔，直到天都峰趾。仰头看吧！天都峰，果然像过去的旅行家所描写的“卓绝云际”。他们来到这里时，莫不“心甚欲往”。可是“客怨，仆泣”，他们都被劝阻了。“不可上，乃止”，他们没上去。方夜在他的《小游记》中写道：“天都险莫能上。自普门师蹑其顶，继之者惟云水僧一十八人集月夜登之，归而几堕崖者已四。又次为李匡台，登而其仆亦堕险几毙。自后遂无至者。近踵其险而至者，惟余侣耳。”

那时上天都确实险。但现今我们面前，已有了上天的云梯。一条鸟道，像绳梯从上空落下来。它似乎是无穷尽的石级，等我们去攀登。它陡则陡矣，累亦累人，却并不可怕。石级是不为不宽阔的，两旁还有石栏，中间挂铁索，保护你。我们直上，直上，直上，不久后便已到了最险处的鲫鱼背。

那是一条石梁，两旁削壁千仞。石梁狭仄，中间断却。方夜到此，“稍栗”。我们却无可战栗，因为鲫鱼背上也有石栏和铁索在卫护我们。这也化险为夷了。

如是，古人不可能去的，以为最险的地方，鲫鱼背、阎王坡、小心壁等等，今天已不再是艰险的，不再是不可能去的地方了。我们一行人全到了天都峰顶。千里江山，俱收眼底；黄山奇景，尽踏足下。

我们这江山，这时代，正是这样，属于少数人的幸福已属于多数人。虽然这里历代有人开山筑道，却只有这时代才开成了山，筑成了道。感谢那些黄山石工，峭壁见他们就退让了，险处见他们就回避了。他们征服了黄山。断崖之间架上桥梁，正可以观泉赏瀑。险绝处的红漆栏杆，本身便是可羡的风景。

胜境已成为公园，绝处已经逢生。看呵，天都峰，莲花峰，玉屏峰，莲蕊峰，光明顶，狮子林，这许多许多佳丽处，都在公园中。看呵，这是何等的公园！

四

只见云气氤氲来，飞升于文殊院、清凉台，飘拂过东海门、西海门，弥漫于北海宾馆、白鹅岭。如此之漂泊无定，若许之变化多端。毫秒之间，景物不同；同一地点，瞬息万变。一忽儿阳光普照，一忽儿雨脚奔驰。却永有云雾，飘去浮来；整个的公园，藏在其中。几枝松，几个观松人，溶出溶入；一幅幅，有似古山水，笔意简洁。而大风呼啸，摇撼松树，如龙如凤，显出它们矫健多姿。它们的根盘入岩缝，和花岗石一般颜色，一般坚贞。它们有风修剪的波浪形的华盖；它们因风展开了似飞翔之翼翅。从峰顶俯视，它们如苔藓，披覆住岩石；从山腰仰视，它们如天女，亭亭而玉立。沿着岩壁折缝，一个个地走将出来，薄纱轻绸，露出的身段翩然起舞。而这舞松之风更把云雾吹得千姿万态，令人眼花缭乱。这云雾或散或聚，群峰则忽隐忽现。刚才还是倾盆雨，迷天雾，而千分之一秒还不到，它们全部散去了。庄严的天都峰上，收起了哈达；俏丽的莲蕊峰顶，揭下了蝉翼似的面纱。阳光一照，丹崖贴金。这时，云海滚滚，如海宁潮来，直拍文殊院宾馆前面的崖岸。朱砂峰被吞没，桃花峰到了波涛底；耕云峰成了一座小岛，鳌鱼峰游泳在雪浪花间。波涛平静了，月色耀银。这时文殊院正南前方，天蝎星座的全身，如飞龙一条，伏在面前，一动不动，等人骑乘，便可起飞。而当我在静静的群峰间，暗蓝的宾馆里，突然睡醒，轻轻起来，看到峰峦还只有明暗阴阳之分时，黎明的霞光却渐渐显出了紫蓝青绿诸色。

初升的太阳透露出第一道光芒。从未见过这鲜红如此之红，也从未见过这鲜红如此之鲜。刹那间火球腾空，凝眸处彩霞掩映。光影有了千变万化，空间射下百道光柱。万松林无比绚丽，云谷寺豪光四射。忽见琉璃宝灯一盏，高悬始信峰顶。奇光异彩，散花坞如大放焰火。焰火正飞舞。那喑呜变色，叱咤的风云又汇聚起来。笙管齐鸣，山呼谷应。风急了。西海门前，雪浪滔滔。而排云亭前，好比一座繁忙的海港，码头上装卸着一包包柔软的货物。我多么想从这儿扬帆出海去。可是暗礁多，浪这样险恶，准可以撞碎我的帆桅，打翻我的船。我穿过密林小径，奔上左数峰。上有平台，可以观海。但见浩瀚一片，了无边际，海上蓬莱，尤为诡奇。我又穿过更密的林子，翻过更奇的山峰，蛇行经过更险的悬崖，踏进更深的波浪。一苇可航，我到了海心的飞来峰上。游兴更浓了，我又踏上云层，到那黄山图上没有标志，在任何一篇游记之中无人提及，根本没有石级，没有小径，没有航线，没有方向的云中。仅在岩缝间，松根中，雪浪褶皱里，载沉载浮，我到海外去了。浓云四集，八方茫茫。忽见一位药农，告诉我，这里名叫海外五峰。他给我看黄山的最高荣誉，一枝灵芝草，头尾花茎俱全，色泽鲜红像珊瑚。他给我指点了道路，自己缘着绳子下到数十丈深谷去了。他在飞腾，在荡秋千。黄山是属于他的，属于这样的药农的。我又不知穿过了几层云，盘过几重岭，发现我在炼丹峰上，光明顶前。大雨将至，我刚好躲进气象站里。黄山也属于他们，这几个年轻的科学工作者。他们邀我进入他们的研究室。倾盆大雨倒下来了。这时气象工作者祝贺我，因为将看到最好的景色了。那时我喘息甫定，他们却催促我上观察台去。果然，雨过天又青。天都突兀而立，如古代将军。绯红的莲花峰迎着阳光，舒展了一朵朵的含水的花瓣。轻盈的云海隙处，看得见山下晶晶的水珠。休宁的白岳山，青阳的九华山，临安的天目山，九江的匡庐山。远处如白练一条浮着的，正是长江。这时彩虹一道，挂上了天空。七彩鲜艳，银海衬底。妙极！妙极了！彩虹并不远，它近在目前，就在观察台边。不过十步之外，虹脚升起，跨天都，直上青空，至极远处。仿佛可以从这长虹之脚，拾级而登，临虹款步，俯览江山。而云海之间，忽生宝光。松影之阴，琉璃一片，闪闪在垂虹下，离我只二十步，探手可得。它光彩异常。它中间晶莹。它的比彩虹尤其富丽的镜圈内有面镜子。摄身光！摄身光！

这是何等的公园！这是何等的人间！

第二个人生

浇灌的人生

第二章

◇

人间好风月

从前这里用金钱来赌博，
现在他们却以生命来赌博了。

理想树

你是一株美丽的树。你是一株智慧的树。并且，你是一株与日月俱增其美丽、智慧与生命，是的，生命的树。我原以为你在我这心的贫瘠的泥土上是不能生长的。我认为你应当是另一个乐园的泥土上的理想树。谁知你竟在我的心上发芽了，生长了。在我心的瘠土上，我植下了一株又一株的树，它们都没有长起来。并没有注意你的顽强的存在，你却在那里默默地伸展着，毫无怨言地茂郁地长成起来。我已惊讶地见到你，闪光的你，张开了美丽的华盖，开放了美丽的花朵，结出了智慧的果实，培育着辉耀的理想。我膜拜着你，我的艺术之树。我膜拜着你，我的理想之树。

附：《理想树》原文

第一理想树

我在你的小小的折扇上写下的是我的第一个幻灭。现在我不知道你已是几个孩子的母亲了。也许你欣喜时，还是“从前从前的时候”的童话似的欣喜的。也许你哀愁时，还是“昔日，有一个美好的时候”的童话似的哀愁的。初恋女，你朦朣了！童话世界，你朦朣了，遥远了。雪飞舞之夜，初恋女，我们爱看米老鼠、地龙、兰花条、蜈蚣形的小爆仗，十两十二两的大高升，烟火和将近除夕时的雪。我和你交换过若干玩具？若干画片？若干相视？我们是孩子，我记得你的红色的冬天的手套，我又记得你的轻微的春日的歌声。我的故乡，我的初恋，我的第一理想树，我的珍藏……我在你的小小折扇上写下的几句湖笔徽墨的赋，原来是我第一个幻灭，我的第一滴流下的泪……

第二理想树

你是第一个人使我懂了忧悒。花明媚、树郁茂之日，纯钢的平行的钢轨上，将载我而离去你的卧车，给我它太英俊、你太美、我太伤感的如画的题材。于是我们的寒冷季节的冰雪的嬉戏，旅行季节的河山的鉴赏，夜的约，白日的约，都被吞食于时光的巨兽的口。而时光是有终点的，列车还未驶动，站上的西洋情侣吻别离，我和你却连话也没有一句了；时光终（钟）点到了。还记不记得，列车载我回来时，你退回了我的短的简、长的简。列车又载走了我时，我就再也不曾和你觌面了。虽然后来你又答复了我的祝福，并且我又曾无意中，在我书斋的窗下，接到你的问我安好。那些祝福、问好，在我珍藏的一束昔日的文件上，并没有加添上多少浓厚。它们是在我的铁箱里，一只四寸高、三十六寸广长的铁箱里。它只为你的问好、当你的祝福来时而开。当我苍老了时，我将拣一天阴的日子，打开铁箱来，那时，青春的祝福一定还灿烂着。但现在这些祝福是多么徒然呵。

第三理想树

在你面前，我永远是一个傻瓜。我的今日成为傻瓜的存在，都是因你而开始。一个错误，便成永远的错误。只是一回恨，便成永远之恨。群犬吠在夜之行，我从异方回来。你有美丽的笑，然而不久你没有了它们。那一天，你站在我面前，窗外有雨，桃花也如雨。我的屋子是灰色尘土铺积。KKKKK……KKKK……KKKKKKKKKK，我把桃花瓣，在手、脚之下，写K，你的名字的象征。我写它们，受了伤的桃花，被榨出了生命的水的桃花，一一在窗子的玻璃上，屋的地板上，板壁上，桌子上，凳上，鳞片似的出现。你的象征满了我的家，你看我傻样地写这些 KKKKK 字而没有话。没有话，没有笑，也没有我。后来你走了，后来，你走了，我也走了，我不能没有理想树。

第四理想树

你是一枝美丽的树，你是一枝智慧的树，并且你是一枝与日月俱增了美丽、智慧与生命，是的，生命的树。但是我没有知道这些。我以为你在我的心的瘠地上，是不能长成的，我以为你是另一个沃地上的理想树。谁知你在我的心上，顽强地存在。我已吝惜自己的锄铲、泥土、汗水、冀望，我把它们给予以另一棵理想树了。你却还在默默地长大，只是我没有看见。那另一棵理想树又死去了，我又植了一枝，不想你还在生长，无怨言。一直到我摘下了那一枝理想树的苦果，我还没有注意你的顽强的存在。但今日你已叫我惊讶地见到你，大理象牙的你，你，开放了无数的智慧之花的，我们膜拜了我们的理想（渺小膜拜巨大了），但那时候，我和你是没有这样子互悟，清晨，山在远方，有时是夜，风很巨大……

第五理想树

最末一次见你，是我从辽远的地方，坐了巨大的海轮，经过了七日旅程，才到一个热闹的地方，下脚在旅店，而偶然又出来看电影，才见到你。你只是我的一个某女郎，去吧，永别了吧，我一点也不吝惜我失去你。

第六理想树

你该记得那两匹马，而联想到原野、日光、河流和田舍。你该记得我的黑衣、我的黑领带，而想到夜和舞场。只是你的生长，必须有宜于你的气候，到底你也消失了，因为我的气候，我的气候始终不宜你。你就从我这儿移植到了他方，但到了他方，气候也还是不宜你啊！我早知道的。

第七理想树

我回到故乡时，我呼吸了中世纪的美德的空气，你就是飞翔在这样的空气里的，代表祥瑞、幸福的凤凰。今日的事，是明日的追忆，而我今日的追忆，就常萦回在你的姿首与美德上，每一个追忆，不是苦痛便是悔艾。但在我追忆你的时候，却是苦痛与悔艾同来的。我一次一次读我为你而抒写的诗，一次一次苦痛而悔艾。不用说一整年岁月的我的忠诚，秋冬春夏在我的恬静的爱的周绕逃去，我那时的忍受难道你不知道吗？不幸的，是你的被镣铐在旧道德律之下，离开了你的于是是我。我是罪人，因为由我，你看见了男子的“变”。但“变”的反而是“恒”，我砍倒了我自己的理想树的时候，我的苦痛和悔艾俱来的追怀却代表了“恒”，我自然不必在今日还说这种话来欺骗你的呵！时光的巨大的手掌击溃了我们。离去你的一天，我疯狂了，夏的黄昏，狂风雨和雷和闪电，我打碎了玻璃窗，换来了两只血的手，窗外的雨飘进来，我撕去了我所有的诗文稿，于是我出去找一个医生，告诉他这一切。你那时，在自然界的暴风雨下，有否预知了我的心的暴风雨？我是疯狂呵。然而错误必追认，错误即是真理，时光将减轻人的责备自己的心，与怨恨的将遗忘。我祝福你。

第八理想树

我们是闹了一次笑话。你热情，我却只在玩弄你。你年幼，但早熟，你真容易长大。并且，你还想控制我。我的心早已不纯粹了，你的无知的心却可悯的年轻。你为我而害病了，哈哈，我觉得可笑。当我对你残暴时你觉得幸福，我没有对你残暴了你又觉得不幸福。你是整个的年轻，你硬要我把你种植在我的凶园中，但你的存在我是觉得并不重要的。

第九理想树

感谢你，你给我一个智力测验。我每回接到你的奥秘的文句的信，每回我觉得自己的智力不足而要找一个朋友去。那几天是雪作背景，我和我朋友会同了也要两三小时才看懂你的信。你刁难了我。“希望像白雪融于掌中”，那是你自己的名句，那么，我用这同一句来翻覆我的追忆，是的，我抗议你的近于悲观的见解，但是你没有理睬我的抗议，终于连希望的白雪也消融了，遑论其他。我在智力测验不及格的次日，就逃出了我们的白雪的区域，逃到了热带的海中央的岛上。

第十理想树

我家燃着炉火，你在我家作画。在有些走调的钢琴上，你时时弹奏弹拨乐曲的模仿。我们读但丁的插曲、富郎契斯加[①]，又听柴阔夫斯基[②]为这不幸的少女而作的交响音诗。户之外，水之涯，一粒一颗的，都是月之萤火。我们每个夜都有糖果草。你的西班牙后母教给你的气质的明朗，给了我阿左林[③]小说中的少女的联想。没有朋友不说我那时的活跃，但不多时，我的心忽然改变。没有理由解释这个。从那时起，我没有再唱过一个歌，没有朋友不说我的，不再唱一个歌。嘹亮的歌声消失了。你该终生痛恨我，破坏我，够得上用子弹来洞穿我的了。我知道你心上，汹涌着报复的情绪，我在躲避你，就是在，我在等待你。

第十一理想树

你是长大了，繁茂了，开花了，结果了；但生命是何等可怕，但立刻我唱了："今日才知道辛辛苦苦浇灌大的理想树是产苦果的。"苦果啊，是你给了我生命的液汁了。

---

① 富郎契斯加：又译弗兰切斯卡，但丁在《神曲·地狱篇》中的女性角色，与男性角色公保罗是一对悲惨的恋人。

② 柴阔夫斯基：又译柴可夫斯基（1840—1893），俄罗斯作曲家。他根据但丁的《神曲》创作了交响幻想曲《里米尼的弗兰切斯卡（Francesca da Rimini, op.32）》。

③ 阿左林：又译阿索林，西班牙小说家、评论家，原名何塞·马丁内斯·鲁伊斯。代表作有《塞万提斯的未婚妻》等。

结婚论

现代夫妇，可以用音乐中的复对位（Double Counterpoint）来作为象征。复对位是两条各具独立性的旋律，同时发出和谐如蔚蓝的天空下的鸾凤之鸣的。但是它的条件苛刻极了，这两条旋律之间，不能用二度音，不能用四度音，因之五度音也不能用，此外，又不能用七度音八度音，如此，是只剩三度六度音可用了。在这条件之下，复对位是难写极了。适或它没有错误，这样的复对位也难于有生气。现代夫妇正是这个。他们必须是各具独立性的两条旋律，因为夫唱妇随的、仅一条旋律而有和声（Harmony）的时代已过去了。两个各具独立性的夫妇，要结合在一起，和谐如金色的天空下的鸾凤之鸣！但是夫妇的条件苛刻极了，苛刻得像复对位。夫妇之间，不能有二度音、四度音、五度音、七度音和八度音。因此我们看见那些飞向复对位的乐谱中去建树生活的现代夫妇，他们最先都是欢快地和谐地，在蔷薇或玫瑰、卡乃馨[①]似的音符间，飞舞着，但两小节的和谐的无讹误的复对位飞过后，我们发现了他们的乐理上的错误。宇宙像一个顽固的严厉的老乐师，在错误的复对位谱表上，打下了叉子。一张音乐的谱表是可以修改的，但是尘世之间的夫妇的行动，却被支配在时间之下，时间

① 卡乃馨：又译康乃馨。

逃去，错误无从纠正。因此，现代夫妇都是悲剧，而这些悲剧又因演出次数之繁多，而成为平凡的悲剧了。

分析这些平凡的悲剧的构成的因素，我们触得到的是——我不怕把前面的话重复一遍：

因现代夫妇必须各具独立性，更因现代的妇女在努力着取得独立性，如是，根据一切经验，可知两个独立的事物是不能容于一个范畴内的，于是现代夫妇的共有命运游离了。

而现代对于现代夫妇的解决是什么呢？

一个不幸的，然而已平凡化了的，悲剧啊！

像过去一样，为了一个好家庭，现代妇女牺牲了自己。

因此，我们发现了现代社会中的一种奇怪的动物：现代母亲。

现代母亲是如此之博学的，又是如此之美丽。但她是一种奇怪的动物，成了讽刺家的最好的材料，因为她们爱在林荫道上散步时，推一辆孩子的小车，她们的学问，一半花在自己的装饰上，另一半花在孩子和家庭上。她们时常上公司去买一些丈夫的、孩子的和自己的零星用件，回来弹晓邦[①]给小孩子听。她们不再对于社会有用了，然而她们的牺牲，还是成了丈夫的烦恼。

这些用音乐的例来说，还是夫唱妇随，还是钢琴的左手（妻子）——伴奏，和右手（丈夫）——旋律，像时代没有进展到现代时一样。

现代之所以成为现代，乃是人的觉醒；但是帝国虽都宪政了，革命虽带来了共和民主的政体，整个红尘的一半人类的女性，却有一半已结婚了的妻子没有觉醒。

---

① 晓邦：又译肖邦。

啊，不，不是没有觉醒，而是觉醒了又迷梦了。

现代人！到每一个妻子的脸上去观察，如果她是迷梦的颜容，除了了解她的家的所以美满之外，还能了解何以现代夫妇不是一个有生气的复对位乐谱的缘故了。

我们且看美国新诗人马斯德司[①]（Edgar Lee Masters）的《匙河集》中的一首诗：

LUCINDA MATLOCK

I went to the dances at Chandlerville,
And played snap-out at Winchester.
One time we changed partners,
Driving home in the moonlight of middle June,
And then I found Davis.
We were married and lived together for seventy years,
Enjoying，working，raising the twelve children,
Eight of whom we lost.
Ere I had reached the age of sixty.
I spun，I wove，I kept the house，I nursed the sick,
I made the garden，and for holiday,

---

① 马斯德司：又译埃德加·李·马斯特斯（Edgar Lee Masters，1869—1950），美国诗人、小说家，代表作《匙河集》。该书中的诗歌以古希腊悼亡诗的形式，以虚拟的“匙河镇”上各色人物作了214首墓志铭诗。通过一个个死者的倾诉塑造了不同的形象，反映了美国中西部小城镇的生活。

Rambled over the fields where sang the larks.
And by Spoon River gathering many a shell,
And many a flower and medicinal weed——
Shouting to the wooded hills, singing to the green valleys.
At ninety-six I had lived enough，that is all,
And passed to a sweet repose.
What is this I hear of sorrow and weariness,
Anger，discontent，and drooping hopes?
Degenerate sons and daughters,
Life is too strong for you——
It takes life to love life.

这个 Lucinda Matlock 女郎的一生，从爱跳舞的艳丽之质的时代一直到爱上了台维司，结婚，工作，生育，生命中唯一的趣味仅是栽培一个园子，在节日游于云雀歌唱的大地上，在匙河之岸拾贝壳和采撷花朵和药草，（这些伴奏之音！）可是她，到九十六岁时，是满意地死去的；诗人最末的一句“外史氏曰”是：It takes life to love life。爱生命须以生命为偿。这“置死地而复生”的说法，是哲学的。然而 Lucinda Matlock 女郎的颜容，如果我们仔细地观察，必然是一副迷梦的颜容。她和台维司的结合，并不是一个有生气的复对位乐谱。从现代的理想看来，这难道还不是一个平凡的悲剧吗？

脱去了时代的外衣而论一切，都不可能了。这是二十世纪，以人的觉醒为骄傲的时候，但婚姻摧残了女性的独立性。

爱情是最可怕的东西，而女子又是最富于爱情的。当女子爱上了一个男子的时候，她不惜牺牲一切来爱他，居多又是她不得不牺牲一切来达到爱情的目的。我们常奇怪私奔的女子，何以如此大胆，对于一个陌生男子的爱，何以值得一生一身的贡献。父母之爱是有保证的，至少是有前例的，男女之爱，则谁敢担保？但这个可怕恋爱，一个少女凭什么来有私奔的勇气呢？一个少女凭什么来有嫁到一个陌生男子的身边，一个陌生的环境的中间去的勇气呢？

“爱情”是答话。

不幸“爱情”却又不是婚姻问题的一切。爱情决不能作为夫妇的粮食。如果爱情有虚荣的满足、事业的成功作为辅助，那么这也只能造成一个夫唱妇随的家庭。要怎么才有一个无误的、富于生气的复对位式的结合呢！说二十世纪是一个开始，正如中世纪时开始对位学的创造一样，说二十世纪是有独立性的美满的婚姻的一个开始，一个过渡，那么二十世纪的人类是多么的不幸呢？离婚，试验婚姻，生育节制，多夫多妻制，春药，美国式的婚姻道德，这许多补救的办法都失去效验了。

兵荒马乱做父亲

我是一个很有些傻劲的年轻的爸爸，自从孩子生下了地来，我觉得我将来第一件事是把时代感觉交给孩子。最近发现孩子蠢得可怜，原来一个人从胚胎到降生到生长，其间的经过是很久长的。只知道努力啼泣的孩子，怪可怜，除了吃奶便什么也莫名其妙了。我没有法子叫他聪明起来，而渐渐也真怪，孩子交给了我多少真理，多少智慧，大大出我意料之外。人间现有的多少图书馆，多少科学、哲学，多少文化的金字塔，都不中用。倒是这一个月年龄的孩子，老爱给我做鬼脸，睁着眼睛对我凝望的，给了我一些真的学问。举出一些例来（我不很想在本文里写孩子怎样教导了父亲），当一个孩子抱在我的手里的时候，我有那一种感情，能令我识得“真”；能令我知道，现在我做什么是对，现在我做什么是不对；能给我坚定我的意志，能给我高尚心地的要求，能分别一切以前不分别的，能在抱着孩子的时候，我得到“开始”。总之，我开始做人，像我的孩子开始做人一样。我必须从今起——从今起，这样，那样。然而，我想，我将来第一件事还是要把时代感觉交给孩子。生到这样的世界上来，或许是不幸，而生在现时代，这更是可怜。兵荒马乱的中国，疯狂的人间，孩子为什么挑了这样时候，来到红尘？旅行者有时说：“天公不作美，暴风雪——为什么我们挑了这样一个天时来旅行？”

孩子的一生是这样开始的。

在戒严的夜的街上。在属于另一类的恐怖世界的，戒严的夜的街上。那些日子里，一临近那规定的时刻，我便非得急忙回家不可，但这个夜里，我却在深沉夜色中，坐了辆出租汽车，和妻子一起，在幽暗的街上驰过。没有巡警来查问我们，虽然我们也没有任何通行证。

夜间两点钟左右，记不起有没有月亮或繁星，但夜的空中却有着春的胎动的感觉。

在戒严的夜的街上——嘎！这是在最后关头的中国，这是在兵荒马乱的中国。

车经过霞飞路的时候，我看了两旁的寂寂的店铺，寂寂的咖啡馆，寂寂的戏院，寂寂的书店，寂寂的绸缎店，还有寂寂的路。什么也没有了吗！戒严的街上，只剩下一个没有灵魂的躯壳。我像考古学家到了古城废墟，却有一个生命将从这荒芜中降生。

飞驰在这条马路上的，只有我前面的汽车司机，一个沉默的人物，我，和我的妻。我们不知道该愉快的呢，还是该担忧一番。因此大家也都在沉默中。

如果有巡捕来查问我，我的回答是我们到医院去。但街口死去了，巡捕也不看见一个。

我们到了中德医院。这又是夜的医院，门房开门。一个黑影子；一盏古怪的灯。在柜台后面，有一个打着瞌睡的值夜班的职员，墙上挂着大钟。古风的建筑，沉重的木器，天花板上有东方风的图案。

天色渐渐昧爽，而产妇已进了临产室。孩子生下来的时候是八点二十五分，在妻的做了母亲的苦痛呻吟声中，我不得不用药棉和手指塞住了耳朵不去听她，蜷伏在二楼的小厅的一排藤椅上。来去的人放轻了脚步，白衣的看护在我的眼底，像在梦的境界里来往。在一次号叫声之后，有一个看护向我走来，做出非常安慰的声音来说：

——产下来了。

也许她说的话是“生了”。这话呆住了我，我还觉得我大约是在做梦。在屋子里，在黎明，渐渐地我像从梦里觉醒了过来——“生了”，这是一个颇可玩味的话。这比“死了”两个字还可怕，还神秘，还沉重，也许还更鲜丽。但医院和医生、看护，这些职业者，对于生死，真太漠然无情。他们说“生了”，等于他们说“死了”。然而这是我听来很安慰的话。我点点头，要摇去我的梦。我想，我们已经说过太多的“生了”，同样也曾经说过太多的“死了”。

产妇遂进病房去，于是我出了医院到外面的天空底下，呼吸一口空气。什么？做了父亲了？朝阳在街上流泛，夜的戒严的街已不知去向。我做第一件事是要去告诉人们，说我做爸爸了。于是我出去找熟识的人，去打电话。我有一种奇怪的情感，但说出来只是简单的：

——产下来了。

也许我说的话是“生了”。这话不再呆住我，虽然我还觉得我是在做梦。我又走向医院去，现在我已做了爸爸。我有了什么奇怪的感情了不？

在医院里，一位朋友来告诉我——说：“这里本来是一个大赌场。”

这话在疲倦的我，是一句听了感到非常新奇的话。世界真是很奇怪的，而这个早晨，尤其是太多的奇怪。生孩子，这自然是世界上最最人情的，但因为太人情了，只令我奇怪。而现在我又知道，这孩子、母亲、父亲新组成的我们，这三个“人的东西”，是在一个曾经是赌场的屋子里开始组成的。赌场，这是什么呢？我是很不哲学的，但我对于事物的幻异太感到迷化了。如果这屋子曾经是一个富翁的产业，就一点也不足稀罕了。然而这里曾经是赌场，而且是很大的赌场，而且是福煦路四五七号，一个著名的所在。我没有到过任何赌场，虽然我想象到赌场的地狱一样的性质。从赌场一跃而变为医院，正像一个恶棍摇身变成慈悲的医师，或恶奴成圣，或地狱变了天堂乐园。天堂乐园是在青空中的，地狱是在地的深处的。也许将来的天堂现今是在地的深处，昔日曾是地狱层中。我想我还是在做一个梦。

诙谐起来，一位朋友说：

“从前这里用金钱来赌博，现在他们却以生命来赌博了。”我的妻都轻轻笑了。

总之，我做了爸爸，我开始向人夸耀，这既然是生命的秘密，就是好消息。我想，做过父亲的人都有过我的欣喜感觉。虽然我的感觉，在做了三个孩子的爸爸的人们面前夸耀起来，只显得又浅薄，又可笑，又幼稚。也许真是这样的：我这种欣喜，在得到第二个孩子的爸爸面前已经提不上指，在得到第三个孩子的爸爸面前，怕只有麻烦的暗影浮过他的脸。

我每天到赌场去，可是每天添上欣喜。孩子眨眼，打喷嚏，打呵欠，笑涡隐现，而且真是用足了吃乳的力吃乳的。孩子是有趣的，和我做鬼脸，遍体是乳的香味。但三四天后，孩子和产妇都不康健起来。

虽然我不是医生，实在是病房的空气太坏，这我也觉得了。屋子很小，但本来只睡三个产妇的，现在睡了四个。有两个产妇有喋喋不休的话语，窗子永远紧闭，没有通风设备。我和我的妻本是沉默的人，而且是属于阳光的人类。但现在我们既无沉静，又无阳光，暖气管却不停地放暖。妻是产妇，本来又受不惯热、闷、嘈杂。不但妻发了热，就是我探病的人也变得神经质起来。

孩子刚从医院出来回到家，那时她瘦极了，啼哭的声音也哑暗。住在我的二楼的先生为我们担忧得要命。但不知为什么经过我们自己的育婴以后，不三四天，孩子立刻又胖起来，啼哭声音嘹亮异常。这时真觉得医院是生命的赌场，我对于中德医院可说是不满意极了。医院对于病客，虽有学问，却没有“关切”。

按下育婴经过不表，单说另一方面的——当我们从医院出来回家：“一先一后地走上，穹苍浩限，展开美丽的事物，在彼方光明的天上。”

但是我有着一种时代的感觉。我们在其中生活着的是一个动乱的时代，它如疾风卷旋，我们是在大时代中间颠簸，日行数千里。当我们从医院里出来，阳光是这样温煦，世界似乎是旋转得整肃而有规律的；但街头有报贩叫喊，告诉我们远方有战争。不说别的，光说战争吧。也不多说，光说那回，我和我的妻杂在难民的行列中，坐在难民的列车中。就是在石湖荡与松江之间被炸断了桥的那个晚上，我们从一个车上下来，到另一个车上去。妻在攀上车去的时候，差一点跌下地。月亮乌蒙蒙地照在车头顶，四周都是难民，一盏灯也没开，死的恐怖在我们的心底。

就在战争将展开前的一周，某导演委托我写个电影剧本，是关于两性的，而限制我在人口问题上发挥，我那时还摸索在生育的谜里，现在真看透了人生的诡异、生命力的舞动与时代的恫吓。一得到我那掌上明珠，人生、生命力与时代，是三位一体的，前来叫我有彻悟。

在小小的婴孩车里，孩子现在叫喊、啼哭、笑了又睡眠。而在巨大的人类的摇篮里，现在有战争，虽然也有文化、发明。我那孩子是比较幸福的，到现在她还没有知道兵荒马乱。但我无论如何是要以时代感觉作为第一件教育，交给她，这在她是残酷了些，但这却是我给我孩子的爱情。

第三个人生

收获的人生

第三章

◇

在路上的人

永远绕着真理的枢轴而转动，
虽在人间，也如同生活在天堂里了。

枯叶蝴蝶

峨眉山下，伏虎寺旁，有一种蝴蝶，比最美丽的蝴蝶可能还要美丽些，是峨眉山最珍贵的特产之一。

当它合起两张翅膀的时候，像生长在树枝上的一张干枯了的树叶，谁也不去注意它，谁也不会瞧它一眼。

它收敛了它的花纹、图案，隐藏了它的粉墨、彩色，逸出了繁华的花丛，停止了它翱翔的姿态，变成了一张憔悴、干枯了的，甚至不是枯黄的，而是枯槁的，如同死灰的颜色的枯叶。

它这样伪装，是为了保护自己。但是它还是逃不脱被捕捉的命运。不仅因为它的美丽，更因为它那用来隐藏它的美丽的枯槁与憔悴。

它以为它这样做可以保护自己，殊不知它这样做更叫人去搜捕它。有一种生物比它还聪明，这种生物的特技之一是假装作伪，因此装假作伪这种行径是瞒不过这种生物——人的。

人把它捕捉，将它制成标本，作为一种商品去出售，价钱越来越高。最后几乎把它捕捉得再也没有了，这一生物品种快要绝种了。

到这时候，国家才下令禁止捕捉枯叶蝶。但是，已经来不及。国家的禁止更增加了它的身价。枯叶蝶真是因此而要绝对的绝灭了。

我们既然有一对美丽的和真理的翅膀，我们永远也不愿意合上它们。做什么要装模作样，化为一只枯叶蝶，最后也还是被售，反而不如那翅膀两面都光彩夺目的蝴蝶到处飞翔，被捕捉而又生生不息。

我要我的翅膀两面都光彩夺目。

我愿这自然界的一切都显出它们的真相。

《幻灭与幻梦》集

论真理

读了英国的费兰西斯·培根[1]著《人生论》的译本（湖南版），第一篇的《论真理》不大满意，就萌一念，自己来试试，回答一下“什么是真理”？培根对此一问，说了什么呢？他反对了一些怀疑者，把真理视作枷锁，他们不愿听，而宁愿听信些谎言。他说了一顿谎言的不是，轻而歌颂：真理是最高品德，是知觉之光。他赞美道，如果“永远绕着真理的枢轴而转动，虽在人间，也如同生活在天堂里了”。这些话稍稍有点不着边际，他后来谈到实践真理重要，又骂了一通虚伪、背义和欺诈，就此完了。我觉得，他没有道出多少道道来。

最近我感到，真理不是别的，真理，就是梦幻。当一个人在梦幻，他是在梦幻中寻找着什么的。他寻找的就是真理！你们也许听到了会感到意外。难道梦幻能和真理加起来的吗？是的，连得起来的，因为他所梦幻的，就是真理！他读书、思考、争辩，他认为他寻找、追求、探索的，乃是真理？但是，如若他依靠的只仅是理智，未必就能找到真理。这里是不能忽

---

① 费兰西斯·培根：又译弗朗西斯·培根（Francis Bacon，1561—1626），英国文艺复兴时期散文家、哲学家。代表作有《新工具》《论科学的增进》《学术的伟大复兴》等。

略了感情的。认为感情无边无际，靠不住；不如理智的条理分明，有根有据，靠得住。可是哲学家那么多，科学家也那么多，可是他们曾给了我们什么？答案并没说清楚。真理是什么？他们走路、过桥，乘坐过轿子、汽车、飞机……行万里路，读万卷书，都不能把我们送到真理面前。梦幻却飘飘荡荡，把我们送到真理面前，拿到真理，或把我们送进真理核心里面去。

梦幻是人人有的。夜夜都可以做梦，时时可以幻想的，虽不是每一梦幻都能送我们到真理面前。然而梦幻之多，多得惊人。梦幻很随便，梦幻极有兴味，绝非哲学家的冥思与辩才、科学家的推理与计算所能媲美的。梦幻，我们可以看看，给过我有什么？世上的人都做过多少的梦幻，梦幻又出过什么真理？

给了给了。请想：轩辕黄帝做了什么梦？大禹王又做了什么梦？秦始皇做了好多梦？孔夫子做了多少梦？唐宗、宋祖多少梦？成吉思汗、朱元璋、康熙与乾隆，还有孙文、蒋介石、毛泽东做了多少梦？这是一组大人物的名单。以此类推，也可以把西方的希腊人、罗马人、埃及人、印度人、以色列人、玛雅人、爱斯基摩人[①]，所有的人，所有的梦，他们梦幻所得的真理，都列举出来。他们的梦幻多数是拿到真理的，现在，我们可以下一个评论了：所有的梦幻都达到了相对的真理。如：

哥伦布的梦幻，果真发现一个新大陆，是否真理？至少是相对真理吧。

肯尼迪的梦幻，把人送上月球又请回来，是真理吗？也是相对真理吧。

克林顿和戈尔的信息高速公路的梦幻，怎么样，是真理否？等着瞧吧。

爱因斯坦的梦幻，发现了狭义相对论的光电子和广义相对论的引力波，

---

① 又称因纽特人。

是真理不是？恐怕是非常接近于相对真理的，或是真正严格意义上的相对真理了。

论科学

科学是比较接近于获得了真理，即相对真理的，因为它现在是讲“相对论”的了，而且它向来是欢喜进行认真的研究、试验、论证，后来又特别讲究定量，从来一丝不苟。那么，它和梦幻大约有很大的距离了吧？不然！它们的距离竟是意想不到的，科学是那么样地靠拢梦幻，和梦幻相贴近的呢。哪里是个远近的问题呵！可能你没有想到吧，科学和梦幻竟是、或差不多是，一回事儿的呢。

科学家说：没有幻想，就没有科学。

嘿！这说的是没有幻想呵，而你说的却是梦幻。然则梦幻与幻想，岂不是一回事？甚至于与狂想曲也是一样的呢，科学时常有像晓邦的《即兴狂想曲》似的激动人心的优美的音乐风格，当然它也有它极严肃的一面。它是非常的严谨的。

一部《封神演义》里面，包含着多少的幻想的故事，有着非常之梦想的风格的呵！它是中国古代的一部长篇科幻小说,它敢于想人之所不敢想，言人之所不敢言，这书不算是写得那么好的，然而它里面的神话，今天差不多都实现了。

还有什么“精卫填海”，也是当作神话来讲的，可是对于高科技来说，现在若要填海，真是算不了什么，到处都在填海。就是“女娲补天”，也是神话，现在却也正在研究，怎样把臭氧层的空洞补起来呢。什么千里眼，是望远镜，岂止远望千里而已，哈勃望远镜已望到数以亿万光年计的遥远之处了。所谓顺风耳，不过是打电话而已，现在已可以既打电话，又看得见对方的形象，声音笑貌并俱了。近来更提出了信息高速公路的(NII)计划，就更了不起。坐在家里，不但不出门，就能知天下事，还能用它来参加国际会议，如置身在大会场的现场上一样。人在家中坐，便可看医生，做检查，接受治疗，医生可以根据任何地方传来的高清晰度X光片或扫描图像，进行会诊，手术时还可以与远距离之外的经验丰富的专家保持声音和视觉的联系，长期患者可以在家中接受定期检查，得到即时治疗。

过去所谓“乱说《西游记》”，孙行者可以“一个跟头，十万八千里”。现在火箭升空，比孙行者还要厉害，“探险号”卫星已经飞到了太阳系之外的银河星系去了。或早或晚，人类是要跳出如来佛的手掌去的。

人所幻想得到什么，科学是都可以给人去做到的。人类的梦幻，就是一个更美好的生活，或更美好的世界吧，这肯定可以通过日益发展的科学技术、精心设计、组织施工、群策群力，创造出来的。信息高速公路是最近国际上的热点，美国一发起，德国、法国、日本，以及新加坡、印度、中国台湾都在策划、设计、投资、着手进行了。中国深圳也在按照国际技术标准进行信息塔的设计，以建成一座可使光缆网与微波网组成天上地下、立体交叉的全封闭的信息高速公路，很不错了。

不要怕幻想。能做美丽的幻想，是好事，并不是坏事。能把高科学和高技术，来和梦幻、幻想结合起来，是大家的希望、人民的希望，我们最怕的是落后。我们最不喜欢的是没有幻想，没有梦幻的人，这种人可能是没有出息的庸人。

没有幻想就没有科学。这话真不错，这是真理，相对真理，相对于败类来说的就是如此。不幸世界上还有一些毒虫、恶狗，还有一些行尸、走肉，人民的幻想和梦想是改造好它们，不接受改造就只好消灭它们。

不十分考究也非不考究

《湖北经济报》要了解我的消费账目。我从来不记账，我从来不研究所谓家政学，无法做出计算。但这个题目出得很好，很新鲜。我就很喜欢从这些方面去思考一下新鲜的问题，并且也喜欢考察一些自己的事，来了解自己。

我的月收入，是中间偏上的干部工资。就今天来说是少得可怜的；好在还略有少许不固定的稿费收入。我支出在伙食上，大约是工资的五分之二，房钱水电费，约其五分之一，日常支出的，零花的，约其五分之二。没有更多的消费了，但是零花的五分之二是远远的不够花的，这就要靠少量的稿费来调剂贴补。贴补多少，就说不上来，但差不多是似乎够用了。我很少给人送礼，不上馆子，不请客。不喝酒，也不抽烟，也从来不赌博。我的消费观点大致是在"勤俭治家"信条的指导下的，几十年如一日，全按伟大领袖毛主席教导，这些个观点到近年来，才稍有改变。

我译过美国作家梭罗写的一本书《瓦尔登湖》的散文集子，其中的第一篇叫《经济篇》，对衣、食、住、行，发表了他的一些观点，我可能受了他的一点影响。他比较古怪。我没有他那么古怪，比他好些。但也有点与众不同。

我很勤奋，也很朴素。按理这就可以，也就很应该能致成巨富了，但却一点也没有，还是平平常常的，手里收入的，嘴巴吃掉，过得很清淡的日子。我的衣食住行，这生活的四大元素的我的情况，大致如下。

衣，非常朴素。供给制时代穿的是毛式衣服，是公家发的。有些毛料服装是公家配给，自己出一点点钱，找裁缝做的。这些衣服现在完全不穿了。五十年代做过一套西服是专供接待外宾之用的。后来四次出国，做了三套西装，是因为公家发了三次置装费才做的，衬衣内裤也都是在置装费内开销的。近两年我才添置了自己花钱的一套西装，还买了一些花花绿绿的衣服，学了点时新式样，想到自己不要脱离群众了，这两天，因为要写这篇文章才想了一想，以后我应该每年添置一套两套西装了。好像听说，日本人每年平均做十七套西装，我想我如果还能活十年到八十八岁的话，如已能添置十套之多，死去时就很够我穿的了。

食，也很简单，不是十分考究，但也非不考究。早餐：西式的牛奶咖啡，鸡蛋，面包，因其很省事；中、晚餐：少量的鸡、鸭、牛肉、猪肉轮换着吃，占数量的三分之一，因噎而废鱼。现在要求自己大量地吃蔬菜，每餐占总数量的三分之二，至少也是一半以上，非常舒服。

住，则不很满意。因住房面积太小，用此装人虽尚有余，用来装书则实在不足，已没地方再来放下我的一些书了。书架书柜把墙都占了，只能装几千册书，而按需要的话，少说也得是万卷楼。家有两架钢琴，一大一小；有四张书桌，都还不大够我用。已有一台电脑了，正在换代。购第二台电脑，购来不知往哪儿放呢。其实我的房子不密封，是不能安放电脑的，现将就着用电脑，也只是将就着住。夏天因装了空调，仍能正常工作。冬天无暖气，不得不年年作南飞雁，往深圳过冬。向领导提出过要求装暖气，并为了藏书，要大一些的房子。知识分子即读书人是不能不读书的，以便及时装入新知识，也包括装入浩瀚的旧知识。够我装书的住房一时难得解决。不过我比沈从文先生已经好得多了。房钱确是很便宜的，最近涨了一倍。这是合理的，是符合经济学的起码原理的，涨了就好。

行，我虽老矣，还能行路。如果说完全不下楼，不出门，不上街，不出城，也不出省，不出国；不上山，不下乡，我做不到。还能出差，偶尔出国。还能下乡，也能上山。市内有小轿车可坐，打个电话给机关，小车就来；几百公里的远路，也有车送。出门去，有车送飞机场，我从来就喜欢坐飞机。但除了出差，可以报销，否则即便是出去进行采访，或去深圳避寒，也只能是自费飞行的。离休前是自己要求离休，但离休后不但照样工作，而且从数量和质量上来说，不比离休前差，甚至可以说比离休前强些。已经不能报销了，还能够自力更生，快八十岁了，似乎我反而进入了一个创作上的飞跃式的黄金时期。不知怎么的，以前讲究节约，很省钱，不怎么写得出东西来，现在稍讲大手大脚，讲究豪华一点了，有时还作穿梭式的飞行采访，倒写得更顺手，更写得出。现在收入也多了点。我想也可能我的工作方式方法更豪华，更现代化时，会写得更多更好，收入亦然，随着跟上来。这话怎么讲，恐怕得稍加解释。

我在武汉居住，但很少写武汉，我不敢在武汉多活动，怕人家说闲话。写《哥德巴赫猜想》时，气派很大。因为写《地质之光》时，曾去了一次华北油田，感觉那里热气腾腾，回来下笔，就有这么一股热气。为写好陈景润，在我到科学院见过此人之后，我们的卓越的编辑周明，还约了我和张瑞芳、赵丹、黄宗英几人一起去华北油田大玩了一次。后来又和冰心老师、严辰夫妇、李若冰诗人等去了华北油田和大港油田这两大油田去访问了一次。而后带了油田最蓬勃的激情和最热烈的气氛回来，再去数学研究所采访一星期，然后动笔写起来，情绪不一样，思路也不一样，写出来的东西就比较不一样。在武汉我就是不敢这么干的，我得小心谨慎，温文尔雅，尤其要规规矩矩，不敢大手大脚，最好缩手缩脚，免得招摇，当然是写不好的。我也写了一点武钢、长办和电网，因为他们气派比较大些，热情洋溢，接待也很开放，我很受感染。我自己的体会就是这样的。没有一个泼辣、奔放劲儿，即使不搞豪华版，也不能夹着尾巴来过日子的。不来点豪华，不来点变化，许多事就干不出色。

所以武汉三十多年，基本上没有给它写过什么东西，大型企业不在内，长江大桥我写得真不少，但也没有真正地放开手呢。还没有阔起来，就怕人说你作风不艰苦，不按《讲话》准则，不够深入生活了。

这不是离题了吗？不是谈消费，而是谈写作了。我是只能谈谈写作，哪里能谈什么消费呢？要我谈消费，我也是谈创作的消费。

但是，岂独写文章是如此的呢？

我现在感觉到：勤俭治家只能治出一个勤俭之家，勤俭治国也只能治出一个勤俭之国。小康还达不到，遑论乎大富之家、巨富之国呢。但现在世界正以神奇的速度发展，误了时机，就不再来，来不及了。真正以神奇的速度在发展着的是什么？是知识！不重视知识分子就是不重视知识的具体表现。不重视知识分子表现在不重视知识分子的消费上。知识分子的消费问题很值得研究。目前的情况就是臭老九的时代还没有彻底地过去呢！

希望知识分子变成香饽饽的时代早日到来。要是有点远见的话，就会相信，以后全中国将会人人都是、全世界将会人人都是知识分子呢，这样的辉煌的日子最终是要到来的，而且为期实在已经不会太远了。要知道，那就是共产主义社会。知识是人类共同的最宝贵的产业，而不是别的。

第四个人生
享用果实的人生

第四章

◇

孤桐、乔木与幽兰

我们不是孤独的。

我们从来没有孤独过。

抒情的放逐

关于诗的特征说明，西·台·刘易士[①]在他的《诗的希望》里所说的："艾略脱[②]放逐了抒情。"

我觉得这是最中肯的一句话。因为抒情的放逐是苦闷了若干时期以后，始能从表现的方法里，找到了一条出路。

有诗以来，诗与抒情几乎是分不开的，但在时代变迁之中，人类的生活已开始放逐了抒情。这个放逐而且并不见得困难，（关于这点，我不知道是否还需要说明，但是，自人类不在大自然界恋爱也是在舞榭酒肆唱恋爱的 overture 以来，抒情确已渐渐地见弃于人类。久居都会的人，当然更能感到抒情心灵与境界的缺乏，难堪苦闷。你会说，无疑科学是这一切的最初的原因）于是诗跟着走，这自然也是没有什么稀奇的事了。

艾略脱说的诗的放逐，最初大概不是有意识的，所以对他这个时代创造出这种诗的效果来，是因为他描写了一种以睡眠或觉醒视作仅系习惯的男人和女人。在这个时代里，生命仅是习惯，开始没有意义了。而这便是

---

① 西·台·刘易士：又译塞西尔·戴·刘易斯（Cecil Day Lewis，1904—1972），英国作家。代表作有《诗的希望》（*A Hope for Poetry*）、《诗的意象》（*The Poetic Image*）。

② 艾略脱：又译 T.S. 艾略特（1888—1965），英国诗人、剧作家和文学批评家，代表作有《荒原》《四个四重奏》。

艾略脱的诗里面，抒情潜意识地被放逐的悲剧的开始。但他虽已点破了这个时代的诗的新方向，似乎夏芝[①]等还没有意识到。但是一般年轻的诗人如西·台·刘易士他们却立刻意识到了。于是他们这一群都写了放逐了抒情的诗。

然而人类虽然会习惯于没有抒情的生活，却也许没有习惯于没有抒情的诗。我觉得这一点，在现在这个战争中说明它，是抓到了一个非常好的机会。因为千百年来，我们从未缺过风雅和抒情，从未有人敢讥辱风雅，敢对抒情主义有所不敬。可是在这战时，你也反对感伤的生命了。即使亡命天涯，亲人罹难，家产悉数毁于炮火了，人们的反应，也是愤恨或其他的感情，而绝不是感伤。因为，若然你是感伤，使尚存的一口气也快要没有了。也许在流亡的道上前所未见的风景使你觉醒，可是这次战争的范围与程度之广大而猛烈，再三再四地逼死了我们的抒情的兴致。你总觉得山水虽然如此富于抒情意味，然而这一切是毫没有道理的。所以轰炸已炸死了许多人，又炸死了抒情，那炸不死的诗，她负的责任是要描写我们的炸不死的精神的，你想想这诗该是怎样的诗呢？

西洋近代诗的放逐抒情并不像我们的，直接因战争而起，不过将间接因战争——尤其因纳粹的恐吓政策——而使这个放逐成为坚硬的事实。除了英国三鼎足的奥顿[②]、斯班特[③]和西·台·刘易士之外，许多新诗人所写

---

① 夏芝：又译威廉·巴特勒·叶芝（William Butler Yeats，1865—1939），爱尔兰诗人、剧作家和散文家。代表作有《当你老了》。

② 奥顿：又译威斯坦·休·奥登（Wystan Hugh Auden，1907—1973），英裔美国诗人，20 世纪最重要的英语诗人之一。代表作有《海与镜》《石灰石赞》《无墙的城市》《谢谢你，雾》等。

③ 斯班特：又译斯蒂芬·斯彭德（Stephen Spender，1909—1995），英国诗人、评论家。代表作有《中国日记》。

的都是冷酷地放逐了抒情的。他们不觉得这是不得已而然的事情，因为他生下来，已在一个不安的社会里了。

我们自然依旧相信，抒情是很美好的。但是在召回这放逐在外的公爵之前，这世界这时代还必须有一个改造，而放逐这个公爵，更是改造这世界、这时代所必需的条件。我也知道，这世界这时代这中日战争中，我们还有许多人是仍然在鉴赏并卖弄抒情主义，那么我们说，这些人是我们这国家所不需要的。至于这时代应有最敏锐的感应的诗人，如果现在还抱住了抒情小唱而不肯放手，这个诗人又是近代诗的罪人。在最近所读到的抗战诗歌中，也发现不少是抒情的，或感伤的作品，使我们很疑它们的价值。

然而，这并不是我们所要说的。我扯远了。我写这篇文章的意思不过是说明抒情的放逐，在中国，正在开始的，是建设的，而抒情反而是破坏的。

假如罗曼·罗兰死了

唉！音乐,开放灵魂的深渊的音乐！你破坏了人们的日常精神的均衡。在日常生活中，日常的灵魂是重门深锁的密室。精力无处使用，德性、癖习，则不能使用，它们都在日常中枯萎；实际的、明哲的理性，懦怯的常识，收藏了这密室的锁钥。它们只给你看到整理清楚的外室。但音乐执有能使锁钥脱落的魔术棒。所有的门都打开了。心中的妖魔显现了。灵魂赤裸了……只要女神在歌唱，降妖的法师就能监视野兽。一个大音乐家的强有力的理性，催眠着他所有解放的情欲。但当音乐静止，降妖的法师不在的辰光，他所惊醒的情欲就要在囚笼中怒吼，寻找他们的食物……

——《约翰·克利斯朵夫》卷九，中译本二〇一四页

说这话的罗兰老人，今年已经七十七岁了。阿尔卑斯的泉眼里流出两条河来，一条是莱茵，一条是龙河[①]。龙河流入莱曼湖[②]时是这样混浊，可是片刻淤泥已沉在湖底，大自然的神奇使得淤泥自己清澹而不致把莱曼

---

① 龙河：又译隆河、罗讷河，源于阿尔卑斯山，经法国流入地中海。

② 莱曼湖：又译日内瓦湖、莱芒湖。

湖淤塞：立刻，在蒙德洛（Montreaux）附近，有一个村子名叫维尔内夫（Villenuve）新村，背着子午齿（ Dent du Midi）的积雪的高山，那里面粗大的原木构造些村屋，三角形的屋顶几乎摸到地。有一座这样的屋子，名叫玫瑰园的，便是罗曼·罗兰晚年的家，我们可以说，也是这个世纪的人类灵魂的家。它离日内瓦不过八九十公里，从日内瓦，多少人去拜访这老人。他是老了，有人说他得了肺病，他也不能再精力弥漫地创作了。可是他是这世纪的人类的灵魂，多少年轻的孩子由他抚养了，多少年轻的孩子由他启发，在黎明里他唤醒了多少酣睡着的年轻的灵魂。他还感到他自己的脉搏，那是这世纪的脉搏，他自己的心房，那是这世纪的心房，在跳动。他接见了访问者，给他们谈话，他给西班牙的战士以音讯，给莫斯科以赠言，也会几次给中国以他的呼吸。纵然片言只语，这个世界、这个世纪听着他的声音，如同他听着未来的音乐一样。而玫瑰在他的周围盛开，而莱曼湖水清晰见底。

柏林的电台说罗曼·罗兰死了。我从没有想到过这回事，我从没有想到过罗曼·罗兰是会死的，正如我们从没有想到太阳会黯黑一样。可是这消息震动了我们，使我们想着他。我们过去只想他的作品，因为他传递的话太多了。我们不大想到他老人家的近况、健康与心情，他走了吗？撇下我们了吗？这使我们第一次想到，假如罗曼·罗兰死了，我们将如何？第一件事，我想好好儿哭一场，他的死，对于这世纪的人类，正如这世纪初托尔斯泰死了时一样，令人呆住了，悲哀压上来。

灿烂的太阳是会陨落的，而且乌云遮住了星光，多么久了啊，我们仰望着，听着，可是罗曼·罗兰的音讯杳然。六年以前，一颗大星陨落了，那是恩斯脱·托勒[①]，而为罗曼·罗兰作传的斯丹芬·褚伐格[②]，去年也在李奥·德·热内卢[③]海滨先行陨落。举起这世纪的火炬的人物正在一个个地倒下去。但是让我说蠢话吧，他们正在一个个地永生，这是真话，假如罗曼·罗兰真是死了，柏林电台也不必拿来当作快意的事。我忽然想起了汤玛斯·曼[④]，在前辈中间，他还是健在的。火炬是永远燃烧的。

我们不是孤独的。我们从来没有孤独过。托尔斯泰、鲁迅、罗曼·罗兰哪一天没有坐在我的对面，亲热地给我说话。我们不是你们那样朝生暮死的，我们从来没有死过。

唉！音乐。从音乐中登场的罗曼·罗兰，从音乐中诞生的罗曼·罗兰，因为他说话了，我们懂得了音乐，因为他不倦地说话了，我们懂得了贝多芬。现在，我们在音乐中找出了生命的真谛，最高的意义，贝多芬也不再是一个发脾气的聋子。一部《约翰·克利斯朵夫》，一部《贝多芬：创造者》，把锁钥打开，开放了灵魂的深渊。这是这世纪的一个人必须完成的一件事，必须懂得音乐！你既有身体，你既有生命，你能有耳朵而不听吗？听吧！把你收敛了的听觉的感情展开！你不懂得爱的，你不懂得恨的，你——唉，均衡地在日常生活中的灵魂，萎枯的精神，一秒

---

① 恩斯脱·托勒：又译恩斯特·托勒尔（Ernst Toller，1893—1939），20世纪20年代德国最著名的剧作家之一，也是德国表现主义戏剧的重要代表作者。

② 斯丹芬·褚伐格：又译斯蒂芬·茨威格（Stefan Zweig，1881—1942），奥地利作家、传记作家、诗人、剧作家。代表作有《一个陌生女人的来信》等。

③ 李奥·德·热内卢：又译里约热内卢。

④ 汤玛斯·曼：又译托马斯·曼（Paul Thomas Mann，1875—1955），德国小说家、散文家。代表作有《布登勃洛克一家》。

钟一秒钟在死的——听啊！在音乐中，你心中的妖魔显现了，你灵魂赤裸了，并且这世界的妖魔也显现了，你的眼泪才流，你的血才沸，你的力才充满，你的生命才开始，你才感觉到未来，你才获得幸福的幻象，你才知道什么是你应该求、应该做的。在音乐中，这一切能够捧在你手上，拥抱你，爬进你的心里长上根。

而如果你不能从音乐中感受到这一切！唉！你必须让罗曼·罗兰帮助你！

而罗曼·罗兰听着音乐，他听着一切音乐，懂得它们所完成的，它们所缺少了的——音乐就是世界；而他追求一个好的世界，即将来到的日子，这些还不能得到的就表现在他所追求的、所想望的音乐中。罗曼·罗兰的音乐批评是苛刻的。巴哈、亨代尔、罕顿、莫札尔德[①]都是好的，可是那单纯与和谐只是以前的黄金好日子里的美梦，它们过去了，要不然就是未来的好日子里的现实，所追求的理想，它们还没有到来。单纯与和谐，世界的理想与音乐的理想，可是今天的人类要怎样才能得到理想？行动！贝多芬是第一个在音乐中行动的世界公民，在世界中行动的音乐家——他是创造者。安息日还没有到来，他没有完成，继起的修裴尔脱、休曼、李兹特、裴辽士、勃拉姆斯、德褒西[②]也没完成。我希望罗曼·罗兰能读到列宁城的交响乐的手稿，他将发现他所寻找的音乐，渐渐地在出现了，但是我们将听不到罗兰老人对萧斯塔可维奇[③]的批评，假如他死了。我们将永

---

① 巴哈、亨代尔、罕顿、莫札尔德：又译巴赫、亨德尔、海顿、莫扎特。

② 修裴尔脱、休曼、李兹特、裴辽士、勃拉姆斯、德褒西：又译舒伯特、舒曼、李斯特、柏辽兹、勃拉姆斯、德彪西。

③ 萧斯塔可维奇：又译肖斯塔科维奇（1906—1975），苏联作曲家。

听不到他了，假如他死了。他也听不到那“理智与本能”结合的交响乐，他将听不到他“所寻找的和声”，假如罗曼·罗兰果真死了。

夜来了，夜深了。阴霾的夜，潮湿的夜。我们不知道耀璨的星是否陨落。

“这个躯壳已经完了，我需要另外的一个躯壳了。”罗兰老人也说了这克利斯朵夫临死时指着自己的躯壳说的话了吗？

罗曼·罗兰死了——

给他安息，骚动给我！

谈比喻

没有必要解释比喻。把两件不相干的事拉到一起，（它是一种自然现象，三尺儿童都善用比喻。我的小女儿三岁时，就对我说过：“爸爸的胡子，像一片草地。”）这就是比喻。

同时，比喻大如宇宙，宇宙本身有时候并不是通过别的，而是通过比喻来把自己显示给芸芸众生的。

一位备受尊敬的长者却说过，比喻总归是跛了一条腿的。这话自身也是一个比喻，因此可以证实比喻是跛了一条腿的。但必须指出这一点来：只有不好的比喻、不恰当的比喻，才会如此的。而恰如其分的、好的比喻，就是连现实自身都赖以显示其存在的主要方式，譬如月球、地球、星球、足球、篮球、网球、排球、乒乓球、绣球花、狮子滚绣球、环球旅行、球鞋，都是从一个谁也不知道是最先从哪儿找来的“球儿”作为比喻用，而命了名的。然则，球是并没有腿儿的，因此它倒是跛不了的。

据说，银河系是扁圆形的，像一个铁饼；又据说，太阳系也是的。如果人间没有这个田径运动里的铁饼，不知该怎么样来描绘宇宙中的这一种天文现象了，连宇宙自身据说也是一块巨大无比的旋转着的铁饼、薄饼或飞碟等的涡旋体的形状。但谁也不能跳出宇宙去眺望这块铁饼，以证实此说。

还有，扫帚星，要没有比喻，就不知道中国人怎么办了。要没有比喻，就没有那个“相对”性，没有了互相“比较”的办法了。宏观世界固然是无比喻就无法很好地加以描述的，微观世界似乎还更加困难，现在不得不乞灵于比喻了，如“秋毫之末”、“芥末之微”，想“从一粒沙中看世界”，但这一个方面竟连比喻也感到非常困难，想借用日常生活中可以理解的东西，作为比喻来描绘它们，好让我们理解它呵！硬是苦于找不到适当的比喻与跛脚的词汇。

文学方面的应用比喻，是真个令人钦佩，令人倾倒，令人欢欣，令人狂喜不止的呵！“关关雎鸠，在河之洲”，中国诗歌的第一句就是一句名句，比喻诗的名句，用鸟类的求偶来比喻爱情。

王维的“大漠孤烟直，长河落日圆”，仅用了这十个字，能画出这样美妙的景物来，简直神奇得很。这是所谓“意象派”的诗了，堆砌六个意象，都不像比喻，甚至于只能说是平铺直叙的。然而这《使至塞上》的整首诗，说到的大漠与长河，也就好比是边塞的比喻一样，是塞上的风光的，一对绝妙的比喻了。中国文字是所谓象形字，象形和比喻是相当地有异曲同工之妙的，当然它们也有所不同。

李白的《远别离》是最了不起的诗篇：诗人面对他当时的形势，唱出“尧舜当之亦禅禹。君失臣兮龙为鱼，权归臣兮鼠变虎。或云：尧幽囚，舜野死”。这是中国历史的一篇最大的翻案文献。那龙、鱼、鼠、虎是极其令人震慑的比喻了，这是一个“大比喻”。大诗人用上了这么几个惊心动魄的语言，写明白了权力斗争中，连尧舜也没得一个好下场的大比喻，其目的在于晓喻君主，进谏给皇上，要唐玄宗切不可以把大权交给李林甫、杨国忠，把边防委托给安禄山、哥舒翰。这正是一首政治性很强的抒情诗，然则政治抒情诗是从来都少不得用许多比喻的，盖中外皆然也。屈原的《离骚》，但丁的《神曲》，弥尔顿的《失乐园》等等，均属于是。

小比喻俯拾皆是，众所周知，不想多说了。“大”比喻却很值得一谈。

一部《圣经·旧约》的第一句，开宗明义，曰：“太初有道。”希伯来文[①]我不懂，英文本译作“In the beginning is the word”，本意应是“太初有言”，指上帝创造世界的首次发言。无论此字译作“言”，或译作“道”，可都是极大的概括，是特大的比喻。“言”是代表着神的意志。“道”在日常语言中是一条条的道路，用来比喻道理的，比喻真理的，是来代表“知”的。后来，大诗人歌德在《浮士德》的第一卷，开头的“太初有行”（Im Anfang war die Tat），这“行”字的英译作Deed，“行”确是代表“实践”的比喻式的用语。然而就文学来说，大比喻最好不要用在这种哲理性的大题目上，也仍然不容易说清楚。毋宁用在某一些比较大幅的特别复杂的生活场景上，作大规模的形象描绘之用，便可显得分外的有声有色。本文的目的，本来也不过是要想说说这些个的“大比喻”而已。

如托尔斯泰在《战争与和平》第一章里，写一个客厅中的晚会，当宾客群集的时候，作为主妇的一位贵夫人，就变成了一个纺织女工那样的奔走在她的棉纺厂的精纺车间的“弄堂”里，哪里的细纱有断头，她就打它一个结，接上了它，操作就能继续进行，美妙地运转了。小说里这一小段是规模不小的大比喻，用来描写这位精干的贵夫人组织这个晚会的进行，哪里的谈话要有点停滞了，她就上去说几句话，把这一个断头接上，然后又到另一处去调整一下那里的气氛，使所有纱锭都能正常

---

① 希伯来文。

运转。这段小说用了这个大比喻，变得很生动。不过不知道棉纺厂的读者可能读不大懂。

我曾学过托翁的这一手法,用爬山运动员攀登珠穆朗玛峰的艰苦卓绝，来描写一个数学家如何跋涉在有如崎岖高山的一道数学难题的解答上。我专门借来了一本攀登珠峰的报告文学著作，从中抄一点，改写一点，写出整个登山的过程，将它压缩成将近一千字的大块文章，借以比喻一般人无法理解的，那种解答数学难题的艰辛的奋斗。看来，发表后效果还是不错的。不用这样的大比喻，真无法表现高等数学的运算之难呵。

另一次是在写一口石油钻井的井喷的场景时，也是比较难于描写出来的景物，就又用了一回大比喻的手法。这次是用了猛虎出柙、游龙入海的两个大比喻，就让一龙一虎，在钻井的井台上大闹特闹。效果也很不错。我得出一个经验，凡是难写的场景，均可用这大比喻的方式、方法，来试它一试。

雨果（Victor Hugo）有两首诗，我特别喜欢。一首写开隐[①]杀人。死者是他的手足兄弟，阴魂到处追逐着它的杀手。一首写拿破仑从斯莫楞斯克[②]败退，兵败如山倒。两首诗都是在咏史，本不是作比喻诗写的，但是我总觉得作者是写成比喻诗了。我有一个朋友被人谋害了，不知杀人凶手是谁。后来那人因为杀了一个兄弟般的人而发了疯，自己吐露真情出来。这使我想起了前一首诗。希特勒进攻苏联时，我们多数人总是要想起后一首诗来，结果真的是如此。两首诗都是绝妙的大比喻的诗歌。

---

① 开隐：又译该隐。

② 斯莫楞斯克：又译斯摩棱斯克，俄国城市。拿破仑率领法国军队攻打俄国，兵败于此。

一九四五年抗战胜利，嘉陵江发大水，我看到洪水冲下了一栋房子。一整个屋顶漂在水面，无数的耗子惊慌失措地在这屋顶上的瓦楞之间狂奔乱窜。我当时就觉这里面存在着什么内涵很深的东西。这一景象，好像是什么皇朝的末日，或某一上层建筑正在面临着崩溃的象征似的，后来果然在解放战争即将胜利之时，人民解放大军渡过了长江以后，国民党败兵的狼狈逃窜形象中，又全部重新看到了它一次。我最近把它写进了我的长篇回忆录《江南小镇》里去。

大比喻的作用很好，我特别喜欢它们。可以举出许多名篇佳作来。

然而比喻并不是文章中最有特色的因素，无须说得太多。本来我也不想多说它了。但高级的比喻艺术实在太多，不表示一下我的欣赏，有点遗憾。李商隐的“春蚕到死丝方尽，蜡炬成灰泪始干”，如此之深情，岂能不提？鲁迅翁的“烟水寻常事，荒村一钓徒。深宵沉醉起，无处觅菰蒲？”这却又是另一种的深情，说不出是什么样的灵魂的微茫，却不是李商隐的那种脉脉柔情了，鲁迅心中牵挂着的并不是小我有衷心的诚挚的爱情，而是伟大民族的生死存亡的悲怆怅望。看来大比喻是能创出更好的艺术的一种灵感归宿。

“人生不相见，动如参与商”，是杜甫的大比喻。参，指猎户星座；商，指蝎子星座。这两个星座很美，秋冬是猎户在中天；春夏是蝎子在中天，从来碰不到一块儿的，用于人生中亲友不易相见，竟如此之难得见面，用得极好。使我奇怪的是杜甫的诗，很少用比喻。他惯于直抒胸怀，文字明亮透彻，笔墨丰富多彩，感情深沉浓郁，竟然少用比喻，少到找也找不到的。可见不怎么用比喻，也是能出大诗人的。

郭沫若的《屈原·雷电颂》则是政治性的大比喻，“你这宇宙中的剑，也正是我心中的剑，你，劈吧，劈吧，劈吧，把这比铁还坚固的黑暗，劈开，劈开，劈开！”是的，剑劈比铁还坚固的黑暗，是当时的时代的了不起的声音！

艾青的《礁石》却是革命者的坚韧不拔的精神的比喻。戴望舒的“蝶褪了粉，蜂褪了黄”的比喻，写在一首很美的诗中，懂的人不多。美丽的比喻还是很多的，比喻并不是什么跛脚的残疾呵！

我们要读书

我这一年经常在这里那里大声疾呼：我们要读书！要博览群书，然后精读其中的一种两种书。我们是被迫这样做的。在世界各国之林中，我们的科学文化水平是比较靠后了。我们需要读书，不读书不行了！

现在，我们有些同志（包括有些领导同志在内）还不晓得认真读书，不晓得读书的重要。我们有许多人，现在最喜欢看电影、看电视；电影电视是不可不看的，而且也应该多看一点。但是，我们读书的这个劲儿就没有看电影、看电视的那个劲儿大。当然，我们有些很有志气的青年，不大看电影电视，而发愤读书，很专心很用功。不过，比较起来，喜欢看电影、看电视的人要多一点，喜欢读书的人可能少一点。

我就有一个倡议：我们来发动一个全国规模的、持续二十年的博览群书的读书大竞赛！去年在全国文代会期间，我在中国作协的会上发言，讲了这个问题。那个发言的题目叫《文学与科学》。我一上台，一报题目，下面就有一个人对他旁边的一个同志说："他又来这一套了！"他不想听，很不耐烦，但是，我还是要讲。我是专要研究四个现代化的问题的，我们是要投入四个现代化建设这项特大工程的。不搞四个现代化，我们将活不了！我觉得现在需要宣传文学与科学的问题。要宣传四个现代化，要读书；要极大地提高我们自己的科学文化水平，必须提倡刻苦读书的学风！

我的倡议在当时好像没有什么反应。但是，我现在已经发现，全国规模的、持续二十年的博览群书的读书大竞赛，事实上在生活里已经开始了。用不着我多讲了。北京图书馆和湖北图书馆的同志都告诉过我说：现在到图书馆里来读书借书的人，比过去多得多了。可以肯定：读书的人是要越来越多的。总之，读书大竞赛正在掀起并展开。但是，我们读书的条件是不怎么理想的。我们的书是太少了。因为在"文化大革命"中，我们都亲眼看到，也亲自参加了一个焚书运动，把书烧掉，或论斤地卖给造纸厂，去回炉重新造纸。毁了多少书啊！那十年，是毁书的年代。现在要看书，要买书，都是很不容易的。

鲁迅先生不是有两本《鲁迅日记》吗？大家不妨把它看一看。鲁迅的日记是从一九一一年记到一九三六年；他在这二十五年里，每年年底记有一篇篇买书的账单：花了多少钱？买了哪些书？二十五年，他买书花了一万二三千块钱。鲁迅先生读的书真多！他是博览群书的。但是，他又精读了若干种书。你如果不是先博览了群书，你怎么知道你想认真精读的书呢？抓到一本就精读一本吗？随便拿到一本就去研究吗？这有点危险。也许你拿到的那本书并不是很好的书。大体上把书都浏览过，都看一看，然后挑你自己认为是最好的或最有必要的书，选出来精读、研究。这样做比较可靠。为什么鲁迅先生的文章写得那么好呀？一个重要原因，就是他读的书多，再加上他的社会经历，生活阅历；首先是他的社会生活的经历阅历很深，但他的读书也博而精啊！读书这件事是非常重要的。看电影呀，也能够得到知识，但是它有个毛病，太便当了。你买张票，往椅子上一坐，自己不要付出任何劳动，就是享受，享受中间吸收到一些知识。这是毫不困难的。但是，经过自己刻苦努力取得的知识是更广泛、更扎实、更重要的。你读书，得仔仔细细做笔记，有时候读到深更半夜。这个脑力劳动的实践，在另一种意义上说，是更重要的，读书能使你得到很多的间接知识，而后参加其他生产的实践、科学的实践，和劳动群众相接触，所取得的知识就更广泛、更实际，你就会更渊博了。我在这里是专门讲读书，其实读书和生活，发明和创作，都是紧紧联系在一起的，它们是不能分离开来的。事物都是交错在一起，互相联系在一起的。

鲁迅、郭沫若，都是大学问家，他们读的书可多了。他们读的书，有些我们连书名也不知道，把书名告诉你，你都不懂，有的作者的名字还不认识。我到郭沫若同志家里去过，他有个小房间，一张写字台，旁边一张小书桌，很简单，这就是他的工作室。工作室内有个门，从这个门进去，像进入一个大厅似的，里面摆满了高大的书架，一排排书架摆满了书。看到他那个书库，我是很震动的。前年，我到巴金同志家里去，正好他“解放”了。他“解放”以后，他那个书库也“解放”了，先前，人家把他的书封了，封存到汽车间里去了。这时他把那些书搬上楼，把书插到书架上去。整个楼的书都保存下来了，很多呀！他们的知识是非常渊博的。我们简直是没有几本书的，跑进房间里一看，就那么几架破书，不像样子。其实，我还是爱读点书的，买过的书也相当多的！只是抄家了，卖掉了，丢失了不少。现在要读书，就要找书来读。我们总是要想方设法，找很多书来读的。

去年到法国去，参观了一些图书馆和一个蓬皮杜文化中心。他们是开架借书看，不搞什么登记，也不凭借书证。蓬皮杜文化中心有三十万册书，只是一个通俗图书馆。你自己到书架上拿书，自己放回去，什么手续也不要，很方便。专业的书另有专业的图书馆。法国人读书的条件很优越，很多人也喜欢读书，但他们的精神状态却不如我们。他们的物质生活比我们好，但情绪比不上我们。他们感到人生的意义不过如此，找不到一个理想。人要有理想才好。当然，我不是在这里搞阿Q精神胜利论。确实，我们有理想，并为之而奋斗。我们在思想水平上、在精神生活上，我看比欧洲人强一些。这不仅是我个人的感觉，甚至欧洲人他们自己也有这样的感觉，并对我们怀抱着热情的希望。

我们这个国家，这个民族，就是吃了十年浩劫不读书的亏。现在，我们迫切需要读书，亟待刻苦攻读！读书，当然包括学习马列主义、毛泽东思想。这个方面，原来是不用讲的，但现在却要讲一讲。马列主义还灵不灵？毛泽东思想还管不管事？在一部分人中，特别是在一些中年人青年人中间，存在这个问题吧！从总的方面来讲，如果你不学马列、毛泽东的著作，你也要学辩证唯物主义和历史唯物主义。我们这个国家，我们这个民族，我们这个社会主义制度，就是辩证唯物主义和历史唯物主义的产物！我们怎么能够不接受辩证唯物主义和历史唯物主义的原则呢？而马克思、恩格斯、列宁、斯大林、毛泽东是辩证唯物主义和历史唯物主义的大师。是不是要把他们的著作都背下来呢？曾经这样做过，事实证明不好，不需要这样做。当然，你背一点是可以的。过去有较长一段时间把它当作《圣经》背诵，那是不行的。在欧洲，在巴黎圣母院里，现在还有人在背诵《圣经》呢！那是不行的。但是，人总得有个人生哲学。有意无意，你总有个哲学的信仰；你说没有，你还是有。哲学，有唯物主义的，有唯心主义的；你不是这个，就是那个。我自己是在一九四○年，二十五岁时开始接触马克思主义的，四十年代就学习马列主义了。五十年代，开国以后，干部都要学“干部必读”那几部书，就是学马列。运动来了，查不出我什么问题，人家搞运动，我就读书，主要也是学马列。后来到了“文化大革命”，“斗、批、改”到了干校。一连十年没有干什么事，一个劲儿地读书。从早晨起来到晚上，不是劳动，不是批斗，就是读书。就是读《马恩选集》四卷、《列宁选集》四卷、《毛泽东选集》四卷，加上一卷《资本论》，十年反复地读了这十三本书。同时也读了一些别的书，是为了验证，为了运用。这几年里，我精读了一部《红楼梦》和一部《楚辞集注》。我觉得，这最后十年读书真是读出点味道来了。最近这三年多，我更充满了信心。我是乐观的，我自觉是个散布乐观情绪的人。我想，主要是因为马恩和列宁的选集、《毛选》《资本论》，给我指出了一个自从一八四四年以来的国际共产主义运动的发生以及发展的全过程。既然知道国际共运是怎么过来的，我就知道它将是怎样前去的。所以我是充满了信心的。我们的前景充满了希望和光明。我的精神状态自认为比较稳定，非常愉快，劲头也很大。我认为，这十三本书，现在加上《毛选》第五卷，是要读的，是一定要读的！这是人类智慧的全部总汇。要不要说它句句是真理？千万不要这样讲。这句话本身就是违背真理的。

总之，书是要读的，而且马列著作更是要读的。博览群书的书当然多得多了：哲学的，政治经济学的，科学社会主义的，历史的，地理的，化学的，物理的，生物的，天文的，就是说“数理化、天地生”都可学，都要学的，还有文化、教育、文学、艺术、音乐、戏剧、儿童文学、传记文学等等。博览群书，就要读万卷书，都要读一些，是的，都要读。作为一个现代社会的公民，是需要多读一点书的，当然不可能什么书都读完，但总应该多读一点。为了社会主义现代化，尽量多读一点，而且精读其中的一种两种书，再慢慢地精读更多种书。博览群书也可以从文艺入门，开头多读一点文艺的书。精读的书中包括马列的书一种两种或多种。大体上，关于读书的问题我就想到这些。反正是劝人读书，是呀，我们需要读书！

第五章

◇

此生未完成

《荷马史诗》选译

人之所需，并不是要做些事，
而是要有所为，或是说，需有所是。

“当我独处的时候，我爱神话。”

——亚里士多德

1942年的初夏，年轻的徐迟在重庆乡间，开始阅读《荷马史诗》，而后情不自禁地挥笔，用无韵素体诗选译了《依利阿德》。战火纷飞饥寒交迫的年代，怀有热忱的作家在翻译晦涩难懂的希腊文经典。

此前仅有傅东华和杨宪益先生的两种散文译本。徐迟认为，音组之于诗，如节拍之于音乐，色彩与线条之于美术，为诗之必要条件。小诗不讲格律犹可，巨大的诗篇可不能不讲究它了。然而在当时的中国文坛，新诗不讲格律是一种潮流。

徐迟是中国第一位将希腊文版本的《荷马史诗》用汉语诗体翻译的人，在中国文学史上具有开创性的意义。

该选译本于1943年由美学出版社出版过，后来由于环境变化，全译的计划不得不中断了。直至1992年，将近80岁的徐迟去了希腊，恍然一个做了五十多年的很美的梦就那样醒了，于是他开始重新翻译《荷马史诗》。这次他为自己选择了一个更高的翻译难度——怎样把六步体长短短格（荷马原韵）译到中文里来。

重新翻译的时候徐迟参照了多本希腊文英译本。他的翻译追求流畅性、可读性，希望尽可能地传达出史诗的精神，并允许自己，作为一个诗人，而发挥自己的创造性。

全诗共24卷，“我相当担心我会没有这么长的日子，来完成它”，原本计划分成四个部分依次出版，然而最终仍然成了徐迟此生未完成的遗憾，仅翻译了前6章的诗行。

本书收录了徐迟《依利阿德》20世纪40年代试译的注释文章以及90年代未完成的全部6章译作，经徐迟家人授权，为首次面世。

谨以此向老一辈文学家致敬。

——编者按

《依利阿德[1]试译》的注释

《依利阿德》释

古希腊有所谓“史诗圜”者，指这样一个时空的圜之内的史诗作品、传说以及古史等等。荷马学者及文字学家曾将希腊史诗分别为二圜：一，“特洛亚[2]圜”；二，以忒拜城为中心的“忒拜圜”。

而《依利阿德》是属之于“特洛亚圜”的。“特洛亚圜”之第一部，名“塞浦勒斯[3]”。

此“塞泼勒斯”的作者当然是古代行吟诗人、游唱诗人，或参加谣歌比赛的歌手们。现在我们仅知道这些歌手中间，有过一位名叫斯丹西奴斯的。而其他的众多的诗人，我们一无所知了。

此“塞泼勒斯”，是以金苹果的故事开始的：三位女神争一个金苹果，由特洛亚城的王子巴列斯[4]，人间的美男子，任评判。许以人间最美的女郎做他的妻子的爱神的贿赂，打动了巴列斯的心，金苹果归于爱神了，而被一掳而去的斯巴达城邦的王后，倾国倾城的海伦，则已归之于巴列斯了。

---

① 依利阿德：又译伊利亚特。
② 特洛亚：又译特洛伊。
③ 塞泼勒斯：又译塞浦路斯。
④ 巴列斯：又译帕里斯，特洛伊王子。

于是全希腊大军云集，在阿谷斯[①]的国王阿格门农[②]，及其弟，海伦之夫，斯巴达首领门纳劳斯[③]的率领之下，渡海出征特洛亚城，又名依利亚城，同去索取海伦。参加征讨军的尚有莱斯卜斯[④]的国王，大英雄阿基勒斯[⑤]。

阿基勒斯曾在他攻破一座与特洛亚结盟的勃里萨斯城[⑥]之后，在分配战利品的时候，分到了一个勃里萨斯的女郎，作为女俘虏。这是一条重要的伏线。整个圜的第一部分只把故事发展到这里。下面就是“特洛亚圜”的第二部分。

那就是《依利阿德》了。它开头就是一位祭师，前来赎取另一个分配给了大军统帅阿格门农的女俘虏，克丽锡斯[⑦]的女郎，祭师的女儿。统帅拒绝，触怒了司预言、司医药又司瘟疫的天神阿波罗（见下节《光火的起因》注释）。但到后来，阿格门农不能不交还祭师的女儿了，他又看上了勃里萨斯的女郎，把她从阿基勒斯那里强抢了去，占为己有。

《依利阿德》的第一句：“哪一个神仙使他们两个吵嘴了？”点出了阿格门农和阿基勒斯两人的争吵。整个《依利阿德》的庞大结构，主要是集中在这一点上的：因为阿基勒斯光火了，从此只是观战而不出战。这个纠纷闹起来时，希腊人已攻了九年特洛亚城了。阿格门农失却了这位主将以后，节节失利，几乎连战舰都快要保不住了，虽经多人调解，光火的阿

---

① 阿谷斯：又译阿尔戈斯，位于伯罗奔尼撒半岛东北部，归属于阿伽门农的迈锡尼王国。

② 阿格门农：又译阿伽门农，迈锡尼国王。

③ 门纳劳斯：又译墨涅拉俄斯，斯巴达国王，阿伽门农的弟弟。

④ 莱斯卜斯：又译莱斯博斯。

⑤ 阿基勒斯：又译阿喀琉斯、阿基琉斯。

⑥ 勃里萨斯：又译布里塞斯。

⑦ 克丽锡斯：又译克律塞伊斯。

基勒斯依然按兵不动，直到赫克脱[①]将阿基勒斯的爱友柏脱洛克罗斯[②]杀死。为友复仇，懊恨而哀伤的阿基勒斯才上了战场。这部长大史诗《依利阿德》，至阿基勒斯杀死赫克脱之后，即戛然而中止了。

史诗圜的第三部《艾塞俄双亚》是阿基勒斯与增援特洛亚的亚玛逊[③]娘子军，女英雄潘台西吕亚[④]的战事，以及阿基勒斯之死这些作为内容的。

至于特洛亚城的被攻破，怎样用了木马计等等，是在第四部中。从众英雄争夺阿基勒斯的武器起，迄城破为止，是在第五部《屠城记》中。第六部是《还乡记》写众英雄解甲还乡。这些部都没有留下荷马的本子来。除了第二部的《依利阿德》外，荷马还留下了第七部的《奥德赛》，在其中，歌唱了多智的英雄奥德修斯，在归家的路上，足足十个年头的漂泊与历险。最后他回了家。此外，这个史诗圜还有第八部《德律刚尼亚[⑤]》唱出了奥德修斯和他的儿子德律刚尼亚的。荷马所唱的两部史诗，在史诗圜中远远地超过其他的之上，精美至极，无与伦比，光辉灿烂，是真正的不朽之作。

我们目前的《依利阿德》的版本是用的亚历山大朝的希腊诗人阿历斯泰库斯及齐诺陀脱斯等所编纂审定，复经中世纪保留至今稿本。它是否荷马的原唱本，也还可以怀疑。历代的荷马学者，根据柏拉图及历史家希洛陀脱斯他们，在行文中所引用的荷马诗句，作了比较研究，审定他们两人引用过的版本，与我们采用的本子最为近似。

雅典在前六世纪时，于毕锡司图拉脱斯治下，开始了每四年一次之古代的奥运会，会上朗诵《荷马史诗》，以《依利阿德》为主，《奥德赛》

---

① 赫克脱：又译赫克托耳。

② 柏脱洛克罗斯：又译帕特洛克罗斯。

③ 亚玛逊：又译亚马逊。

④ 潘台西吕亚：又译彭忒西勒亚，亚马逊女王，战神阿瑞斯的女儿。

⑤ 德律刚尼亚：又译忒勒玛科斯，奥德修斯的儿子。

为辅。朗诵史诗的人是把许多片段缝纫起来，可见当时竞赛者必能道人之所未道，回回不同的，各有创造的。想来在早先时候，以口相传，词句必有无穷的变化，后来有了定本，又不知会有多少的删节改动的洁本。柏拉图《共和国》[1]卷三里说："荷马和别的诗人不要生气才好，假如我们拿起笔来删改他们。"在雅典的民主制下，奴隶社会的道德标准已与产生这部巨著的氏族社会的道德观点不同。据波卢塔克[2]告诉我们，当编纂者阿历斯泰库斯听到《依利阿德》第一个歌中有四行诗，说起英雄费匿克斯[3]要杀他父亲，认为这不道德，就把它删去了。还有一行诗，"听从了（他母亲的话），他照着做了"，则早已改成"他不听话，不照着做"。

英国诗人济慈写过这样一首诗，《初读却泼曼[4]译本的尙马》：

多少回我旅行在金黄色的土地，
看到多少完美的都城和皇国，
我周游过多少西方的岛屿，
那里游唱诗人向着阿波罗献艺，
有一个广大的领域，人家常告诉我，
是紧结着眉头的荷马统治的国土，
然而它的纯洁庄严我从未呼吸过，
直到我听到却泼曼的译诗的诵读，

---

① 《共和国》：又译《理想国》。

② 波卢塔克：又译普卢塔克（约 46—119），罗马帝国时期希腊传记作家、伦理学家。代表作《希腊罗马名人传》。

③ 费匿克斯：又译费涅克斯。

④ 却泼曼：又译查普曼（George Chapman，1559？—1634），英国戏剧家、诗人。代表作是英译本《荷马史诗》、悲剧《布西·德·昂布阿》和《布西·德·昂布阿的复仇》。

我才感觉到有似一个星象观察者，

看到一个新的星座游泳在天坛……

祈愿有朝一日，我国也有一位荷马的忠诚的诗译者。

《光火的起因》释

关于《依利阿德》的结构如此之简单，即是，只围绕着阿基勒斯光火一个焦点，将复杂的线索打成一个死结，《诗学》的作者，亚里斯多德[①]在《论史诗》第一节里说：“在这一点上，荷马的天才卓越又是明显的，就是他并没有把整个战争，那有个头又有个尾的一个大动作全部写在诗里。因为这样做起来，对象太浩瀚，一幅景是画不完的，而且，如果他居然能把它们综合在一个小范围内，则花花巧巧，太多了一些，会使人家捉摸不住的。因此，他只挑了这个战争的这么一个点，其他的事，荷马把它们作为插曲，一个一个地来介绍，用这个方法就使他的史诗顿时变化多端了。”接着他就举《塞泼勒斯》和《小依利阿德》为例，说明反是之失当。

但也有人反对这个说法的。如迈凯尔在《马立斯传》里所说的，这是一个次等的题材，幸亏放在一个伟大诗人手上，才写成了最崇高的诗歌。因为阿基勒斯的光火，是为一个俘虏女而酿成的，似乎更非一个好题材；后来他为了爱友之死产生懊恼与哀痛，为赫克脱杀害了他的爱友而愤怒，才真正值得歌唱。

这幅阿波罗光火的图画是荷马诗中有名的例子，不仅有声，而且有色：

---

① 亚里斯多德：又译亚里士多德。

肩上箭矢震颤的声音，太阳神如黑夜（！）的阴郁地走下来的步伐声，弓弦上的声响。在荷马手上，只轻轻地写五六行诗。还有一点也得在这里提一提起，这也是亚里斯多德说的：

在许多给荷马的赞词中，此其一：即，只有他，仿佛豁悟了他应该如何在诗中间处理他（诗人）自己。诗人应该尽量地少说些自己；因为自己并不是被模仿的对象。可是有些野心勃勃的诗人从头到尾只表扬他自己，其实他只模仿了极少的东西，又模仿得极其肤浅。荷马在几句预备性质的诗句之后，立刻介绍了一些人或别的一些性格，因为人有性格、行为，这是永不该被忽略的。（《诗学》第三篇《论史诗》第二节。）

我们看《依利阿德》开头就知道荷马怎样一下子把读者带到了希腊战舰上，只拐一个湾，就来到沙滩上，听祭司的祈祷，而瞬间阿波罗大踏步出来了。亚里斯多德说得多么简捷，而荷马完成得又是多么生动呵！

马立斯在英译本（牛津版）中对自己的翻译，说道：“我的目的是直接地一把抓牢荷马的朴素和他的音组，较少地注意他的庄严的仪态，但并不是不希望多多少少的，在我抓紧了简单然而吃得住分量的语言之时，庄严的感性能自然而然地传达出来。我所尝试的素朴，是以避免嚣张以及呆板作为方法的；亦步亦趋，我用了点仄声，而不做复杂的句子。在音组一方面，则赋予‘扬抑’的格调。有时我为了追求现实性，用了生动然而不常用的字眼了，则只用在我觉得合适的地方，也还因为我认为合适的地方，要调节音的高下；尤以对白中为然。”

关于怎样把六步体长短短格（荷马原韵）译到中文里来，是顶顶困难的。古史诗的宪章是极严格的。亚里斯多德说诗的来源：“大体上似乎有两个，各自都合乎自然。其一，人从孩子时代起可本能地‘模仿’……‘模仿’对于我们是天然的；其二，旋律与节奏却也是天然的（说到音组，实在是节奏之一种）。”他还说了，“关于英雄体（按即荷马所用的六步体长短短格）乃由经验所积累而成，那是适合于史诗的……英雄体是各种音组中最庄严与雄伟的……我们前面说过了，只有是大自然自己指出来的，选择出来的，方为合度。”（以上均见《诗学》）音组之于诗，如节拍之于音乐，色彩与线条之于美术，为诗之必要条件。纵然今日之中国诗还不重视它，我相信终有一天会认识到这点的。

这个试译用了五音组的无韵素体诗，每一音组为一小节，是一个相等的时间。造成的音的效果是一浪一浪一浪的，整齐的，连续的，铿锵的，每一行诗有五个音组。原诗是六步体，则是六个音组。当行已满五个或六个音组而句未完时，末了一个音组的音调可以较高，以便在同样的节奏中，转到，即带到下一行中去。

《台尔锡蒂斯[①]》释

台尔锡蒂斯这一个人物，在《荷马史诗》中，以丑陋可笑而突出；诸家研究、考证他的极多。他所代表的是人生中的幽暗的一面：不幸的人生，天生的丑陋，因而被视作罪恶的象征。艺术虽是主要的“模仿”美丽、崇高、英勇人物的，但即使在古希腊，与《荷马史诗》同时，也早已有了讽刺诗体的所谓“玛奇底斯”，如：

---

① 台尔锡蒂斯：又译忒耳西忒斯，总是讽刺嘲讽别人。

他不会耕不会种，也不懂手艺，

他想做什么，上帝就送他个愚蠢。

讽刺诗体之与史诗，正如喜剧与悲剧的关系。根据《诗学》，所谓“抑扬格”的希腊文原意，即为讽刺诗。其后，抑扬格因朗朗上口，转为悲剧诗人所用。它离开了原先描写、讽刺讨厌的缺德的人与事的任务，被用于写庄严的悲剧的扬举的诗歌了。但《依利阿德》中，这一个人物的突出，使读者憎恶这人，却又同情他，证明荷马的深刻的同情心，也代表了这方面的荷马的成就了。

本来是阿格门农在霸占了阿基勒斯的奴隶女之后，召开了一个希腊人的会议，而台尔锡蒂斯破口骂了他。一般均以为台尔锡蒂斯是一个平民，他这样骂过之后，奥德修斯用手杖打了他。按台尔锡蒂斯一字的语源，意为“勇敢”或“无礼”，在荷马的用意上，当然是指后者的涵义。其实他也是一个皇亲国戚呢，而且是英雄狄奥米第斯[①]的表亲，他的母亲，名叫狄亚，也是一个女神的命名。“人类中间，阿基勒斯最恨他”，这话的来源，或许是因传说中，他必定死于阿基勒斯一记耳光底下。果然，在史诗圜的第三部中，阿基勒斯和亚玛逊人作战，对方的女将潘台西吕亚被他杀死了。在血泊中躺着的女英雄，明眸皓齿，阿基勒斯始则以怜，继则由怜而敬，终于由敬而爱。站在旁边的台尔锡蒂斯，发觉了这情况，破口大骂起来。阿基勒斯顿时大怒，一个耳光把台尔锡蒂斯打得就此一命呜呼，用卡拉培乌的说法，是“血液和牙齿和灵魂一起从喉咙里流了出来”。阿基勒斯的部下正在欢呼，那时，狄奥米第斯在旁边，看见自己的亲戚这样的

① 狄奥米第斯：又译狄奥墨得斯。

死于非命，勃然大怒，立刻拔剑与阿基勒斯决斗。这个事曾由悲剧诗人却莱蒙写了一部诗剧。一位乌森纳教授曾研究过这两人的斗争的社会基础，追溯到斯巴达风俗中的竞技比赛，将弱者推入海中去；更发现古代社会中每年的祭礼，有原始宗教中象征夏天杀戮冬天的礼节。大多数希腊学者做研究，考订文献，发掘废墟，最后都把一切还原到社会基础的最终极而止。

毛立斯·休莱脱译了《依利阿德》前十个歌，尚未译完，忽而长逝。留有序言，曾说到荷马的“崇高的仪态，我感觉不到！我感到他的史诗所应用的是活的语言，流畅的文字，最大的直起直落的朴素的手笔，以及更多的严肃性和更多的幽默”。为休莱脱编辑他的遗稿的阿勃克隆俾教授说：休莱脱会“感觉不到《荷马史诗》的‘崇高的仪态’是很使人惊奇的，但也可以反映这是他个人的反应；正是在这个地方，使他的译诗格外的生动”。

《特洛亚军和希腊军》释

这是史诗中写到的第一场大战的序幕，是非常有名的一段诗。

荷马在比较两个人或两种人这一方面，显得非常高明。这一节，特洛亚人行军时大喊杀声，而希腊人进军时冷静、坚决。一挥手间，给我们暗示了，说明了，而且用了何等生动的图画呵！足见前者还在野蛮时代，后者已进入了文明时代了。同样的方法，荷马用于说明了这两个民族的不同的性格。在双方议定休战的时间中，大家各自火葬各自的死者。大家都挥泪，但国王泼利姆[①]禁止特洛亚人哭。因为他怕他们哭过之后重上战场，

① 泼利姆：又译普里阿摩斯。

会减少了勇敢。可是希腊联军的大元帅阿格门农并不禁止希腊人哭，为什么呢？因为希腊文明已达到了这样的程度，能够在哭的时候哭，在作战时还是勇敢作战的。在第五歌第四二二行至四二五行，荷马又把这两支不同性质的军队性格同样地表现了一下，他写希腊将帅发号施令，士兵静听，行军之时，像不会说话的人；足见纪律之鲜明。而他写特洛亚人发出不协和的喊杀不住的可怕声音，从不同的嘴上，发出不同文、不同种的许多民族的呼喊，足见他们不过是乌合之众。

《海伦》释

特洛亚城的主将赫克脱，因为战争打得太长久了，和希腊军商妥，既然两军作战，是为了两个前后丈夫，争夺一个女人海伦，何不令两人决一胜负，胜者获得海伦，即可休兵。众人同意。这两人，门纳劳斯和巴列斯决斗了，巴列斯倒下，但正在门纳劳斯准备一击，以了却他的生命之时，天上的神仙原也分裂成援助特洛亚和援助希腊的两派，遂使爱神介入了，她在门纳劳斯眼前现出了两朵乌云，他就看不到巴列斯了。为此，援希腊派的神仙大怒，后来神仙之间也大打出手，这样战争依旧延长下去，不能解决。

本节的第一行，虹的女神依丽斯告诉海伦说，她的两个丈夫将要独挑独地作战。这个海伦，除了出现在这部史诗中之外，还在别的一些传说、古史中也出现过。

据说，她实系一个斯巴达的司婚姻之女神，建筑在台拉浦那的她和门纳劳斯的庙宇曾经考古学家发掘过。各种史诗传说之中，她又总是一个鹅孩儿，故不论她的母亲是谁，反正她是一位王后跟一只天鹅所生的。她的兄弟又总是孪生的，而且她在任何传说中总要被人掳去的。然后，不论是兄弟或丈夫，总要由一对孪生的兄弟救她回来。这里面反映了什么社会基础呢？想来是尚武的斯巴达人的结婚仪式盛行的是抢亲，若不抢本人，至少抢新娘的肖像。在别的地方的婚姻女神也有这种仪式的。而救她出来的总是孪生兄弟。

这一段诗之所以是有名，因它给人以海伦的美貌的深刻印象。荷马说过：“尼略斯是美的；阿基勒斯尤其美；海伦却天仙一般的美。”正是这样的美人，使这部史诗产生出她的故事来的！在一个近代作家的手中，也许要将她大大地描写一番了吧。可是诗是否能够像绘画一样地画出一个美人呢？诗在这上面是否有限制呢？有，有限制的。在绘画上，一个美人是全面地存在的。而诗的描写，则是一个部分继着一个部分的。有个希腊诗人曾用堆砌局部描写的诗句来描绘了海伦，使德国诗人理论家莱辛格[①]说：“我好像看见石头被推上山去，要在山头上盖起一幅美丽的画来。可是一到山顶，这些石头骨碌碌地都滚到山背后去了。”意大利诗人亚历斯托描写美人亚尔青娜的诗，也局部局部地写来，脸怎样，怎样的玫瑰色，又有怎样的眉毛，手臂怎样的细长，可终画不出一个美人来。莱辛格说：

> 这种诗如还有点用场的话，可像是出诸绘画学校的教师之口，只能指点学生怎样画好他的模特儿。

荷马在这种诗被限制的地方，他是惬惬意意的。荷马把特洛亚城的老头儿聚在城楼上了，他们是自尊可敬的老者，当他们看到美丽的海伦的时候，一下子交头接耳起来。我们似乎能俨然地听到他们的啧啧之声：“怪

---

① 莱辛格：又译莱辛（1729—1781），德国诗人、戏剧家、文艺批评家和美学家。

不得为了这样的美人打了长久的战争！”我们分享在心头的乃是这些长老的满意于她的柔情、爱与喜悦所产生的感情。但是，一个德高望重的人发生这样的爱心是不愉快而且可恶的事。是的，所以在老年人心头闪出的热烘烘的感情只不过是火星一粒。“这粒火星，”莱辛格写道，“立即被老年人的智慧所扑灭了。火星一闪，是为了给海伦以美，不是为了污辱老年人。所以他们承认了爱心，立刻又叫：‘叫她回去吧！’没有这个决断，他们就变成了老不死了。”他接下来又说：“而且，他们的眼睛看见了的又是什么呢？一个蒙着面纱的女人。她是不是海伦呢？荷马给了她一层面纱，为了她要经过街道。她一上楼，老人们立刻艳羡……我们看到这些受了迷的老年人，倒要看看是什么迷了他们，我们真要惊诧万分，他们热情盯住了的是上面所说的，一个戴面纱的女人……是否表情更胜于美？”

这一段说明，也曾写在柏尔克[①]的《论崇高与美》中。莱辛格在他的《拉奥孔》之中还更详细地阐述了这一“动”的形象之必要性。魏琪尔的《爱依尼特》[②]中，他也用了局部描写来绘画了蒂朵皇后，结果也成了堆砌。苏联的评论家指出，老托尔斯泰之写《安娜》，也用的是这样的“动”的方法。诗只能让读者从动之中来知道美，而画家却要从美、静中来知道动。艺术所追求的同一表现，然而方法不一，各有各的限制。难道荷马的创作是根据了什么原则和方法的？他歌唱到老年人的热情时，是否头脑里像莱辛格的理论起来了呢？不！荷马是靠他的眼睛，一双瞎了的眼睛，他用他的盲眼，他幻见了城楼上的一场活动的场景。盲眼所见，栩栩如生。我们相信，他只是直接唱出了他所看见的。

---

① 柏尔克：又译埃德蒙·伯克（Edmund Burke，1729—1797），爱尔兰政治家、作家、演说家和哲学家。代表作有《关于我们崇高与美观念之根源的哲学探讨》。

② 魏琪尔：又译维吉尔，古罗马诗人。代表作有《埃涅阿斯纪》。

《赫克脱和安陀萝曼齐》释

安陀萝曼齐[①]的命运正是赫克脱所担心的，而且还要坏些。赫克脱结果死于阿基勒斯之手；到特洛亚城破之后，这小小的婴儿被从城墙上投掷下来，活活地被摔死了。而她自己，却被带走，到了阿基勒斯的家乡，可怕极了！她被迫给了那杀害了她父亲、兄弟和丈夫的阿基勒斯的儿子，叫尼娃泼托莱摩司[②]的，还给他生了一个孩子。到后来还给丈夫遗弃了，因为他另娶了门纳劳斯和海伦所生的女儿，海密盎尼[③]。悲剧诗人攸立匹得斯[④]，为了要告诉雅典的人民那种亡国的痛苦，就用了这个凄凉哀婉的主题写了三个悲剧：《安陀萝曼齐》《希鸠白》和《特洛亚人》。

《宙斯》释

根据另一位诗人希西阿德[⑤]的《神谱》所说："地"和"天"，生下了六男和六女，幼男为克洛诺斯，一女名列亚[⑥]。"地"还生了三个巨人及三个百臂神，"天"把六个并非己出的儿子关了起来。"地"乃诱使克洛诺斯杀死了"天"。列亚生下了手掌中有霹雳的宙斯；宙斯与克洛诺斯作战十年。克洛诺斯以奥斯丽斯山为据点；宙斯则以灵山为据点。宙斯得到了智慧与预言之神普罗米修斯的帮助，与智慧之神的母亲正义女神台密

---

① 安陀萝曼齐：又译安德洛玛刻，赫克托耳的妻子。

② 尼娃泼托莱摩司：又译涅俄普托勒摩斯，又名皮罗斯，阿喀琉斯的小儿子。

③ 海密盎尼：又译赫尔弥奥涅。

④ 攸立匹得斯：欧里庇得斯（公元前480年—公元前406年），古希腊三大悲剧大师之一。代表作有《安德洛玛刻》《赫卡柏》《特洛伊妇女》。

⑤ 希西阿德：又译赫西俄德，古希腊诗人。代表作是《神谱》。

⑥ 列亚：又译瑞亚。

斯[1]的帮助，还救出了最早受到政治迫害的被“天”关了起来的三巨人和三个百臂神。这个同盟军战胜了克洛诺斯和扶助他的众兄弟的所谓巨神，其实他们并不是希腊的神，他们代表的是自然界的力。宙斯和山党人的胜利实为希腊人征服异族以及异族信仰之在神话中的反映。

而宙斯是同情特洛亚城一方的。他用金秤一称，知道特洛亚的命运还该久长一些日子。可是除了这位诸神之家长而外，大多数的天神，包括天后赫拉在内，都同情希腊人。众神出了许多小的聪明诡计，秘密地帮助希腊人。当宙斯知道他常常被骗，这么一天他索性坐在多泉水的伊达山头，决心让他自己来帮助特洛亚人打个胜仗。赫拉一看，心不高兴。灵机一动，回宫打扮一下，又从爱神那里借来了一条有魔法的腰带，还贿赂了睡神，请她在紧要关头催眠宙斯。于是她华丽而妖冶地出现在宙斯面前，宙斯也给她迷得心荡目眩，他将她和以前七个另外的女神，一个一个地比较了一番，就此忘记了战争这回事，就在赫拉的怀抱中睡着了。这时赫拉赶紧发出情报：“宙斯正在睡觉！”

《柏脱洛克罗斯》释

这个试译本，并非全译本，译了《阿基勒斯和柏脱洛克罗斯》《阿基勒斯的祈祷》《柏脱洛克罗斯之死》《阿基勒斯的天马》四段作为这选本的中心。其中，《祈祷》与《天马》是非常有名的片段。前者荷马画出了陀陀那的冬天，山峰上的祭师的生活；后者是画马的一幅精细的工笔画。一个有趣的情形是当阿基勒斯之向宙斯祈祷时，他呼唤着“陀陀那的宙斯”，因为特洛亚人同

---

① 台密斯：又译忒弥斯。

样是信仰这一位诸神的，所以祈愿者必须喊出他自己的地名来。

当时，由于宙斯的助战，特洛亚人在赫克脱的统率之下，一直冲到了海边希腊人的战舰前。原先希腊人已沿海岸筑了一道防御性的城垣，这却给帮助特洛亚人的阿波罗轻轻地一推就推倒了，像推倒小孩子们在沙滩上建筑的玩物一样。这已到了希腊联军的最危急的关头，而柏脱洛克罗斯就要出场了。

柏脱洛克罗斯从小就是一个渴血的英雄，曾在一次掷骰子的赌博之中杀了人，逃到英雄帕琉斯[①]的家中，与阿基勒斯一同生活和成长。当阿基勒斯光火了，再不帮助阿格门农了，那时他和阿基勒斯是住在一艘战舰上的，他也就没有去参战。现在他为了希腊联军已面临着覆灭的危险时，他见义勇为，挺身而出了。

穿着阿基勒斯的盔甲出阵的柏脱洛克罗斯一出现就取得了胜利，他没有听取阿基勒斯嘱咐的适可而止，忘乎所以地深入到敌阵中。于是他被赫克脱杀死，他的尸体虽被希腊军夺回，阿基勒斯的盔甲却已被赫克脱剥掉，盾牌也被拿走。

《阿基勒斯的盾牌》释

即使是多智的奥德赛请求阿基勒斯息怒，连到阿格门农统帅，最后也愿意付出重大代价的赔偿给他了，可是他始终不肯再参战了。直到现在柏脱洛克罗斯战死，当他看到爱友躺在担架上，就流下了热泪来，他急于出阵作战，但是他没有战甲了。于是他的母亲忒蒂斯[②]从海上升起，她来到

① 帕琉斯：又译珀琉斯，阿喀琉斯的父亲。

② 忒蒂斯：又译忒提斯，海洋女神，阿喀琉斯的母亲。

并安慰了他，答应立即给他去找著名的铁匠海法斯特斯[①]火神，从他那里去索取一套甲胄和一面盾牌来。

阿基勒斯现在只等着武器了。

海法斯特斯这位希腊神话中代表手工艺工人的火神，为天后赫拉之子，生而跛一足，天后不乐，将他从灵山上空摔下，几乎摔死，幸亏忒蒂斯救了他一命，将他抚养长大。此番他就假机报恩，制出了一面天下无双的盾牌来。

荷马用一百八十行诗来描绘这一面盾牌，为世界文学中的精彩名篇。这次译到其（四）中关于舞踏的部分，因英译文是诗人蒲伯[②]的手笔，与希腊原文就大有出入了，今依蒲伯的英译本子转译。

各家对于这一段盾牌的笺注，集注起来，罄竹难书。这里限于抗战时期，流亡在外，仅用手头所有的书，札录一二。

有的荷马学家如斯加利盖尔、贝罗尔脱、台尔拉松等人认为这样的盾牌根本不可能有的。另一些学者如在达锡尔、波文与蒲伯等则力辩其可能，大事称颂荷马不仅为“诗人之父”，而且还是“绘画之父”呢。

反对派的主要原因，是荷马在一面盾牌上安置了太多人物，是容纳不下的。这却使波文画出了这面盾牌来，将山水人物，一一按诗分配，并将其大小尺寸，一一注明。但波文的分配法违反了古代盾牌的许多成规，甚至把盾牌上的一连串的动物和人物，画出了连环画来。如战争之城市，他画了三张，可是按荷马所描写的，至少得画一打来，才画得完全，所以他虽然画出来了，却不成功。而波文的画，使蒲伯大为高兴了。他又添油加醋地作了许多的说明，赞美荷马懂得绘画之阴阳对比，以及透视与绘画的三条均一律。他说：“当荷马说，山谷中有点点羊群、村屋、家畜的棚屋

---

① 海法斯特斯：又译赫菲斯托斯。

② 蒲伯：又译蒲柏。

时，这显然就是一幅透视图了。”

莱辛格这位卓越的理论家兼希腊学者，对这个问题有精彩的说明。他推翻了蒲伯的透视说等说法，从透视本身的理论，证实它根本不能成立，更证明了荷马的时代，绘画尚无透视之可言。渊博的莱辛格对于考订古代文献有一种天赋的才能与明敏。他对于这盾牌的看法，我以为是诸家的学说中最精彩的一种见识了。在详细地说明荷马用的文字后，他说：所以，荷马并不是把这面盾牌当作一个已经完成了的整个东西来描写的，而是把它当作一个正在进行中的工作来描写。这又证明了荷马懂得，用诗来描写这著名的盾牌，绝做不到使那些图样同时全面存在；他只能使它们陆续出现。这一个认识就使他把平板的、冗长的一个个物体的描写，一变而为一幅幅动着的图画了。我们所见的并非盾牌，而是这盾牌的创造时的工作情况。他拿起了锤子钳子到铁砧上，从生铜里锻炼出这个圆饼之后，他用以装饰盾牌的花样就一样一样地在他的雕塑家手腕之上依次制就和出现了。这工作完成之后，他还是没有忘记这位火神在旁边。我们当然是瞠目结舌对这个制造品呆住了，然而我们却足以一个目击者的姿态，呆顿顿地看着，看得出了神的了。

接下他说明罗马诗人魏琪尔的史诗中，他所写的英雄爱伊尼斯[①]之盾，就非这一回事了，他写道：“爱神来到爱伊尼斯身旁，盾牌已经完成了。他把盾牌斜依在橡树上，英雄将其饱看一番，赞叹之后，摸了一摸它，又试用了一下，盾牌的描写就开始了，说来说去是‘这里是’、‘那里是’；‘它边上’及‘不远处’。这样的沉闷，冷冰冰，只怕我们疲倦，魏琪尔就用了许多诗的装饰……”此外，他的缺陷就在于描写都是从诗人的口吻

---

① 爱伊尼斯：又译埃涅阿斯。

中说出来的，而人物并不参与在这面盾牌的工作进行之中，“爱伊尼斯之盾只为了赞扬骄横的罗马民族的目的”。关于这一点，他更写道：“荷马使火神装饰这面盾，为了使盾牌自身必须值得给一个大英雄占有。魏琪尔不过要装饰一面盾牌而已。”

但是还有一个问题。莱辛格研究诗歌与美术两者的局限性所得到的最重要的发现，就在于绘画所表现的，虽然必须是“动”的，但绘画又有其本身的限制，除非是画连环画！否则怎么能表现出场景的“动静”来呢？然则，连环画简直是取消了绘画所要求的，那样的一种能展出事物进程的集中点或“焦点”的。譬如，在荷马的盾牌诗所描绘的动作，能有头有尾，但如放在实际的盾牌上，就只需有这样的一幅画，需要它挑选出、表现出那含蓄最多的动作的那样一个“一刹那”，来显示这“一刹那”之前，与这“一刹那”之后的动作，“画家只要能唤起我们的想象来就行了”。所以阿基勒斯盾牌上的这许多人物行动，若要我们作连环画时，这全是一个不懂得绘画的限制及绘画所特具的美德（刹那间包含整个运动）的，迂腐之见了。波文单画战争的城市时，已用了三张画面。莱辛格说：“我的意思，荷马的盾牌上不会超过十张画面的，每一张画面，开始于诗人说‘其次的一部分’、‘然后’以及‘跟着’等字眼，没有这等字眼的地方，我们不能将诗句划分为连环画，相反的，诗句中的许多的动作我们必须看作是一个浑成一体的画面，这一个画面能把来龙去脉凝聚于一个瞬间。”这样才能欣赏荷马的诗歌所表现的盾牌的精神。因为诗歌没有绘画的限制，可以描写一连串的动作，绘画有此限制，故盾牌上这一连串动作，必须凝聚地画出于一个“一刹那”。若是今之所谓连环画，把动作的每一部分都静止了起来，则画面上还有什么意思呢？

上述所引莱辛格，均见其名著《拉奥孔》。

《依利阿德》选译

《依利阿德》（徐迟译本）出版说明［Pubication Notes of *ILIAD*（Xu Chi's Translation）］

《依利阿德》这部希腊史诗，是世界名著，是古代无量数的，无姓名的游唱诗人，以口相传地，唱诵下来，大约经历了一千年之久，最后才有了以纪元前六世纪的一位瞽目的诗人，名叫荷马的，以他的唱词为依据而记录下来的唱本，同他的另外一部名叫《奥德赛》的史诗一起，源长而流远地，一并流传至今。

两千多年来，它们享有极大的名声，原著之精美绝伦，实属无可比拟的。这里有诗为证，无须多说。

在我国，它们业已有傅东华和杨宪益先生的两种散文译本问世。本书则是它的第一次试用了诗体的译本。译者五十年前出版的拔萃（七百行），是用无韵素体诗译出的，由美学出版社出版及群益出版社再版。这次出版的全译本，是按原著的“六步体长短短格”译出的。这样一个格律，自然增加了难度。因此未能如自己所设想的，做到和做好。只能算是一次对我国新诗格律的试探了吧。

这个译本所刻意追求的是它的流畅性、可读性，并不求其严谨的准确性。学过希腊文，没有学好，不能对着原著，照本翻译，只能尽量地探求，尽可能地传达出史诗的精神，并允许自己，作为一个诗人，而发挥自己的创造性。译者认为，这样的译法不是不可以容许的。因为，任何一个游唱诗人，当演唱之时，都免不了要对它进行一些创造性的加工，以针对不同场合、不同听众的不同赏味，作出一些恰当的调度，或者当他们在这里、那里，唱诵到大有诗味之处，诗兴不免受到了触动，而在澎湃不置之际，可以有所润饰，有所增删，有所发挥，有所创作的。英国诗人蒲伯就是这样子地，译了荷马的史诗的，似乎我也可以效法。因此这个译本，既参照了蒲伯的英译本，他也就启发了我可以跟着有所创作了吧。

全诗长达二十四章，有一万六千行左右。因此项工程，实在浩大，我相当担心我会没有这么长的日子，来完成它。现拟分成四个分册来出版它们。此次先出版它的第一分册。为原作的第一至第六章，共六章，加一个序言，字数四千，编为一册。以后想每译六章，即编一册：从第七章至第十二章，编为第二分册；第十三章至第十八章，编为第三分册；最后，第十九章至第二十四章，编为第四分册，依序将它们出版问世，争取每一年出一分册，尽可能地，争取早日译完并出版这部巨大的史诗。

序

1

一九九二年四月三十日，我到希腊，还没有喘一口气，希腊国家作家协会秘书长姚兰妲女士（Mme Yolanda Peteraki）问我，对雅典有什么最初印象？

最初印象据说最重要。我也立刻作了回答：“我的最初印象有三：阳光、海水、大理石。”

这里的阳光是有名的，地中海的阳光向来都是很有名的，尤其是爱奥尼亚海和爱琴海的阳光更是特别的有名。我一来就感觉到了，希腊阳光是非常之明丽的，我来时正是立夏的前后。并不算希腊的最好时候，但气候还是好极了。阳光是那么亮，亮得像金子，那么柔和，柔和得温馨而且体贴人。这样的阳光正是产生荣耀万里的太阳神，宙斯（大自然）的儿子的，阿波罗的阳光了。

这里的海水也是很有名的，本来地中海和它的“蓝色海岸”早就蓝得遐迩闻名的，这次才知道它不仅蓝得多种多样，而且透明度惊人。我似乎没有看见过这样美丽而透明的海水呢，海水环绕着这么多的大大小小的闪光的，几百个海岛，这正是产生这位手执三叉戟的，威严的海神的，波塞顿[①]的海水了。

至于这里的大理石，我还无法形容，那时我还没有开始去看这雕刻家和建筑师用作原料的大理石呢。但我一看到希腊人的鼻子就好像已看到了许多有名的雕塑的大理石人体和那些圆形剧场的和圆柱形的大理石建筑物。虽然意大利的大理石也很有名，也是一样的雪白粉嫩的。而且米开朗琪罗，也确实不在菲地亚斯和泼拉克锡泰勒斯等之下。但无论罗马的、翡冷翠[②]的或巴黎的大理石巨匠、高手，确乎又是怎么也都比不上希腊的这些大师的。更不要去细说那些气宇宏伟的大理石的建筑物了。哪里还能找到比此地典雅的，贞女之神雅典娜的贞女庙，和台尔菲的太阳神阿波罗的太阳神庙的，和索尼翁的，手执三叉戟的海神波塞顿的海神庙，那样的庄

---

① 波塞顿：又译波塞冬。
② 翡冷翠：又译佛罗伦萨。

严、肃穆的，最高级的大理石建筑物了呢。

说来也真奇怪，后来我正好参观了这三个庙，在阳光下，在海滨，在大理石的前面，留下了我的更深刻的印象。呵，金色的太阳，蓝色的海，贞洁无瑕的大理石！

2

半个世纪前，一九四二年立夏前后，我在重庆歌乐山乡间，曾开始阅读《荷马史诗》，而后情不自禁地挥笔，用无韵素体诗翻译了《依利阿德》选译的十六个它的最有名的选段。

当时真已觉得“诗人兴会更无前”了，又痴又狂，朗诵它们之时，手舞足蹈。两年后在美学出版社出了这本书，次年又在上海群益出版社再版了它一次。

此事在拙著《江南小镇》中有过描写，不再多说。但看来在小尺度的范围之内，因果关系还是存在的。五十年平安无事，过去了，没有想到一九九二年初夏，种豆得豆，种瓜得瓜，忽然中国作协要我率领一个作家代表团去希腊访问、观光，可以游览一番了。

我们四月三十日转道柔立克到了雅典，住进奥林匹克皇宫饭店，在客厅里我回答了邀请我们的主人姚兰妲夫人的突然提出的问题，那时阳光已照耀在我身上，海水已在飞机上看到，大理石在当时还未曾看到，但过去看到过多少次了，如在巴黎的卢佛宫[①]看到过的，维纳斯雕像、萨莫特拉斯的胜利女神雕像等等，乃信口就回答她，因为只要说到了希腊，自然谁

① 又译卢浮宫。

都会的，谁都会想到这些雕塑，我肯定是会看到它们，并且留下最深刻的印象的。

姚兰妲是一位女诗人，还有一位女诗人名叫玛洛（Maro Stassinopoulou）的，是一位“淡妆浓抹总相宜”的、典型的希腊美人。还有诗评家的玛丽迦蒂和她的丈夫，一位长髯诗人克里斯朵斯、喀西姜诺斯（Mariekaty & Christos Katsigianos），还有魁梧的狄密特里（Dimitri Lazogiogos-Ellinikos），是诗人又是文物专家，明天他要给我们导游，去看雅典的卫城。另一位邀请我们的主人，大诗人维特萨克锡斯 (Vassilis Vitsaxis)，是一位大使，因公外出了，今天不能来，明天他要赶回来参加我国驻希腊的祝幼婉大使阁下，专门为我们的出访而举行的一个招待会。

然后我对主人们说道：“我做过一个梦，一个很美很美的梦；也是一个很长很长的梦，做了整整五十年了，今天我忽然一下子清醒了过来，发现我就在你们大家的中间。”我请龚洁女士给我翻译，她说这就是一首诗了，于是她把它翻译了一遍。然后我拿出了我的那个五十年前的《依利阿德试译》的再版本来，并说明，明晚在我国大使馆的招待会上，我要将它赠送给我的邀请国的希腊雅典国家图书馆。

3

一夕无话，次日我们作卫城之游。在雅典，当然首先是拜访雅典娜的贞女庙（也有译作万神庙）的了。它就在卫城的花岗岩小山山顶。那天正好是五一节，国际劳动节。游人如织，群聚在露天的古代的议事广场的小山前头。狄密特里给我们讲了奥瑞斯特斯的故事，以说明古希腊的民主精神。明知：能到议事广场小山前来的其实只是贵族，也只有贵族头头，说了话才算数的，甚至最后决定权，说到最后还在雅典娜的贞女庙投下的那一票上。不过这一切也很了不起了，两千五百年前的所作所为，往往还比今天的许多事情和许多地方要好得多多。

然后我们来到卫城的大门口，却和许多游客一样，大家都被挡了驾。原来今天是例假日，卫城不开放。这给我深刻印象，因为我们的规矩是每逢假日就要举行联欢，领导参加，和群众一起狂欢一天，而服务工作总得跟上去。游客和服务行业，大家都要忙得不得开交。希腊人却是不然，每逢节日，个个人都放假，一个不漏，大家都休息，于是我们不得其门而入。不过我非常赞成这个合理的好规矩，觉得很受启发，想用这奴隶社会的制度的民主精神，来为社会主义的社会贡献一个优良制度，聊进一言。

于是我们从卫城下山，到下面的小街，东弯西拐地找了一个咖啡座，喝着匹克洛斯，一种希腊人最喜欢的又黑又苦的咖啡，聊聊闲天，十分悠闲，十分舒服。这是很难得的暇闲，我们可是好久没有这样子的坐茶馆了。在那里，我们为主人们介绍了中国的尚非信息社会的作家和作家协会的信息和情况。

下午我们自由活动，我没有出去。晚上我们去了我国的驻希腊大使馆，见到了希腊国家作家协会的主席和夫人，两人都是诗人，及主要全是诗人的他们的作协会员。其中有我们的两位邀请人中的另一位，希腊的那位驻外大使阁下兼翻译家协会主席的，诗人维特萨克锡斯先生。他说他明天还不能陪我们去游索尼翁的海神庙，但后天将陪同我们同游台尔菲的太阳神庙，一共要有三天时间。明天则由诗人塔索斯和他的夫人艾斯特尔（Tassos & Esther Anagnostou）和女诗人玛洛，陪同前去。后天去台尔菲，除他和夫人以外，还有玛丽迦蒂和她丈夫，诗人克里斯朵斯陪同。

在海神庙，这头等的大理石建筑物，独立崖前，面对苍茫的大海碧波，飓风吹不倒，虽然已显得颓败了一些，却更显得苍老而又精神矍铄。在那里，那天我没有会到威严的老神仙波塞顿海神，我会见他是在后来，在雅典的国家博物馆，在那里，他是一尊铸铜的雕像，庄严妙相，美不堪言，沉甸甸的铜雕，站立在一趾和一踵之上，张开两臂作投掷（并没有拿着的）标枪或三叉戟之状，保持了那样的一种均衡。这是我一辈子所能看到的第一号铜雕了，比台尔菲的那尊《御者》还要高超，出神入化。

我们饱看了大海的明丽风光。那天我们巧遇到风神爱依俄勒斯[①]出巡。风很大，归来在海边用餐，艾斯特尔在餐馆里问我：在室内还是在海滨用餐？我是不该说“在海滨”的。我那天是穿上了夹大衣的。风神却吹得诗人塔索斯发了两天烧，因为那天他只穿了一件衬衫。

又次日是台尔菲之行了。有大使阁下和夫人，还有克里斯朵斯和玛丽迦蒂这样的两对夫妇，四个人带着我们五人，驰车两个多小时前去。我们住在很漂亮的欧洲文化中心。头一天的下午，他们游泳去了，我独自在山上，望海作休息。次晨有了一个最佳妙最美丽的天气，我们终于见到最瑰丽的大理石的建筑物。再怎么想象力好，我也想不到它的规模会如此之宏伟！这又名“台尔菲神谕”的胜地里面的大理石雕塑真是人世最美的事物了。但因为它们太多了，我没有按我的：凡到展览会，我只看三件的最佳展品的原则，以免看过以后记不住，好的坏的一概地都忘了，一切就无法细说了。但有青铜雕刻一件，过目难忘的。它，陈列在博物馆中的许多青铜的雕塑中，栩栩如生的《御者》，从双目炯炯，从长袍的褶痕的笔挺上

---

① 爱依俄勒斯：又译埃俄罗斯。

面显示出来的，安详神情，达到了古希腊的诗学、美学、哲学中所涉及的所谓 Heiterkeite（不知应该如何译它，有人译作“肃穆”）的最高境界，真个最为精彩。从此它也永远地镶嵌在我的脑海里了，和我的朋友罗念生一起，我想起它来便要想起他，而想起他时也会想起它，再也忘记不了他们的了。

4

不知道是在什么时候，我想到要再次翻译《荷马史诗》的了。反正就在希腊之时吧。在台尔菲我参观了一个诗人的住宅，现在也是一个小型的博物馆了。他和一个美国女人结了婚，美国女人很有钱，两人决心用他们的资产，来创办一个台尔菲艺术节，这事后来办成功了。艺术节共举行过两次。这就把他们所有的钱都用光在这上头了。他们修整了圆形剧场，上演了希腊悲剧，一个是《普罗米修斯上绑》，还有一个好像是《在陶乐斯的衣菲格尼亚》。

那美国女人是美术家，她设计了演员们戴的面具，极好。她还在一架仿古的织机上织制了演员们的服装，可了不起。描写他们要用很多的笔墨，我没有足够的资料，来做这件极有趣的事情了。有一点可以肯定，这个世界上还有许多人热爱古希腊的，巴不得为它做点什么。说是他们很快就把资金花光了，美国太太说要回去筹款，再来办艺术节。她走了，却没有回来。诗人后来也去世了，遗体安葬在近旁的一座公墓里，还能让人前去凭吊。现在留下来的一座房子，也能让人追思。这里的一切很感人了。人去楼空了，只有青山还在，我也是一个爱希腊者，巴不得能为它做一点什么事。也许就是在这时，我心里动了一动，是否我可以译一部《依利阿德》的诗体译本，因为我国已有两个中译本了，一个是傅东华译的，一个是杨宪益译的，但都是散文译本，至今还没有一个诗体的译本呢。

要补充一下，使我有意重译希腊史诗的机遇，是很多很多的，上述的不过是其中的一次而已。五十年前我就做过这样的梦。东方古文明之中国，岂可以没有一本西方古文明之史诗呢?

5

我不能再停留在希腊的游记上了，那是可以写很多很多的，十分美丽的回忆。如果我有时间，我还能多写一些。在雅典，我还试译了一下维特萨克锡斯大使阁下的一首《帮助我歌唱人》的一百多行长诗，在告别他的那天晚上，他朗诵了希腊原文，我朗诵了我的中译文。这是他改写《奥德赛》的一段诗，是他自己的新创作。我译得很带劲，并且觉得不很吃力。我甚至有了一种美好的感觉，我在应用诗歌的形式上，可能已渐臻成熟之境，毕竟侍奉缪斯女神已经不下六十年了。

在雅典的时间不长，有一天下午我去了一趟书店，买了一批书，其中主要是荷马的原作和研究他的著作。我已经下了大决心，要译《依利阿德》了。五十年前就想过译它的，工程浩大，那时功力不济，没有敢动手。那时就是动了手，也未见得能完成它。现在条件好得多，主要是我已用上了电子计算机。说起来真是，要是没有电子计算机，我还真不敢尝试的呢。而有了电子计算机，我也就有了这种雄心勃勃的壮志和诗意盎然的雅兴。

头一个问题是格律方面的。自从中国新诗运动发生以来，一开始就不讲究格律，甚至是提倡自由诗（Vers Libres），反对格律化的，因为它是从反对旧诗中诞生的。但押韵，或者说，相对整齐，大体押韵，却被容许和接受了下来。有三种形式是较为流行的：楼梯诗、民歌体、豆腐干诗。楼梯诗，不必在这里细说了，广泛流行的是自由诗，无所谓形式，充分自由，因此在格律方面，从一九一九年新诗肇兴，一直到九十年代还没有人在这方面做出成绩来。

但小诗不讲格律犹可，巨大的诗篇可不能不讲究它了。在五十年前，试译《依利阿德》时，我用的是无韵素体诗，即西方的所谓 Blank Verse，来做希腊史诗的中译文的格律。这是不押韵，专讲音步，或称音组，每一行多少个音步或音组。全诗就有了如同一片粼粼水波似的规范化了。

这无韵素体诗是英国诗人喜用的格律，我国的新月派诗人如闻一多、徐志摩、陈梦家等，均曾加以注意，并做过一些试验。曾经有一次，我专诚拜访过陆志韦先生，向他请教过，他也是这一派人物。卞之琳先生也是最讲究这个无韵素体诗的格律的人，他用它译了莎翁的几个诗剧，然而他自己写新诗却比较少用。诗人冯至写十四行诗时也比较讲究音步。

我国学者孙大雨对此曾有专著，讨论了这一诗歌的形式，音组这个名词就是他提出来的。他并亲自用它来译出了莎士比亚的《李尔王》一剧。我对孙先生是十分钦佩的，多次在文章中，也在《试译》中推荐过他，但他一生甚为坎坷，他的努力也因而并没有产生什么影响。中国的新诗运动已经有七十多年历史，但至今连一点儿格律也没有建设起来，不能不说是一件怪事。个人对此感触最深，这一回就想借这一部巨著的翻译来探索一下。

在我译《依利阿德》的第一个歌的时候，先用五步一行的无韵素体诗开译了，结果发现原作六一一行诗，竟译为七百多行诗，超出太多了。立刻悟到原著用的是六步体长短短格（Dactyllic Hexameter），如此则非得从五步改为六步不可，并立即决定，马上试一下长短短格，每一步三个字（长短短）或两个字（长长）互相调节着用。于是又将第一个歌，全部从五步体改为六步体，同时首次试验一下长短短格，结果七百多行诗，就改成了六百二十四行诗，比原作只多出了十三行诗，不免心中大为快乐。

方针既定，我就放手翻译起来了。在这一过程中，我也逐渐地掌握了这种格律。现举几例说明之。

全诗开卷第一段：

| 永恒的 | 女神，| 这一回 | 史诗要 | 唱的是 | 光火，|

（长短短 | 长短短 | 长短短 | 长短短 | 长短短 | 长长）

这就是六步体长短短格。下面是：

| 是阿基 | 勒斯的 | 光火，| 这命中 | 注定的 | 灾难，|

| 它要给 | 希腊军 | 一个比 | 一般的 | 杀伤 | 更大的 |

| 杀伤，| 使多少 | 勇士成 | 群地坠 | 入了幽 | 冥界，|

| 留下来 | 的死者，| 不免 | 填充了 | 鹰犬的 | 口福，|

| 从而 | 给宙斯 | 达到了 | 目的。| 这俩人 | 光火了：|

| 一个 | 阿格门 | 农王，| 阿特丽 | 柔斯家 | 的儿郎；|

| 一个 | 阿基勒 | 斯王，| 从此他 | 们再也 | 不来往。|

全书一律用这一种格律，从头到底。间或也有没有遵守的，但属极少数。我这里不详细解释它了，聪明的读者自然会一下子明白它的意思的。

6

现在先要介绍一下荷马的史诗。五十年前，我就写过下面的这么几段话，但当时的出处却没有说明，想来是根据穆莱（Gilbert Murray）的《史诗之兴起》（*The Riseof Epic*）一书的，这本书早已不知去向了，现在也不太记得它了，不敢肯定。那几段话写的是：

《依利阿德》释：

希腊史诗有所谓“史诗圜”者，指这样一个时空的圜以内的史诗作品、传说以及古史等。荷马学者及文字学家将古希腊的史诗大别为二：“特洛亚圜”以及以忒拜城邦为中心的“忒拜圜”。《依利阿德》是属诸“特洛亚圜”的。“特洛亚圜”共有八部之多，第一名叫《赛泼利斯》，以金苹果的故事开始；在英雄帕琉斯的婚礼上，贺客盈门，但没有邀请“不和”的女神。她不高兴，就掷出了一个金苹果，上书：献给最美丽的女神。

三个女神争夺这金苹果。因而她们不约而同地都向人间最潇洒的美男子，作为评判员的巴列斯，进行贿赂。天后赫拉许巴列斯以权势，智慧女神雅典娜许他以聪明才智，而许他以人间最美丽的女人的，爱神阿福洛狄忒[①]的贿赂，打动了巴列斯的心。

金苹果乃归之爱神。爱神作为报酬，便把斯巴达的皇后，倾国倾城的海伦一掳掳去，给了巴列斯。于是希腊大军云集，在阿谷斯国王阿格门农及海伦的丈夫，斯巴达国王门纳劳斯的率领之下，出征特洛亚城又名依利亚城，去索还海伦。战争进行了十年之久，终于征服了特洛亚城。唯《依

① 阿福洛狄忒：又译阿弗洛狄忒。

利阿德》所写的，只有第九年战争中的四十多天，它的内容是无比的丰富的，不可能，也不必在这里说了。

我的译文用了许多的英译本作为参考。我虽曾从缪灵珠教授，学习过希腊文，但没有学好。五十年过去，当年搜罗的藏书都已不知去向，再也没有用过它们，现已记不得什么了。但毕竟学过一点儿，总比没有学过好些。老年人也很奇怪，反而记得许多往昔的记忆，时而还很有用处。在我把许多希腊文的英译本对照研究时,我发现了它们之间的差异实在太大了。然而就在相互印证它们之时，我却得益良多，可以窥见了我以为是最好的和最真实的内容。

我曾说过，翻译就是创作。当时有人反对此说法，认为翻译只是在原文基础上进行的再创造。我不知道创作与再创造之间有什么不同？我到生活中去进行了采访，根据采访，我进行创作，无须说什么在采访的基础上进行创作，或再创造之类的话的。我反对直译，至于“硬译”更接受不了啦。我提倡文学作品应当用“雅、达、信”之说，以代替原来的“信、达、雅”之说。其实它们本来就是一个统一体，但前者首先想到了读者，也没有忽视了原作。后者首先想到原作了，很可能忘记了读者。然而翻译总是很难的一件事。唯其难也，难在雅而信、达，不在信、达而不雅。雅最难了，因为译的是文学作品。

第一个歌

永恒的女神，这一回史诗要唱的是光火，
是阿基勒斯的光火，这命中注定的灾难，
它要给希腊军一个比一般的杀伤更大的
杀伤，使多少勇士成群地坠入了幽冥界，
留下来的死者，不免填充了鹰犬的口福，
从而给宙斯达到了目的。这俩人光火了：
一个阿格门农王，阿特丽柔斯[1]家的儿郎；
一个阿基勒斯王，从此他们再也不来往。

是哪一位神仙叫他们两个人光起火来的？
宙斯和丽陀[2]的结合而生下的儿子阿波罗。
因为这个阿格门农竟惹这个神仙冒了火，
他就在联军中间燎起了一场凶恶的瘟疫，
害得那千军万马都丧命，就为了大元帅
污辱了阿波罗大神的名叫克丽锡斯的
祭司，当时他登上飞棹而来的联军战舰，
带来了一笔丰厚的赎款，要赎回他女儿，
他带着手执弓箭的阿波罗大神，飘动着
流苏的金手杖，向着会场上的全体将士
来恳求。还向着两位统帅，阿特丽柔斯

① 阿特丽柔斯：又译阿特柔斯（Atreus），阿伽门农和墨涅拉奥斯的父亲，伊利斯国国王。

② 丽陀：又译勒托，暗夜女神，太阳神阿波罗的母亲。

两兄弟：“门纳劳斯和阿格门农，二位；
和各位亚开亚[1]的戴盔札甲人，祈愿灵山
万神殿里的众神明，允许你们攻下这座
国王泼利姆的宽广大城邦，让你们凯旋
回家乡。我却来恳求你们收下了这赎款，
把我的女儿归还我，请尊敬宙斯的儿郎，
那荣耀万里的太阳神。”于是希腊英雄
众口地齐声说：“他是可尊敬的祭司呵，
这一笔赎款就收下吧。”可是阿格门农，
统领心里却不欢。他硬是把祭司赶跑了。
他暴跳如雷，嘶哑着喉咙，发出了他的
命令来：“凹凹的战舰上，别让我再来
看见你，此刻不许你留下，往后不许你
再跑来，老头儿，只怕你那天神的拐杖
和流苏反而要祸害你，你女儿我是不会
放她回去的，即使她年老色衰，还要她
远离老家，在阿谷斯我家里织布，跟我
睡觉。快滚蛋，你别惹我才能一路平安。”

他这样说了，吓坏了的老人听从了命令，
默默无声地走开去，他沿着波涛汹涌的
海滩，狂热地祈祷着，向着秀发丽陀的
儿郎阿波罗：“银弓之神听我，你祭司
和圣庙都曾受到你保护，在你那强壮的

---

① 亚开亚：又译阿开亚，古希腊人的一支，由北向南迁徙，后来居住在伯罗奔尼撒半岛北部。诗里泛指希腊人。

臂膀下，托纳陀斯[1]得庆安全。司瘟疫的
尊者：倘若我那圣庙的供奉合乎你心意，
肥胖的牛羊肉，炙灼得你心喜，允许我，
你就让这些希腊人在你箭镞下，偿付我
涕泗横流的老泪呵。”他说出这些祷告，
阿波罗听到。从灵山峰顶走来，他心头
震怒。他肩头挂着他的弓和解开扣子的
箭囊，当着他光火地大踏步跨来，箭杆
震动有声。他好像是夜幕降下似的降落，
他坐下。从远离战地的地方，银弓发出
狰狞的一声“傥”。他先射牛羊和犬马，
然后转过身把尖簇的箭矢的尖尖，射向
军队。只见这段时间里，火葬堆的狼烟，
浓浓密密地，把死者来燃烧。一连九天，
大神的箭矢，如大雨落到军队中。到了
第十天，阿基勒斯下命令，要整个队伍
全都到来集合。那洁白得如同象牙似的，
玉臂的赫拉怜悯了他们，她要他这样做。
军队是全都集合了，处处无声，静悄悄，
战斗时，勇猛得如雄狮的阿基勒斯起立，
他说：“阿格门农，出征完蛋啦，船舰
全得起锚啦。要是还不走掉的话，我说，
迟早都要死掉啦，便是战争毁不了的人，
瘟疫也要毁掉他们了，得去请求祭司来，
请一个神的使者来，或者去请一个能够

---

① 托纳陀斯：又译特涅多斯，一个特洛伊近海小岛。

详梦人来，因为梦也是主神宙斯，托送
过来的，得问明为何阿波罗这样子光火？
为何他和我们过不去，难道是因为我们
不忠于誓言，还是因为供奉的牛羊烤肉、
烟熏肉不够丰盛，才引来这样一场瘟疫？”
说完他坐下。卡尔卡斯·特斯舍里德里
走上前，他是个聪明人，能从飞鸟声中，
听得到许多讯息。他能知道什么曾经是、
什么已经是，和什么将要是。卡尔卡斯
曾依靠阿波罗给予他神谕，而指引战舰
航过大海，来到依利亚城。他现在说话：
“阿基勒斯，宙斯的宠儿，你要我说出，
阿波罗大神为什么光火，好吧！我就说。
请你指天为誓，你要做我的后盾才好说，
你可要保护我，因为我怕我的回答会使
阿谷斯当权者发脾气的，他的话亚开亚
联军的每一个将士都得听。而伟人光火，
实在使他的下属十分的害怕的。虽然他
也可以先装在肚里，要等到以后再算账，
请你先想好，是否你可以到时候拯救我。”
阿基勒斯说：“勇敢些，只管说出你所
知道的，你有智慧光，我凭阿波罗起誓，
何况你也向他祈祷的，只要你能够公布
真相，那么，只要我还有一口气，只要
有眼睛的都能看见，没有人敢在这沙滩
触动你一根毫毛，全军中无人敢这样做。
如果你说的是阿格门农，谅来他也不敢，

尽管他可算亚开亚人中，排第一位的人。”
预言者勇敢发言了：“我们献给大神的，
并没有短绌；也并没有谁曾诅咒了我们。
可就是阿格门农，他轻慢地得罪了大神，
那祭司的赎金虽然那么多，他竟然拒绝，
还不肯放走他的女儿，为这个，弓箭神
才拿着哀伤来赏赐给我们。他不会允许
丹南人[①]消除掉瘟疫的，直到祭司的女儿
自由地回到她父亲那里，这回可是不给
什么赎金的了。然后我们还要在克里赛[②]，
祭司的庙里，供献上全套一百头的牛羊，
等大神心平气和了，他就会宽赦我们了。”
他说完坐下了。那个大平原上的统治者，
阿格门农，阿特丽柔斯之子，却站起来，
光火的火焰，恼怒地从他心中升腾翻滚，
他的一双眼像点燃的火把发光。长久地、
恶意地死盯着卡尔卡斯，阿格门农大骂：
“地狱一般的预言家，我从来没有听见
你说过好听的话，你唯一关心的是灾难，
你看你从无快乐的消息，这一回也没有，
你又站立在全军面前，说出弓箭之神的
神谕来，竟说军队里受罪，是因为了我，
是因为我不愿意拿这些礼物，作为赎款
把克丽锡斯放走。我要她专门属于我，

---

① 丹南人：泛指希腊人。
② 克里赛：又译克律塞。

是的，我认为她比我妻克丽台曼丝特拉[①]，
在美貌、身体、心灵和女红这些上高明。
‘她’要和她比，一点儿也不比她差些。
就算是这样，我现在愿意放弃她，必须
这样做，如果要挽救这军队不至于被毁，
可是你们得给我送礼，给件光荣的礼物，
且得马上给，以免我一人受损失，我的
一份没有了，阿谷斯人中唯独我受损失，
不合适。人人都能看见，我女人被送走。”
阿基勒斯王这样地回答他：“元帅大人，
呵呵，贪得无厌的人。军队怎能再给你
一份礼物呢？我们哪还有战利品？你看
所有从占领的城邦中掠夺来的，都已经
分配了；哪能叫得者再退还呢？凭天神
名义，先让这女子走；他们以后会补偿，
甚至会补偿你两倍三倍，当哪天宙斯能
放手让我们掠夺特洛亚卫城里的一切时。”
阿格门农说：“你别这样哄我。你会吗？
你勇敢的人，阿基勒斯是不会，是不会
对我要花招的。你真以为这样你可保住
你自己的战利品？不不！我怎能把我的
女人送走而独坐相思她？不不！军队得
给我确实是价值相当的战利品。如果不
相当，我就得自己找一个，或者是你的，

① 克丽台曼丝特拉：又译克吕泰涅斯特拉，阿伽门农的妻子，在特洛伊战争时期统治迈锡尼，战争结束后，阿伽门农回国后被她杀死，后来她又被自己的儿子杀死。

或者爱亚斯[1]的，或者奥德赛[2]的女人作为
奖品带走她！好了，看守好她们，我要
那男人光火到把他憋死，由他去憋死吧，
不过这件事可以等到以后，再来做决定。
现在请大家看好，我们要在海上泊一条
坚固的船舰，满载好水手，和供奉用的
牺牲品，再把克丽锡斯打扮好送上船。
请爱亚斯、依陀曼纽斯[3]、奥德赛王或你
阿基勒斯，无畏的人，代表我前去祭神。
并奉上贡品，以抚平阿波罗大神的心情。”
阿基勒斯皱结了眉头地，看着他，说道：
“你这厚颜无耻，贪馋的傻子！这事后，
哪个亚开亚人会关心你，或服从你行军，
来投入战争？我自己又为何来这里作战，
实际上，我同特洛亚人或特洛亚长矛兵
从未争吵过，他们没有盗过我的马牛羊，
也没有在福蒂亚[4]的黑土上抢过我的谷物。
我们两邦中间有着多少里路浓荫的山林
和飞溅喷薄的大海！没有，我却参加了
你这霸道的乡巴佬，奉承你，为你弟弟，
为你来打仗，报复特洛亚人。你这狗头，
也不想想你从不关心我，到头来威胁我，

---

① 爱亚斯：又译埃阿斯，是阿喀琉斯的堂兄弟。

② 奥德赛：又译奥德修斯，希腊伊塔卡的国王，《荷马史诗》另一部《奥德赛》的主人公，足智多谋。

③ 依陀曼纽斯：又译伊多墨纽斯，希腊克里特的国王。

④ 福蒂亚：又译佛提亚，阿喀琉斯的出生地。

要夺取我流血得来，士兵配给我的女人。
我从没有像你那样的，从亚开亚人征服
特洛亚的强大的邻邦中，捞取过过分的
战利品。我曾经做过不知比你多多少的，
许多次肉搏战，可是到了分赃时，最大
一份总是属于你的。我已经筋疲力尽了，
带回战舰的只有一点儿。好了，这一次
我要扬帆归去。登舟岂非更好，为何不？
我是净受骗上当，还净给你创造财富呢。”
对于这些话，司令官回答：“开小差吧，
风向要是变了，难道我还能留得下你呢？
我不会。其他的人会尊重我，何况宙斯
明鉴一切，什么都逃不过他的眼。从没有
哪一个军官能比你更可恨，像你这样的
闹分裂，至于战斗，你是善战，我承认，
这是天意。扬帆，走吧，在你的玛密同[①]
营盘中你逞你的威吧。我并不要诅咒你，
并不想对你生气光火，可是我要警告你：
克丽锡斯是大神阿波罗从我这儿要走，
她将要乘我的船舰，由我的人马，护送
她回去。送走后，我的人会到你的营房
召唤勃丽舍绮丝[②]，带走她，含苞欲放的
年轻少女，她是你的战利品，这就表示，
两人中谁是更强者，让另一个人伤心去，

① 玛密同：又译米尔弥冬人，居住在佛提亚，归阿喀琉斯管辖。
② 勃丽舍绮丝：又译布里塞伊斯。

谁让他胆敢前来，和我比一个高下的呢。”

帕琉斯的儿子感到哀伤和痛苦，在心里
他和感情开展着斗争：要不要拔出他的
长剑来单独挑战，杀死这个阿特丽柔斯
家族的大儿子？还是忍一下，等待时机
之成熟？他正在困惑着的时候，他的手
慢慢地抽了剑出来，这时雅典娜从空中
呼唤他。她是玉臂的女神赫拉，派遣她
来找他，因为这两人她都喜欢，都十分
关心的。雅典娜这时来到他身旁，抚弄
他的赤金色的头发，然则是当时除了
阿基勒斯，别人是一概都不能看到她的。
他一惊而起立，转过了半身，立刻知道
她是雅典娜，而她的两只眼却在严肃地
看着他，他在她身边轻声，但是迅疾地，
对她说：“为了什么呢，掌握着雷霆的
天神的女儿来到了这儿？你是要来看看，
这如虎似狼人的暴行吗？这一回可好了，
就让他用鲜血来偿付他的罪恶的行径吧。”
灰眼睛的女神雅典娜对他说：“我可是
专程从天上跑下来，阻止这一场光火所
要造成的凶杀的决斗的，你可得听从我，
我可是赫拉派我下来的。你们俩都是她
所喜欢，对你们她是同样关怀的，够了，
不要决斗了，你把你的手从剑把上松开。
就让他受到你一番语言的斥责，来代替

这种决斗吧，你可以告诉他，他将来的
后果是什么。我能答应你，将来的后果
正是像你说的那样。你将从他的那样的
骄矜傲慢里所得到的报酬，到时候将是
三倍的好处。你的手放下吧，你要听话。”
矫健的赛跑家，阿基勒斯回答：“女神，
没有问题的，两位不朽的神仙说了话，
谁人听到都照办，就算是他心里不好过，
也照办。尊敬神的意志能得到神的重视。
说完，银质剑柄上的巨大的手就放松了，
威武的刀锋进剑匣。他执行了她的吩咐；
她也飞回了奥林匹斯山，从太空飞回了
高高权威的宙斯的宫殿里的伙伴们中间。

帕琉斯之子乃向阿格门农做了鞭挞式的
辱骂，让他的暴怒放肆地猖狂地辱骂他：
“你个醉鬼狗眼看人低！你懦怯像羚羊，
你那样的腰身连盔甲都穿不上，再别说
外出去侦察：不行！危险！那要死人的，
我的天！还是留在营房里部队中更安全。
可不是？要是有人竟然敢站起来反对他，
就剥夺他的战利品。吸血鬼！垃圾司令！
难道我不对？我赌咒，没个兵你配指挥。
我要说的是：凭这一支手杖起誓，如果
枝柯被砍离了树，它再也不能发芽茁叶，
断枝残体，倒卧在山林，叶和皮被剥去，
再不能开花，却能在亚开亚人民的议会

里面当这个用，大家能够轮流把它作为
权杖拿在手。他们就能按照宙斯的意志，
依照着次序来发言来辩论：现在我就用
这手杖发言：我宣誓，这样的一天将要
到来，亚开亚的每个士兵都会呻吟不已，
要求阿基勒斯回来。可是到那天你们也
别想依赖我，就像这枯木再也不能开花。
你们会飞跑逃走，成千人被杀手赫克脱
所砍杀，你们将痛心疾首，后悔不止了，
因为你们曾欺侮过亚开亚最勇敢的那人。”
这样说完，他将那用黄金做钉子的手杖，
投掷在地面上。然后他坐下。只见这个
阿格门农浑身都是光和火，两眼盯着他。

这时候为了双方的好处，纳斯特[①]起立了，
他来自派洛斯[②]岛国，是个有名的演说家，
他说话既明白又清楚，唇上论点甜如蜜。
他活过了凡人中两个世代，他自己一代
和后来一代，都在他那个派洛斯的岛上，
如今统治着第三代，他给了温和的批评：
“黑暗的一天呵！今天祸害寻找到了路，
来到了这亚开亚。泼利姆和他的子孙们
多快活，他们要听说到你们刚才说着的，
那些内讧的话儿，特洛亚将为之狂欢了。

① 纳斯特：又译涅斯托尔。
② 派洛斯：又译皮洛斯。

你们俩在会议上或战阵上，都是急先锋，
但你们要注意听听我的话，你们年纪都
比我小得多。我要说一说，我们那时代，
你们要知道，是有些远远比我们伟大的
人物的，他们也没有轻视过我。这样的
人物，我再没有见到过了，也再不可能
见到他们了：他们就是如像潘尔索渥斯[①]，
大元帅煅里亚斯[②]，凯纽斯[③]，克狄萨奥斯[④]，
波利费穆斯[⑤]，以及埃居斯[⑥]的儿子，还有
英雄忒修斯，像永生的天神一样的人物。
他们都是大地上，人中间，锦标似的人，
他们也和锦标似的人们，山林丛莽中的
野人都作战过，就连半人半马人都曾经
被他们一个个打得血肉横飞地征服了的。
就在这些人中间，也有过我自己的地位。
想当年，我从遥远的派洛斯岛扬帆出海，
是因为他们召唤了我，我在他们中战斗。
现在他们之中，已没有一个活着的人了。
现在我再来说一遍，他们都曾经听取过
我的理性的语言，并曾接受了我的劝告，
好吧，看你们怎么样吧：你！阿格门农，
应当放弃掉那一个女人，你不应该要她，

---

① 潘尔索渥斯：又译佩里托奥斯。
② 煅里亚斯：又译德律阿斯。
③ 凯纽斯：又译开纽斯，希腊神话中刀枪不入的拉皮泰族巨人。
④ 克狄萨奥斯：又译埃克狄奥斯。
⑤ 波利费穆斯：又译波吕斐摩斯，希腊神话中的独眼巨人，海神波塞冬的儿子。
⑥ 埃居斯：又译埃勾斯，希腊雅典国王，英雄忒修斯的父亲。

因为全军曾同意，将她授予阿基勒斯的；
至于你阿基勒斯，对于你来说，也不要
触犯你的首领，他的权威是宙斯授予的，
这一点无人比得上他。你固然女神所生，
而且富于膂力，但他的权力是大于你的。
阿格门农的光火也应该冷却了，我请你
让步，要知阿基勒斯正是战争黑浪中之
一道亚开亚的海中墙。”阿格门农回答：
“你说得都很对，但这人的野心，你要
记着：他是想领导、控制和统治每个人，
要对我们所有人下命令！但是谁也不会
听他的！如果永生的天神要把他造就成
手持长矛的一个人，为何还要在嘴唇上
又给他加一套善于污辱人的恶劣的本性？”
阿基勒斯插话道：“我将是多么的懦怯，
真像一个胆小鬼，要是吃了你一个榧子，
我就屈从了你的话。命令别人去，不能
命令我！我还要告诉你们一件事，你们
好好想一想：这次为那个女人，我再不
跟你或任何人一起战斗了，战利品虽然
被剥夺，我的战舰旁所做的一切，你们
可不能违抗我的意志而行动。听见了吧，
要不就试试看：你们将血溅我的长矛了！”
他们这样面对面地争吵，而后战舰旁的
会议散了会。阿基勒斯回到他那个军队
和营房，他的伴侣帕特洛克勒斯在一旁。

阿格门农向前行，装备好一条艇，指定
二十个水手，满载了献给大神的牺牲品
然后又引来这般美丽的女人克丽锡斯，
而足智多谋的奥德赛踏上了甲板，桨手
就了座，划出了湿润润的航路来。同时，
行伍被下令要清理营房，他们正在这样
做着，把垃圾倒进海洋去。向着阿波罗，
那时在苍茫海波上，他们带去了足数的，
整整一百头祭神用的牛羊，好像已闻到
香味从滚滚的浓烟中，旋转着冲上蓝天。
这就是军中的一天的经过。那时歹毒的
阿格门农的心中，凭着威慑力，他竟然
这样做起来，他叫来他的警卫、传令兵，
尤利巴特斯和塔透皮乌斯，“你们去吧”，
他说，“你们俩就到阿基勒斯的营房去，
手牵着可爱的勃丽舍绮丝的玉手，带她
来到我这儿。要是他不肯放，我要亲自
率大队人马去找他，用强力来夺取到她，
并给他苦头吃吃。”便这样恶毒地派遣
他们上了路，他们一点儿胃口也没有地
走去了，沿着白茫茫波涛，向玛密同人
居住区。而在远远地离开了他们的那儿，
在阿基勒斯的黑色的战舰与营房的前面，
他们看见他在露天坐着。一看到了他们，
阿基勒斯心里就不喜。来者也觉得丢脸，
又害怕得神色很苍白。他们无言地站着。
他也明白了，他就说：“没有你们的事，

你们不过是小兵。只管大胆上前来好了，
我一点也不会伤害你们的，阿格门农派
你们来，要带走勃丽舍绮丝，那就好吧，
帕特洛克勒斯，把这个女人交给他们吧。
让大家都在福寿无疆的诸多神明的面前，
并在总是要死去的所有凡人，其中包括
这横蛮的皇帝在内的，都在大家的面前，
一起替我做证，看将来会不会有那一天，
当你们还是要我来收拾那种一败涂地的、
毁灭性的残局的，那时会知道，要毁灭，
人总是毁灭在自己的愚蠢里，不能前瞻，
又不能后顾，竟还忘记了他自己正好是
面对着那样一场，即刻就要来的大海战。”
帕特洛克勒斯这时按他的话办完这件事，
将美艳无比的勃丽舍绮丝领出来，交给
他们。他们就回到了船上，开船回了家。

她走了，她心中也极为留恋。阿基勒斯
迅速地离开他朋友，他哭起来，他坐在
海岸边。眺望着海洋，他总是这样子的，
举起了他的一双手，向着母亲而做祷告：
“我自己的生命来之于你，虽然它很短，
光荣是来之于掌握着雷电的，天神宙斯。
珍贵的生命他给我的极少，那阿格门农
还如何欺侮着我！他夺去了我的战利品，
拿去了留给他自己。”他流着满眶子的
眼泪地诉说着，他母亲已听到了他的话，

她从她躺倒在她老父膝下的，无边际的
大海深处，一跃而起，像一阵白蒙蒙的
近海的云雾似的，悄声地来到，并坐在
阿基勒斯的身旁，看到她儿子在哭泣着，
她就抚慰了他，并且对他说：“孩子呵，
为何你要哭泣，为何你要悲伤？说出来，
告诉我，让我们俩都能够知道不就更好？”
打起来像狮子一样威风的阿基勒斯就说：
“你都知道了，为什么还要我来说它呢？
我们曾出海去掳掠，我们像风暴一样的
攻下了个叫作忒拜[1]的，安蒂盎[2]的古城邦，
掳掠了它，带回来许多奴隶和珍珠宝贝，
后来分了赃。少女克丽锡斯是分给了
大王，然后那弓箭之神，阿波罗的祭司，
来到了亚开亚人所占领的海滩上，给了
无量数赎身金赎女儿，他有大神的一支
金手杖，上面挂着太阳神的白色流苏的，
他向亚开亚的大军和阿特丽柔斯两兄弟，
称道了他们的盛德，求他们开恩还女儿。
全军都已发出了声音表示同意，他们说，
对祭师要尊重，就把赎金收了下来吧！
可是阿格门农不同意，这事违背他心意，
他竟然粗暴地，把老人家就此给撵走了。
悲哀的老人恼火地离开，阿波罗关心他，

① 忒拜：又译底比斯，希腊维奥蒂亚的城邦，与雅典、斯巴达并称为希腊三大主要城邦。

② 安蒂盎：又译埃埃提昂、厄提昂，赫克托耳的妻子安德洛玛刻的父亲。

倾听了他的祷告，便射出了黑色的箭矢。
而瘟疫，就降落到了阿谷斯的军队之中。
一个个战士都倒毙了，祭师乃告诉我们
大神降瘟疫的用意。我说，求求神吧！
可是阿格门农忍不住地光火，他威胁我
而威胁我的话现在已成事实。亚开亚的
士兵，正载着少女克丽锡斯回她家乡，
带着献给阿波罗的祭品，而从我的营房
却带走了勃丽舍绮丝这位少女，她可是
全军同意，分配给我的战利品。帮助我，
到奥林匹斯山上去向宙斯请愿。我听说
你曾经多次向他请求过，我在父亲府邸，
听过你说过，所有的神仙中只有你敢于
帮过克洛诺斯之子解除他的厄运和耻辱，
而当时雅典娜，甚至赫拉，以及波塞顿
却盼着他戴上镣铐，被捆上个五花大绑。
你有这等样的意志要排除掉他的被束缚，
急忙忙地召来了神仙叫不列阿尔瑞斯①的，
这是个百臂的巨神爱嘎艾翁，他比海神
他父亲还要强。他坐在克洛诺斯的儿子
身旁，以坐在这座位分外光荣。只因为
大家都怕他，众神仙才忍耐下来，没有
把宙斯制服。你把这事提醒他，再抱住
他的膝盖，告诉他你最希望最喜欢的是

① 不列阿尔瑞斯、爱嘎艾翁：又译布里阿瑞俄斯、埃盖翁，希腊神话中有50个头100个手臂的巨人，是乌拉诺斯的儿子。神界称为布里阿瑞俄斯，人类称为埃盖翁。

他能帮助特洛亚，要把亚开亚军队杀回
海滨船舰去，杀得他们纷纷要夺船逃命！
这时候全军才会明白，他们的统帅干的
事情有多么的糟，他自己也该知道了吧，
他当时是如何发了疯，竟敢侮辱我这个
亚开亚人的人中之人呢，让他们想一想
像他那样不尊重我，他们的损失有多大！”

她眼睛湿了，边说边掉下一滴滴泪珠来：
“哎，孩子，为什么我要把你生下来呢？
一生下就命中注定了呵！你还是耐心地
观望这场海滩上的战争，你生命不长了。
呵呵呵，过早的死亡，我心都要碎了呵！
没有再残酷的命运了！我生下你生坏啦，
但是你希望我做的事，我要带去给宙斯，
司雷霆的主人。我要自个儿去登上那座
白雪皑皑的奥林匹斯山峰，盼望他能够
同意。但是你现在得安静地坐在这一些
战舰旁，你可以继续地对那个军队光火，
你不要再出阵。昨夜里宙斯，出巡到了
大洋的对岸，宴饮在太阳烤焦的人群中，
诸神都陪他去了。十二天后他还要回到
灵山上来，那时我要走过那青铜的大门，
去见他。抱住他双膝，我相信能感动他。”
忒蒂斯这样说完，就离开了她的好儿子，
他还在想念着他的已被夺去的柔腰少女。

那时奥德赛，带着牲口来到克丽锡斯
那海岛，大船驶进了那里的深深的港口，
下帆并叠好，迅速地松下前牵索，就此
放倒了桅杆，然后又划着桨来到泊位上，
抛下了锚石，系好了缆绳，全体跳下了
浅水中，把那些献给那弓箭之神的牺牲，
驱赶下船，又从船中引出克丽锡斯来。
战略家，奥德赛把她领上了圣殿的神坛，
并把她的手放进她父亲的手里，而后说：
“祭师呵，作为阿格门农的代表，我把
你孩子带给你，我还带来丹南人名义的
牺牲一百头，我相信这可以让大神心满
而意足，他曾给阿谷斯降下痛苦和悲伤。”
他这样说着释放她，祭师也欣然收下她，
最宠爱的孩子。他又迅速地奉献上祭物，
牵那些阉牛穿过了拥挤的神坛，在放满
大麦的篮子里，洗手搓手，向苍天祈祷：
“银弓的主人，托纳陀斯和神圣城市的
保护神，请你听一听我吧，如果说以前
我曾经向你祈祷过，而你也曾经听过我，
为尊重我而惩罚了这些亚开亚的军人们，
如今请再将我这个愿望来实现，这次是
不要再用瘟疫病，传染给这些丹南人了。”
这一个呼吁，阿波罗也听到。祷告已经
说完，大麦撒了一地，他们拿起了刀子，
将阉牛开刀，剥了它的皮，砍下了肘弯，
用脂油包裹好，裹了两层，并用生肉条

紧扎起来，好让老人点燃一捆捆小枝条。
煮好后，还要浇上酒。站在老人旁边的
年轻人，手拿五指叉，看到生肉已煮熟，
尝了尝咸淡，觉得可以，还把带骨头的
腿肉切成一小块一小块的，插上了小叉，
放在火上烤，等到烤熟，再拿下它们来。
这一顿美餐就端上来了，火候已经到家，
就这样吃得大家，都非常之心满而意足，
再没有其他口腹之欲，任何非分之想了。
年轻人乃取来一些酒杯，都斟得满满的，
每一只杯子里，盛满了献给神仙的酒浆。
欢乐歌声起来了，明亮而又强壮，赞美
大神阿波罗，“驱疫者”，直唱到夜深，
听得大神心喜欢。最后太阳已经沉下去，
黑暗也已经降临，奥德赛的一行人终于
全都睡下在船尾放缆绳的船舱的木板上。
当黎明展开了她那玫瑰色的指尖，他们
又出海，航向亚开亚主营盘，弓箭神的
阿波罗，送了他们一路的顺风。让他们
立起了桅杆，又取出了大帆布来，风吹
得帆像胀饱了的肚子。那些吐着泡沫的，
暗蓝色的波涛，从船尾歌唱着往后退去。
飞奔的船只行驶在海上，乘长风破巨浪，
一直到他们来到了目的地，重新登上了
海岸。在这里，他们把船舶拖上了沙滩，
用木料将它们垫高到稳住了这条船为止，
然后，他们散开了，各自打道回去家里。

其时帕琉斯的儿子，天神似的阿基勒斯，
没有什么动静，熄火了似的一颗心等候
在那些本来能够飞翔的船舰旁，他不愿
去到那七嘴八张的议会厅。也不想再上
战场，只觉得胸膛憋闷得很，懒懒洋洋，
觉得他听不到厮杀呐喊声，就失魂落魄。

当着一十二天总算过去了，永生的神仙
回到奥林匹斯的山头上，在他们中间的
当权者是宙斯，他执掌着最高的统治权。
忒蒂斯还牢记着为儿子着想的她的使命，
像黎明的云雾 般地，她从大海上升起。
她飞到高高的云彩的，奥林匹斯山峰上。
她发现宙斯正紧锁着眉头，独自踞坐在
主要山峰的平顶上。她跌倒在他前面了，
左手抚着他的膝盖，右手托住了他下巴，
她立即向着他，说出了她的哀哀的请求：
“呵圣父宙斯，不朽的众神中间，我是
无论言行，一贯地忠实于你的，请允许
我请求，保证我儿子光荣，他命中注定
是要很快地早夭的，而阿格门农大元帅
高傲得令人难堪，竟攫夺了他的战利品。
只有你，奥林匹斯的心灵才能够压住他！
请你给特洛亚以声势和军威，直到这些
亚开亚人能够偿还我的儿子以新的光荣，
将它堆满在他的身上。”她这样说完了，
那能够汇集天上的云彩的天神却沉默着。

他默默不作声，他坐着，动也不动一动，
忒蒂斯抱着他的膝盖，又恳求："你就
点一点头儿，开一开你的金口，要不然
你就是拒绝我也好，难道在诸神的中间
你认为我是最卑贱者？"这时才动弹了，
云彩的汇集者回答她："或迟或早你要
逼得我成为赫拉的对头，她老是嚷嚷地
没完没了地，正常情况下都不停地骂我，
当众神仙的面，她总是奚落我：她会说
我已经站在特洛亚人这一边。最好你在
给她看见我们之前先回去，你可以相信，
我自然会注意到这件事，自然有调遣的。
现在让我点一点头，这样就好让你满意。
我也是不得不受我神圣的职司的约束的。
我说过的话语，只要我点过头，就谁也
不能翻案，也决不会无效的。"他说着，
点了一点头，芬芳的头发，从他永生的
头上垂了下来，而且飘动着，奥林匹斯
乃至为之战栗。协议既定，他们分了手。

而后，忒蒂斯如云雾的，从光耀的灵山，
一纵即逝地回到深海底；而宙斯则走回
大厅。众神仙当时赶忙起身来恭敬迎接，
个个这样做的，他们都已站立在他面前。
他在他自己的宝座上，坐定下来。这时，
赫拉知道他已有了新的意图啦，她看到
海洋老人的女儿，一位银足凌波的女神，

忒蒂斯已经到过这里，已经和他协商过。
赫拉就缠着他，询问着宙斯·克洛诺斯：
“这次又是什么，阴谋家？谁在你耳边
嘀咕了？你多爱阴谋诡计，爱私自打算。
难道你不能自己做主？你能不能把那个
新计谋吐露给我听？”神人共敬的天父
回答：“赫拉！你呵，这是我心里的事，
你为何急着要知道？它们是非常严峻的，
尽管你是我的老伴。而且神人之间的事，
我哪有不曾先和你商量过？可是有的事，
我就是要独立思考的，再不要老用什么
问题，跟我来纠缠不清了。”他的这话
一说出，赫拉眼睛张得大大的，发了问：
“皇上呵，这是什么话呵，我可没有先
用什么问题来‘纠缠’了你呵，当然咯；
你是可以想什么就说什么，自由自在的，
可是这一次我怕得要死，我有了个感觉，
忒蒂斯这海洋老人的银足之女，说不定
会引你上迷途，这么一大清早，她就来
跟你坐在一块，还抱着你的膝盖，我猜，
你和她订了什么协议了，你还点了头的，
看来你是要给阿基勒斯以什么样的荣光，
看来是你要在亚开亚的战舰周围，降下
一场巨大的血肉横飞、血淋淋的灾难了。”
于是汇聚了乌云的宙斯说：“真是神了，
竟和你的猜想差不多，是非常之接近的。
可是你不要有任何的作为，使自己离我

更远，你不该如此麻烦。你要是说得对，
合我意，该多好，现在你给我坐下来吧，
你应该服从我，要不然，就没有哪一个
奥林匹斯山上的神仙能给你一点儿帮助，
假如我走到你座椅前，给你一个掌心雷。”
这时候，牛眼睛的赫拉，她真个吓死了，
她静静坐着，她的意志只好服从于他啦。

现在在宙斯的大厅里面，所有的神仙都
阴郁到无所适从的那种程度了，幸好是
海法斯特斯，这艺术大师走上前面来了，
他打破沉默，安慰他的妈，玉臂的赫拉。
他说：“多么不幸的日子呵，要是你们
也像要死的人类一样地吵嘴了。这已经
太过分！难道神仙界还要吵嘴，吵下去？
在一顿美餐之中，有着多少样的欢乐呵，
怎么能让这些低贱的事反而占去了上风？
我要劝我母亲的是她所知道的都要坦白，
要不然那雷声一响，炸得这宴会粉碎了。
你知道他干起来，会吓死我们，一阵子
电闪雷震，我们都会没有了！至高权威
属于他！请你用你温柔的声音，安慰他，
来使他高兴，那样他还会再一次对我们
恩惠有加的。”这个海法斯特斯，婉转
其辞地说着，递过来了一只酒杯。一只
双环杯，他给他母亲说：“亲爱的妈呵，
忍耐着，不要再说话了，不管你多尴尬，

我可不愿你受罪受委屈，亲爱的妈妈，
我伤心，却也没有一点办法，奥林匹斯
山上的主人，可是不可以随便地反对的。
有一次我也落到了你的地位上，在庄严
圣殿走廊上，他一手抓住了我的一只脚，
一扔就扔我到天上，一整天我是向上空
上升又上升！直到太阳快沉下去，我才
坠落到兰诺斯岛[1]上，快要断气了，幸亏
岛民细心地看护，救了我这坠落的神仙。”

这些话使他们笑起来，于是玉臂的赫拉，
微笑着，从他的手中，她接下双环酒杯
走过来，然后她从酒缸盛满一杯杯的酒
让他从左到右地向一个又一个的神敬酒，
他们共同地享受到了醉醺醺的琼浆之乐。
看海法斯特斯，在厅中，持酒打了一个
通关，幸福的神仙之中，便又爆发出来
一阵阵的抑制不住的笑声。一整天他们
都在欢宴着，一直到太阳下了山，这个
颇有节制的盛宴，满足了众神仙的心愿。
阿波罗拨弄着七弦琴，这琴声无瑕可击，
天上的合唱队音乐，呼应着缪斯的美声。
当一天的阳光沉没西方，他们每个神仙
各自地都打道回家去，这些家宅也正是
海法斯特斯，这跛了腿的神奇的艺术家

① 兰诺斯岛：又译利姆诺斯岛，希腊爱琴海北部岛屿。

用他的巧思给他们建筑起来的。司风暴
和雷电的天神宙斯，他也回到他的寝宫，
他也合上了眼，并有甜蜜的梦在抚慰他，
身边睡的贤妻是赫拉，金銮殿上天后神。

原文 611 行，译文 624 行
一九九二年七月十一日开始翻译
一九九二年七月二十日完成初稿
一九九二年八月十一日完成二稿

第二个歌

诸大神明，和攻打特洛亚城墙的那些人，
都已睡下了，战马饲养者，战车御车者，
他们都睡了整整的一夜。可是那睡眠神
却不能控制住宙斯，他翻来覆去想心事，
如何他才能振奋阿基勒斯，乘他外出时，
就在希腊的战舰前，像风扫残叶一样地
毁灭一大批亚开亚人。他想到的好办法，
就是在这一个夜晚，他可以给阿格门农
送去个捣乱的致命的信息。招来睡眠神，
他对他说道："奸刁的梦神，下去走走，
到亚开亚的快舰中间去，你悄悄地进入
阿格门农大统帅的营房，好吧，你把我
现在命令你的每一句话，统统都告诉他。
让他准备好一批亚开亚的，长头发奴隶，
尽快地上阵去。他们已可以蜂拥而前去，
冲进宽广的特洛亚城邦，还可以告诉他，
奥林匹斯不再是两条心了：赫拉使他们
看法一致，黑云已悬挂在特洛亚人头顶。"

睡神接受了命令就去了，快得像一阵风，
轻柔地降落在长形的战舰群集着的地方，
他寻找着阿特丽柔斯之子，发现他正睡
在他营房中，飘飘然地做着好香好香的

美梦。他就在大统领枕头旁静静地站定，
睡神变形成纳留斯的儿子，老人纳斯特。
在所有老人中间，阿格门农最尊敬的人
就是纳斯特了，故睡神伪装成他来说话：

“还睡着？阿特丽柔斯的儿子，驯马者，
你对下属是负责的首长，你别整夜睡觉。
这不行，你应当是战前会上的伟大声音。
我是宙斯派来的一个使者，他虽在远方，
却最关心你。你要紧紧地照他的话去做。
他说了，准备好队伍，再不要迟疑了，
上战场去吧；现在你可以似同风扫残叶
一般地冲进那街道宽广的特洛亚城里去，
奥林匹斯的众神仙再不是两条心，赫拉
做了苦心调停，已经把他们统一了起来，
而宙斯要把痛苦的日子，给予特洛亚的
人们来承受。记住我这些讯息，别等到
白日到来，甜梦一醒来，就又全忘记了。”
说完，睡神又消失在暗中，任那人去对
那个虚构思想，深思苦想，兴高又采烈，
以为这一天就能征服泼利姆的宽广城邦。
好不幼稚的信任呵！他还一点也不知道
宙斯的心里的思想：将会有怎样的一场
大战，在凶狠的格杀之中将有多少死者
和伤者，特洛亚、亚开亚的两边都一样。
醒过来，他听到了他的四周都还有鼾声，
夜梦方长。他就坐起身来，把内衣套上，

是一件新的，从没有穿过的内衣，他再
摆动着上身，把上衣穿上，把他鞋子的
穗带儿，适意地系在那两只光亮的脚上，
又在他的肩膀，挂上了他的长剑，全部
用银质装潢的一条皮带，然后手执权杖，
他大踏步地，一直走进了船舰的中间去。

纯洁的黎明来到了奥林匹斯诸神的身边，
为宙斯和众神仙宣告了新的一天的来临。
大统领，阿格门农，见到他的吹号角的
传令兵，命他召集睡眼惺忪的亚开亚人，
去开大会去。于是喇叭吹响了，他们就
很快地集合在一起。可是作为个预备会，
他们先在纳斯特的船边，元老们举行了
一个小会议，在那里他和他们碰了个头，
给他们透露了一道狡猾的计谋，他说道：

“朋友们请听，在我梦中出现了个形象，
他在这繁星之夜里，来到了我个人面前，
在身高、在仪态方面很像纳斯特的模样，
高高地在我的枕头上面俯视我，这样说：
‘阿特丽柔斯的儿子，驯马者，怎么你
还在睡？你是负责的首长，你不该这么
一睡一整夜，你是战前会上的主要声音。
你应该照我的话去做，我是宙斯派来的
一个使者，他虽然在远方，却最关心你，
他说，准备好队伍，再也不要迟疑了，

赶快上战场，现在你可以似同风扫残叶
一般地冲进那街道宽广的特洛亚城池去。
奥林匹斯的神仙们再不是两条心，赫拉
做了苦心的调停，已经统一了他们中间
的意见。而宙斯要把痛苦的日子，给予
特洛亚的人们来承受，记住我这些讯息。”
当他说完了这一切，梦幻就也像一只鸟
那样地飞走了，睡梦就同时也离开了我。
好好儿想想，让我们武装起来，行动吧，
但先得试一试他们，正像应该做的那样，
我要建议，我们赶快乘凹凹的船舰逃跑！
而你们却要站在岗位，把他们稳定下来。”
多么狡猾的荒诞计谋呵，他告诉了他们，
然后坐下！这时来自派洛斯岛的纳斯特
在海滩之上站起来，充满着关怀地说道：

“朋友们和高贵的阿谷斯大统帅，大人，
不管是哪个来讲述这样一个梦，我都会
认为，它只不过是一篇谎话。我们都会
这样子想的，还都会特别地提高警惕心。
但是，做了这个梦的是他，我们的统帅，
大家都起来吧，叫我们的战士穿上铠甲。”

说完这话，他回身带头走向自己的队伍，
所有其他的人，会议场上的拿着权杖的
参议官也站起来，服从了大统领的命令。

从营房中间，现在队伍都显现了，密得
好似从一块大岩石的一条裂缝中飞出的
蜜蜂，无穷无尽地飞出来，形成一团云，
飞入夏天的，这里那里的，繁花花丛中，
光闪闪，声嗡嗡，都在明亮的阳光底下，
忙个不停。正像蜜蜂似的，连续不断地，
从船舰和营房飞向海滨的一团队一团队，
飞到集合的会议场地去，“谣言”飞翔
在他们中间，像宙斯派来的传令官一样。
正当他们进入时，就座时，“混乱”在
大地上扩展了。吵吵嚷嚷的团队，害得
大地在他们的屁股下呻吟，到处不安静。
然后，九名传令官喊着骂着，组织他们：

“安静！安静！注意！听统帅发布命令！”
于是都安静了下来，一点儿声音也没了。
阿格门农大元帅，在他们的面前站起来，
他手中拿着的是有一次海法斯特斯花费
好大的力气铸造的权杖：这可是他献给
克洛诺斯之子，就是宙斯的，一件礼物，
后来宙斯又把它送给了他的明亮的信使，
又称“寻路者”的赫尔墨斯[1]，赫尔墨斯
又把它传授给潘洛泼斯[2]，著名的御车者，
潘洛泼斯给了阿特琉斯[3]，而后阿特琉斯

① 赫尔墨斯：希腊神话中奥林匹斯十二主神之一，众神的使者。
② 潘洛泼斯：又译佩洛普斯，宙斯的孙子，神话中古希腊运动会的创始人。
③ 阿特琉斯：又译阿特柔斯，佩洛普斯的儿子。

给了牧羊人的齐埃斯特斯[1]，再后来是他
转赠给了他，阿格门农，许多岛屿之王，
也是全阿谷斯的皇帝，就是这同一个人，
现在在阿谷斯人中，斜靠在权杖上说话：

“战士朋友们，丹南英雄们，阿莱斯[2]的
喽啰们：克洛诺斯之子，这刚愎的神仙
把我引诱入了一个残酷的骗局，他竟然
庄严地宣布，我不应该率船舰到这儿来，
不等攻破特洛亚城邦的卫城就该先离开。
多么的欺诈，口是心非呵，这很明显嘛！
他让我攻了多年未攻下，还再打个败仗，
然后回到阿谷斯去。这就是他的意志了，
就是他的快活了，谁知道他是为的什么？
有多少个高大的城邦，已经被他毁掉的
和将要被他毁掉的，反正他是至高无上。
多么的可耻呵，未来的人们将会听说到，
我们在这里战斗了多么久，就算是我们
武力有多么的强大，却一点用处也没有！
我们徒然打了多年的仗，还看不到尽头，
我们的力量不是平衡的，那不平衡就在：
要是我们亚开亚人和这些特洛亚人能够
来一次停战，彼此之间都分行站一个队，
一边是特洛亚人，一边是亚开亚的军队，

① 齐埃斯特斯：又译提埃斯特斯，佩洛普斯的另一个儿子，阿特柔斯的兄弟。
② 阿莱斯：又译阿瑞斯，希腊神话中的战神。

让亚开亚的队伍十个人排列成一个小队，
然后每一个小队带上一个特洛亚的管家，
那么很多的小队还轮不到有一个管家的，
我告诉你们，亚开亚人数是那么样的多，
大大超过了出生于特洛亚的人们的数目。
可是他们是有同盟军的，许多亚细亚的
城邦来了那么多的长矛兵，正是这些人
筑起了篱笆，阻碍我掳掠特洛亚的城邦。
宙斯让我们虚度了九年，船舰木都烂了，
滑车磨损了，而海彼岸我们的妻子儿女
还在我们的大厅里等我们，而我们来到
此地的目标还远没有达成呢。好吧好吧；
让我们按照我说的来行动：我们退兵吧！
大家上船，回到我们的祖国去！我们再
也不用去希望攻打下什么特洛亚的城邦。”

他使得人们的心都跳跃起来了，这些兵，
一点也想不到他会有这么样的一个计划。
整个人群都激动了，波涛汹涌，像大地
在膨胀一样，好像从宙斯的云端里吹来
一阵东南风，紧紧吹着黑色的依卡林海①，
又像从西方送来了一阵风，吹得那海浪
滚滚地向前，又像玉米的穗缨被弯倒了，
不停地跳动着：整个会场就这样地摇荡。
混乱地鼓噪着，他们开始向船舰跑过去。

① 依卡林海：又译伊卡罗斯海。

尘土就从他们足下飞扬在高高的空中了。
命令声传来传去，有叫人拉起了缆绳的，
好把黑色的船舰拉到永远是盐味的海上。
他们搭起跳板打扫它，他们的心在家乡，
当他们把支撑木拉开时，欢呼声起来了。

便这样，为自己的命运所激动，阿谷斯
人民很可能要开航回家了，要不是赫拉
没有去找到雅典娜，她简直叫喊了起来：
“你能相信吗？你这永远不知道疲倦的，
披着一身云彩的宙斯的女儿，这些停泊
在宽广的大海背上的阿谷斯的人们真会
返航回家去的吗？他们现在怎么竟能够
抛弃掉阿谷斯的王妃，海伦，把她留在
泼利姆的手中，成为特洛亚人的夸耀呢？
呵呵，海伦。为了她成千上万亚开亚人，
离家而且死亡了。你呵，就下去一趟吧，
到行伍中去，一路劝他们，一个一个地，
都别再把那些漂亮的船舰拉下到海上去。”

灰眼睛的女神雅典娜听从了她，一纵身，
比风还快地从奥林匹斯的山岩上跳下来，
来到地面的长形的船中。在那里她看见
奥德赛，宙斯器重的战略家，站在原地。
他丝毫没有碰一碰船头，他不，他内心
充满了痛苦，现在灰眼睛的女神站在他

身旁，向他提出她的恳求：“神仙般老将
赖厄特斯[1]的儿郎，你是好海员和好战士，
难道你也要登上凹凹的船只，执桨逃离，
回到老家去？扔下海伦，阿谷斯的美人，
留在泼利姆家中，亚开亚人可曾为了她
远远地离开了家乡，死去了成千上万个。
不行不行，振奋起来吧，到人群中间去；
用你的温和的方法，一个一个地劝他们
不要把他们的漂亮的船舰拖拉到海上去。”

他一听就知道，这是女神的明智的语言，
奥德赛立刻跑步前进。他甩掉他的大衣，
让他的副官，尤利白特[2]去捡起，他飞轮
似的，来到沉默着的形象阿格门农身边，
解除了他手中的，代表王朝的那根巨杖，
两人飞奔着到了那么多船舰中。一路上
他碰上军官或士兵，他就停下来，和他
咬耳朵，说道：“你可不是一个傻瓜呵，
你可不像是个想要离开战场的逃亡者呵，
像那些懦怯的人要想做的。你还不知道
阿格门农怎么样想的。他先要考试你们，
跟着他就要惩罚你们了。并不是每一个
人都听到了他在事先的小会上交代了的。
上天不会允许他一生气便削弱他自己的。

① 赖厄特斯：又译拉埃尔特斯，奥德修斯的父亲。
② 尤利白特：又译欧律巴特斯。

不过军队由他领导，国王也是有感情的。
宙斯给他权力，宙斯对他是十分亲热的。”

但当奥德赛遇到一些一般士兵，他们还
在胡说的时候，他就赶走他们，用手杖
揍他们，并告诉他们说：“傻子，笨蛋！
滚回去，坐下来听听那些更聪明的人吧，
你们真不配当兵，你们是柔弱的姐妹呵，
不论在战场，或者在会议上，啥也不懂！
难道我们都是靠自己来掌权的？不可能，
东家太多了也不行，只能有一个总指挥，
一个权威，执掌着这王家的权杖。这是
日理万机的宙斯，克洛诺斯之子，授予
他优先权的，他在一神之下，万人之上。”

这样，他自己用统帅一切的方式走过了
大军。他们穿过船舰、营房和喧闹人声，
来到了会议的会场。这里像一个个浪峰，
在狂风的海上，用巨雷一样声响在滚动，
并冲上海岸，然后又退下去离开了沙滩。
全体都已就座了，端坐在他们的座位上。
只有一个人还在胡说，他是台尔锡蒂斯，
这个瘪嘴他呱啦呱啦地，停不了地说话，
口齿不清楚，意义更含糊，他唾沫横飞，
咒骂他的大统领，他毫无一点儿的理性，
引得阿谷斯的最高统帅哈哈哈地大笑了。
攻打特洛亚的人中要数他是最丑的一个：

跛东跛西的一双拐脚，又凹胸，又驼背，
尖头、尖脑的，疏疏、零零的几根头发，
在凡人的中间，阿基勒斯最恨的就是他，
奥德赛对他也是恨，他居然还要骂他俩。
这一次他可是对阿格门农这么肆无忌惮，
他们慊烦地听着，他叨叨不绝，指向了
阿格门农大做其文章：“你还缺少什么？
阿特丽柔斯的儿子，你这人还想要什么？
可不是你的家里面堆满了金银铜的器皿？
可不是你已经有了许许多多的小娘儿们？
每一回我们攻下了一个城邦来，第一个
小娘儿都先让你挑？难道你还想要黄金，
那些特洛亚的邻邦为了要赎他们的儿郎
是会给黄金的，那些别人的赎款你也要？
难道你还要弄个把小娘儿来关起了房门
寻欢作乐吗？这样的大老板简直坍足了
亚开亚人的台！呵，你这不要脸的傻瓜！
你是亚开亚的婆娘，你不是什么男子汉！
让我们开船回家去，扔他下来作威作福，
也让他领教领教吧，我们是不是帮过他！
他竟然敢欺侮，比他更高明的阿基勒斯，
居然抢走了属于他的宝贝心肝来派用场。
你瞧呵，和气的阿基勒斯还能够放他走，
要不然，谁知你这会儿，还有命没有命？”

台尔锡蒂斯这么勇敢地辱骂了阿格门农，
直到在他的旁边，奥德赛堵住他，怒目

直视他斥责他："满口胡说，恶语伤人！
你给我住口！难道你想跟他单独来挑战？
所有来到这里，攻打特洛亚的人们中间，
再没有一个兵，可比你更加惹人讨嫌的。
你还是不要这么大嗓门儿地跟统帅说话。
甚至于辱骂他，然后你这么躺着，胡想
乘船回家去。我们没有这么想，并没有，
我们想的是，怎么把这一场战争来打好，
谁知道我们乘船回去，是打赢打输了呢？
可是你胡说八道的，败坏大统帅的名声，
就因为丹南人的长者给了他许多的奖品，
是他战斗的礼物。你这人真使我讨厌你！

这是我的决策，这是决不变的，如果我
再听见你这哭丧的声音，奥德赛我宁可
被打得头破血流，宁可再也没有人尊称
我为'德律曼科斯[1]的老头子'，不然我
就要抓住你的脖子，剥掉你的所有衣服，
割掉你的尾巴！我要用鞭子抽你追赶你，
像追赶一条落水狗，从这会议场上一直
赶你赶到船上去！"说到此他就一棍子
打在他的肋骨和肩膀上。这一个可怜虫
大叫了一声，眼泪水一滴滴地流了下来，
殷红色的一道杖痕，被黄金的权杖一击，
立刻在他背上出现。于是他伛偻下身子，

① 德律曼科斯：又译忒勒玛科斯，奥德修斯的独子。

又害怕，又苦恼，他闭上眼睛，像一个
白痴，用他的胳膊弯子，擦着他的眼泪。

军人们，虽然并不高兴，但对他的丑态
也大声笑起来。你也许也能够听到有人，
用肘子耸了耸他身旁的人，轻声地说道：
“多棒的一棒！奥德赛干得总是很好的，
打仗时想出了很多的办法来，有事总能
告诉你怎么怎么做，这一回亏得有了他，
从开战以来，他都没有这么痛快地治了
这恶毒的小丑的，我的天，大约从此后，
要有很长很长的一段时间，才会有英雄
敢于再挺身而出来，反对他的首领了吧。”

群众就是这么个看法。可是征城略地的
奥德赛，手执着他的杖，笔直挺身立着，
在他身边站着的，可是灰眼睛的雅典娜，
她外表上看起来像传令兵。一声“肃静！”
所有的人，在前边的和在后面的都一样，
听到了他的声音，而且感到了它的分量。
现在为了大家好，他发言：“阿格门农，
阿特丽柔斯之子，国王，你所有的部下
都想要把你变成所有人的面前的耻辱者，
他们不愿意按当年宣过誓的话语来执行；
誓言说的是除非他们掠夺了特洛亚城邦，
他们绝不从绿色的草地上转身儿回家去。
不对了，现在他们都变成懒汉和寡妇了，

他们哭哭啼啼的一个个的，都要回家了！

我承认，这是艰难的，每个人都疲劳了，
我承认，想回家是真的。谁能够忘记呢，
出海一个月，不用更多了，远离着妻子，
就会使一个侵略者嫌烦了那摇船的座位，
嫌烦了大海。当狂风恶浪，滔滔的潮水，
阻碍了行程不过个把月。而我们自己呢，
从出征到今天，确实已经是九个年头了。
那么，这也不稀奇了：我不能责备你们，
已经腻烦了这一艘又一艘的破船了！呵！
可是这仍然是完完全全的耻辱，停留了
这么久的时间，依然两手空空地回家转。
坚持下去吧，亲爱的朋友们！熬下去吧，
不管如何辛苦，一直要等到我们看到了
卡尔卡斯的那个预言到底是对还是错的。
这里的一件事情是我们没有办法忘掉的！
你们中每一个没有战死的人也是决不会
忘掉的：那天，舰队正好停泊在奥利斯，
满载着要带给泼利姆，和特洛亚的人民
以灾难的人马，当时都在神坛旁喷泉前，
一枝红色的枫树下，向着神仙们致祭礼。
被围着的泉水忽然间光华四射了，显然
重大的奇迹已出现，有一条血红色的蛇，
正是由宙斯他自己，遣使着逶迤来到了
光芒中，血淋淋地，无声地从神坛底下
钻出来，很快地纠缠盘绕，爬上了大树。

大树上有一些羽毛未丰的麻雀，是雏鸟，
头埋在细毛的翅膀下，一共也只有八只，
躺在筑于最高丫枝上，树叶密密的巢中，
第九只鸟就是孵出和饲养了它们的母亲。
那条蛇，游动到雏儿旁边，吞食了它们，
它们都可怜地叫着，而那母亲扑着翅膀，
悲惨地尖声嘶叫。那条蛇蜷成了一团地，
一下子咬住了它，咬在它的狂扑的翼上。

就在那条蛇吞噬了所有的这些雀子之后，
遣使了它的神就把它转变成为一个神谕。
它变成了一块石头。它藏进了这块石头，
这是足智多谋的，克洛诺斯之子的计谋。
我们看到了所发生的事情，全惊得发呆。
看到神的重大的启示已来到我们的祭台，
卡尔卡斯立刻在我们大家的面前解释了
它的意义，他说：‘从亚开亚来的同胞，
你们全都吃惊了吧，这正是一个预兆呵，
是很大的一个预兆，是至高无上的宙斯
恩赐给我们的，他赏给了我们一个承诺，
很久以后自会实现，其名声将传诸永远。

想想吧：那蛇吞食了雏雀和它们的母亲，
小雏儿是八个，加上这个母亲就共九个，
看来这一场战争，将要进行到九年之久，
然后我们将在第十年里攻下这宽广城邦。’

这就是那一次的预兆的他的解释。请看，
现在这都实现了！坚持下去，亚开亚的
战士和你们的战争武器，伙伴们，坚持
在这海滨的滩头，直到我们攻下这城邦！”
这话一说完，阿谷斯的人们便发出一阵
欢呼声，从船上也传回来了好一阵回声。
对奥德赛的话语，他们呼唤着：“对呵！”
这时，格伦尼亚御车者纳斯特，开言道：

“多么可悲呵，你们在会上说些什么话，
像小孩子娃娃，对严峻的战争一窍不通。
一旦要听信这些话，我们的神圣的誓言
和协议，都变成了什么啦？你们难道说：
什么叫战争计划和力量对比；举起右手
来宣誓，喝着白干儿保证的，都不算数，
把它们扔到火里去烧了吧，你们吵着的，
听起来高深莫测的，实际是空口说白话，
尽管说了个一整天，一点儿用处也没有。

阿特丽柔斯的儿子，你应该像以前那样，
坚定不移地，率领着军队，奋身上战场；
让那些该烂掉的烂掉吧，这些人是少数，
他们是不能跟亚开亚的人们合得起来的。
他们打不了胜仗的。现在他们是在知道
宙斯所答应了的，是真的还是假的之前，
他们就开船回去了阿谷斯。我却这样想，
在我们之上的天神早在阿谷斯人乘船舰

出航前已经点了头，特洛亚命定要死亡。
那天就有一道雷电从天空掷下在右手边，
一个命运的讯号。那么没有一个人可以
在他跟哪一个特洛亚女人上床睡觉之前
就下令要我们回去的，除非我们报复了
这个在挣扎在呻吟，并哀哭的海伦之仇。

如有人宁肯早一些回去，并不想多活些
日子，就请他把他的手放在这条黑色的
船上，他可以比别人更早地寿终正寝的。
首长呵，你自己可是要好好地思考定当。
我还要说的虽是小小琐事，但也不可以
扔在一旁的：整个队伍应该分别按种族，
再按氏族区分，阿格门农，种族要支援
种族，氏族要支援氏族，如果你这样做，
大家也如此执行了的话，你就会发现了，
谁是最不称职的军官，谁又是最勇敢的；
步兵们，也一样；当氏族又成为战争的
一个单位时，谁都在自己氏族里面作战。
到那时也就清楚了，我们之所以攻不下
特洛亚城邦是因为天意呢？还是因为了
人为的原因：斗志不强，或战略愚蠢了。”

阿格门农回答：“有了你的建议，我说
你已胜过了我们所有的人。呵天父宙斯，
雅典娜、阿波罗，给予我十个这样好的
设计师，那么泼利姆的城邦一天就可以

攻下来，成为我们手中的赃物和战利品。
可是风暴之王的宙斯，却给我们送来了
不幸，把我们投入到徒劳无益的争吵中。
我说的就是阿基勒斯和我自己。我们像
仇人一样的恶语相向，只为了一个少女，
而我是第一个光火的。我们要是一条心，
特洛亚的倒霉日子早不会拖得那么长了。
现在你们要吃好早餐，然后就准备战斗。
每一个人得把他的长矛尖，磨砺得尖尖，
盾牌也要好好地挂上肩。每一个御车夫
都要把他的阵前的老伙计饲养得饱饱的，
再检查一下车轮和车座，把一门心事都
放在战场上，这样我们就能够在最激烈
战事中煎熬过这一天。谁也不能有喘息，
谁也不能有休息，除非是夜幕降落下来，
模糊了前沿阵地，压住了人们的霹雳火。
汗水将在你的肋骨上浸湿了盾牌的皮带，
你握着长矛的手掌将疼痛得僵硬了一样，
拖拉车子的马肚子的两边像泡在水里了。
可是别让我看到你们中哪一个人掉了队，
哪一个人在绕着船舰儿转，要有这种人，
他就不用希望狗子和鹞子会放他跑掉的。”

下了这样的命令，阿谷斯人发出了吼声，
正像南风掀起了海岬上的大海，冲击着
一块突出的山岩的矶头，巨大的浪峰是
不会放过它，要从各个方向来进攻它的。

这时战士们拔起了脚来，分散到船舰去，
从行军灶上燃起滚滚浓烟，从而用早餐，
但是，对于永远不死的天神中的第一位，
他们每个人都献上祭品，且都做了祷告，
以避免这一天里可能遇到的死亡或厄运。
他们的总司令，阿格门农元帅他也选出
一头肥胖的牛做他的祭品，献给天上的
统治者宙斯，他邀请来了亚开亚军中的
主要的将领，纳斯特，然后依陀曼纽斯，
以及用爱亚斯来作为名字的两位哥儿们，
然后是杜透斯的儿子。第六位是战略上
战术上相当于宙斯的奥德赛，以及精于
战争的将军，不用呼唤就来的门纳劳斯，
他知道他分担着他哥哥的重担。围绕着
那头牛他们站成一圈，用大麦洗过了手，
于是阿格门农以他们的代表的名义祈祷：
“万神之神的宙斯呵，和居住在乌云外、
太空里的神仙们，愿今天我把泼利姆的
黑屋顶掀起来之前，愿火焰在城门里面
爆炸之前，太阳不要下山！让我用我的
长矛的铜尖，穿过赫克脱所穿着的衬衣，
一直刺进他的肋骨！愿我能刺得他倒下，
头埋在土里嚼泥巴，他的朋友们围着他！”

宙斯却一点也不愿意满足他的这些愿望。
牛他收下了，他却在苦难上加添了苦难。
祷告已说完，大麦撒了一地，他们把牛

用刀子给宰了，剥下了它的皮，割开了
它的肘子，包进了脂油里，包起了两层，
并用生肉条把它们扎紧了，又用一捆捆
小枝条煮了它，用五指叉在火上烤内脏。
等到每一个肘子都煮好，连腰子也尝过。
他们把里脊和臀腰也都切成条，叉上叉，
烤得很均衡了，最后把它们都拿了下来，
一顿早餐都已经准备好，什么都做完了，
他们豪华地进行了宴饮，直到酒醉饭饱。
然后纳斯特说：“尊贵的元帅阿格门农，
到此我们再也不能迟延，我们的军官们，
围成一个圈，别再为天上事忙个不停了。
让我们的所有传令兵召唤亚开亚战士们，
沿船舰结集成队伍，我们自己也将要从
中间穿过，去唤起他们去征战，去杀伐。”

于是全军统帅转身吩咐，传令兵用响亮
尖厉的声音，给亚开亚士兵发出战斗的
命令。号令发出了，队伍成群地来到了，
军官们从司令员的身边飞步跑到了各个
连队，这时灰眼睛的女神雅典娜和他们
并肩前进。永生的她，庄严地拿着她的
一面主神的盾牌，上有一百束金丝编成
流苏，每一束都价值一百头牛，它们在
空中飘扬着，这令人目眩的女神沿行伍
鼓动着他们去战斗，人人的心中点燃起
作战的强烈的意志，谁个都不愿撤下阵，

因为到这样的时候，出战比回营就更加
魅惑人，也比之驾船回家乡更加迷恋人。

正像在浓黑的森林中，无可计量的树木
长满了群山，突然升起了一阵子的大火，
一片火焰的亮光几百里路之外也看得见，
现在从这支巨大的铜铸的军队中闪耀的
光辉照耀了大地，也闪射到了高高天空。
又像候鸟、野鸭，像尖嘴的仙鹤和天鹅
从一个国家飞去，到另外的一个国家去，
围绕着卡斯特略斯[1]的亚细亚的草地沼泽，
巨大的翼和光荣的翅，在混乱之中猛烈
扑击着这绿色大地，享受着飞翔的欢乐，
正是这样，从一个国家、又一个国家的
船舰和船舰中，大军残暴地穷凶极恶地
凌辱了这斯卡曼德[2]河谷的平原。在他们
践踏下大地隐隐地发出雷声来，而马蹄
蹂躏着斯卡曼德河边的满是鲜花的草地，
那原野上有不可计数的春天的青枝绿叶。
这样，又像是变成一团云的疯狂的蚊蝇
聚集在夏天的牛栏周围，当那时木桶里
已溅满了牛奶，成千上万亚开亚的战士，
移过大平原，想要把特洛亚城撕个粉碎。
可是牧人很容易把混杂在牧场上的羊群

① 卡斯特略斯：又译卡宇斯特尔，一条由东向西流入爱琴海的河。
② 斯卡曼德：又译斯卡曼德罗斯。

分开，他们也在这边的那边的军官们的
指挥下，严密地组成若干个战斗的阵形。
阿格门农当时的风度很像在雷电中得到
欢乐的宙斯的风度了；也像坚韧不屈的
橡树一样的战神阿莱斯；像胸膛宽阔的
海神的波塞顿。又像站在牛群最前面的
一条饲养得最壮的大牯牛，那一天宙斯
使他变成了那样众多的将领中的优胜者。

现在告诉我们吧，居住在灵山上的缪斯
女神，你们是天神，哪儿都去过，什么
都知道，而我们什么都不知道，只能听
听故事，谁是这些丹南人中间的将领呢？
行伍中的普通人我就不去说了；办不到，
除非是我有十个舌头和永不沙嗄的声音，
有黄铜铸成的一颗心。除非奥林匹斯的
山上的宙斯的女儿，缪斯女神们能记起，
哪些人为攻特洛亚曾出海远征，让我们
记下联军军官的名字，以及船舰的多少。[①]

波约蒂的领导人是帕内莱窝斯、勒托斯、
阿坎西劳斯、泼洛韬诺尔和克洛尼奥斯。
这些人住在赫利亚和多山的奥利斯以及
西霍诺，斯考洛，幽谷艾苔瑙；舍斯佩；

① 下文中出现了大量的人名和地名，代表的是希腊联军来自各个不同的地方以及将领的名字。

格剌耶；有宽阔场地跳舞的密喀莱索斯；
住在哈玛、艾莱松、艾列色拉、艾莱虹、
海勒和帕台盎，和奥克依拉，和整齐的
城邦曼德宏，科斑、尤特瑞的人、到处
鸽子的底斯彼；同样地也是库罗内依亚，
还有来自哈利亚托斯的，看守泼辣塔腊
和格利萨斯城池的，和有着七道城门的
底比斯下游的人，和圣洁的奥轧斯托斯，
那里海神波塞顿的园林闪闪发光；还有
亚纳的人，盛产紫色的葡萄的酿酒的藤，
还有米底亚人，神圣的尼萨人和滨海的
安特同人。所有这些人共有五十条船舰，
波约蒂的战斗人们就装满了每一条船舰。

他们的近邻的阿斯泼莱敦和奥库曼诺斯
是由阿斯卡拉福斯和牙儿梅诺斯[1]率领的。
俩人都是战神阿莱斯之子，是在阿克特
采邑上，楼房里，圣洁童贞女雅丝窕雀[2]，
被威武的战神阿莱斯偷偷睡了她生下的。
米扬人的三十条船舰也排进了战斗行列。

福基的人是斯开狄奥斯和英雄依非托斯·
瑙波里德斯的儿子艾匹托福领导，他们
住在科巴利托斯，多山的毕多，圣洁的

① 牙儿梅诺斯：又译伊阿尔墨诺斯，与阿斯卡拉福斯都是战神阿瑞斯的儿子。
② 雅丝窕雀：又译阿斯提奥克。

克利萨，帕诺彼斯和陶立斯，在阿尼满
附近，海姆包立斯，和高贵的刻菲索斯，
也在利阿亚，那里有条同名的河奔流着。
四十条黑色的船舰，载着这些人渡海来，
他们驻防在波约蒂军侧翼，都全副武装。

洛克林人有爱亚斯，奥琉斯之子做司令。
这一个爱亚斯长得不太高，也不太矮小，
但跟爱亚斯・德律曼诺斯是不能相比的，
他被称为小爱亚斯，穿着一件细麻胸衣，
投掷起标枪来，哪个亚开亚也比不上他。
他的洛克林人都住在库诺斯，欧佩依斯，
喀里阿洛斯，倍沙和夏尔夫和那美丽的
小城安甘雅；以及在包尔格斯河两岸的
塔尔夫和色洛宁。这个小爱亚斯率领着
四十条黑色船舰，安营在欧波亚海岬上。

小岛的人们，坚决的阿斑特人，卡基人，
爱瑞特利亚人，希斯蒂亚人，都是盛产
葡萄的地方的人，还有滨海的克林梭斯，
峋嶙的狄翁，卡利斯托斯人和斯蒂亚人，
都奉阿斑特人的首领，青年艾尔菲诺尔。
卡尔科唐蒂亚陀斯作司令。走路走得快，
都是光头，留着一小绺头发的这支部队，
就想用灰色的标枪把敌人的铠甲来刺穿；
艾尔菲诺尔的黑色的船舰一共有四十条。

再说下来就是雅典人，这个强壮的城邦，
这一个艾瑞克透斯保护的共和国，据那
古老的传说，此人是宙斯的女儿雅典娜，
从幼年时起就关怀的，虽然他是农村人。
她却把他放在她的城里，在她的圣殿里，
每年都由他，来接受牛羊祭品和雅典的
年轻人的祈祷。带队来到特洛亚阵前的
司令官是曼纳斯透斯，帕泰奥斯的儿子。
人间没有将军能在战时，调兵遣将有他
这么好的了，只有纳斯特，因为是老将，
能比得上他。他指挥雅典的五十条船舰。

大个儿爱亚斯领导萨拉米斯十二条船舰，
他和雅典人的船舰一起停泊在阵营滩头。

再有就是阿谷斯人了，筑起厚厚城墙的
铁林斯人，港口的阿辛人以及特洛仁人，
艾盎奈人，产葡萄的田野艾匹达洛斯人，
阿吉那人，麦塞斯人：他们中狄奥默特
发出战声最响亮；一起指挥的有他同伙，
斯特纳洛斯，是显赫的卡帕纽斯的儿子；
尤罗雅洛斯，天神一样的英俊美的形象，
他是梅吉斯透的儿子，塔拉奥尼特之主，
乃是三号头头。在他们之上统治着的是
狄奥默特，八十艘战舰就这样渡海而来。

其次是拥有建筑雄伟的城阙的马其内依

和富饶的科令茨，和克伦内依，沃瑞艾
和美丽的阿莱塞吕亚和西基红城，那里
阿特瑞斯托斯最先统治；海波尔来西亚
山顶的谷诺萨，帕伦纳，环绕艾琪虹的
田园，还有拥有北方的海岸的艾琪洛斯，
宽广的赫利克。他们的一百条战舰是在
阿特丽柔斯之子，阿格门农元帅指挥下；
他率领的人马最多，又最精锐。他自己，
穿着军人的铠甲，在众英雄中铜光闪闪，
意气昂昂，他为首带队，向着战场进发。

之后是拉克达蒙，多峡谷的岛屿，人们
住在法黎斯，斯巴达，鸽飞成群的麦斯，
勃丽赛依斯和奥格爱，也有阿美克莱的
以及海边的希洛斯赖阿斯，以及环绕着
奥铁洛斯的大地，这些是阿格门农之弟，
门纳劳斯的六十条舰上的战士，还包括
其他地方的和自个儿跑来参加的。他们
全副武装，正如门纳劳斯一样，竭力要
动员他们大家都投入战斗，满腔的怒火，
要报复他被劫走的呻吟着的海伦之仇恨。

再有就是派洛斯和整洁的阿莱纳的人们，
涉水可渡的阿尔菲奥斯河上的色瑞虹的，
和高峻石山爱泼，库泼里希赛斯的人们，
安菲仁勤亚，帕台洛斯，希洛斯的人们。
陶立虹的人们，那里缪斯女神曾有一次

遇到色雷斯人塔米利斯，他从奥哈利亚
出发上路去访问欧拉托斯，奥哈利亚人
要他停止歌唱，他被触怒，竟然自以为
他歌唱得甚至比之以风暴雷霆为盾牌的
宙斯女儿的，缪斯女神的歌声还更美丽，
这样的狂妄使她们挖去了他的一只眼睛，
从此他的琴弦也再不能发出它的乐音来。
派洛斯的船舰，是由格伦尼亚的纳斯特
率领的。九十艘的船舰一字形摆在沙滩。

边儿上又是家住在阿卡狄亚，库衣连纳
峋岩下的军队，善于肉搏战的战士住在
菲尼奥斯地方的，艾泼托斯的墓地周围，
以及在奥库曼诺斯的饲养羊群的，还有
在黎丕，斯蒂拉蒂和多风的恩尼斯皮的
战士；还有台基人，美丽的曼特尼业人；
斯丹法劳斯和派尔哈西人，所有这些人
都是由安格海渥斯之子，阿迦佩农率领；
他指挥六十条船舰。阿卡提亚的善战者
都上了阿格门农大元帅借给他们的船舰，
他们乘坐它们航过了黑旋风吹过的海洋，
他们是不懂得航海技术的，也没有海船。

再有就是被希明和密西诺，阿勒辛以及
奥勒宁四座山城包围的平原，波泼拉雄
和高贵的爱利斯的战士。他们有十条船，
每条船上都有爱拜人。他们有四个指挥：

一个是安菲麦库斯，一个是塔尔皮乌斯，
这两个是艾克特的孙子，克台阿托斯的
和欧喇托斯儿子，第三个是孔武有力的
狄奥莱斯，第四个是艾轧斯丹纳地方的
奥盖阿台斯之子，名叫波莱克西艾诺斯。

再有的战士来自多利基虹和爱金那德的
岛民，所有住在爱利斯，大海对面的人，
指挥员是麦加斯，是宙斯的御者菲留斯，
他回到多利基虹，他多年来生父亲的气，
四十条黑色的船舰跟了麦加斯渡过了海。
然后是奥德赛，他指挥着卡菲伦尼亚的
勇敢战士：绮色加和奈里托斯的两岛的
岛民，那里的海风吹动着高山上的绿叶。
还有克洛里西亚的战士，艾吉利泼那个
多山的海岛的岛民，和萨莫斯岛的岛民，
和闪萨昆索斯的，以及这些岛的东边的
大陆上的战士。奥德赛是宙斯所宠爱的
智慧预言家，领导着十二条精美的船舰，
在它们船头上，一律油漆着鲜红的颜色。

安德拉蒙的儿子，陶阿斯领导着爱托人，
是泼莱龙，奥连诺斯，帕伦纳，海边的
加尔吉斯，山势连绵的卡利冬的居民们，
因沃纽斯岛主如今没有子孙，从红头发
麦拉格洛斯不在人世之日起始，陶阿斯
当上头目，领导了忠于他的人和四十条

黑色的船舰。追随着他，他们渡海出征。

掷标枪的著名神枪手，依陀曼纽斯领导着
克里特岛的岛民；他们都来自格诺索斯
和到处是城垣的高尔廷，还有李克托斯，
米勒托斯，白色的发光的城李卡斯托斯，
愉快的城法斯托斯，雷兴，和岛上所有
成百个的城市，追随着依陀曼纽斯出征。
梅里安纳斯是第二位人物，他作战起来，
勇猛得就像是战神本身。他们的八十条
黑色的船舰就满载着他们一起渡过了海。

德律朴莱莫斯，赫拉克勒斯的儿子率领了
从罗特岛来的九条船舰，罗特岛民都是
奋不顾身的战士，他们分成了三个部分：
林多斯、依埃尔索斯和光耀的喀麦洛斯，
同属德律朴莱莫斯麾下。神枪手的母亲，
阿丝透开娅，被赫拉克勒斯俘获后带着她
从爱福拉到赛尔利于斯的河谷，在那里
他攻下许多高贵的城邦。德律朴莱莫斯
刚成年，他就杀死了他伯父，利基尼奥，
当初是阿尔克曼纳的战友。行凶人赶快
跳上了一条船，就为了害怕赫拉克勒斯的
子孙追来报仇。他航行在茫茫深海水上，
漂泊了许多日子，吃尽苦头来到罗特岛，
这罗特岛到处是城市，分属三巨族所有，
为神人的统治者宙斯所喜爱，他倾注了

最神异最丰富的财富给予美丽的这个岛。
从西曼来了三条最坚实和船舰是尼留斯
率领的。他是亚甘亚和卡洛朴斯所生的。
尼留斯，是特洛亚城前丹南人中形象最
完美，很像阿基勒斯，虽很羸弱而瘦小。

然后，是尼斯洛斯和卡帕硕斯和卡索斯
和考斯等等岛城，是欧利派洛斯统治的。
卡利特内则是斐狄朴斯和安狄富统治的。
他们是赫拉克勒斯的儿子赛萨洛斯生下的
儿郎，并列成行的是他们的三十艘船舰。

呵，缪斯女神，告诉我在那伟大的土地，
叫作阿谷斯，叫作毕蒂亚和叫作希腊的，
出美女的地方上：所有部队，他们叫作
玛密同，叫作亚开亚，也被叫作希腊的，
都由阿基勒斯率领，他们是五十条船舰。
但这一次他们不参加战斗，他没有出来
调整他的队伍。最快的赛跑者没有动静，
是因为他的战利品，秀发的勃丽舍绮丝
的缘故，船舰平静地停泊在他的光火中。
想想他一路作了多少次的战斗，其中的
一次是从利纳索斯，冲向底比斯的城垣，
他杀死枪手米纳斯，和艾匹斯特洛福斯，
这两人都是欧诺斯，赛莱匹陀斯的儿郎。
他的内心里，却一直还在为她而燃烧着，
他躺着，只等时运的到来，他要再起来。

还有的人就是庇拉克人，还有住在地神
花园所在地的皮拉索斯的人们，还有那
羊群最多的伊通人，和水边的安特龙人，
帕德劳斯草地的人们：所有这些人也都
受有泼洛丹西洛斯的领导，当他活着
那时候，可是现在大地已经收容了他了，
庇拉克人也都为他黯然而伤神，他亲娘
也走了，他的家也没有完整地重建起来。
因此当他的船舰，直向特洛亚航行之时，
亚开亚人中间他是第一个登陆进攻的人，
而达尔丹飞来一支长矛将他击倒在地上。
军中不可以无指挥，虽然失去他太可惜，
他们有朴达尔克斯，他是菲拉吉台斯的
依菲克洛斯，另一个英雄的儿子当了兵。
这朴达尔克斯是泼洛丹西洛斯的亲兄弟，
一个更年轻些的青年，虽然他略输高贵，
但不管怎样，他们心里痛切地叹惜他们
失去的勇士，但部队总是要有指挥官的，
四十条船舰从此就跟随着他航行在海上。

再有的士兵是曾经在泛拉伊，大湖之滨；
在格拉菲拉伊和波阿拜；和优越的城邦
耀尔可斯生活过的人。他们十一条船舰，
由阿玛陀斯之子，欧默洛斯出任了指挥，
他是佩丽亚斯最美丽的女儿阿尔柯蒂丝
皇后，在阿玛陀斯的重压下生出了他的。

其次麦特恩和托玛基，崇山峻岭奥里松
和默德里布亚的战士，七条船舰的指挥，
最初由菲洛克丹特，卓越的弓箭手承担。
五十个桡夫一条船，他们是作为弓箭手，
来到特洛亚，可是他们的队长却躺卧在
痛苦中，给亚开亚人无意地扔在孤岛上，
一条致命的毒蛇咬出他一个黑色的伤口。
他在那儿挣扎着，不久后，在船舰旁的
阿谷斯人们又记得他，才把他找了回来。
同时战士们是不会没有哪一个指挥员的，
虽然他们失去了菲洛克丹特，但奥留斯
在他攻下某一个城邦时，他重压了瑞団，
使她怀孕生下私生子，麦东已经取代他。
然后是据有特里克和绮托姆石砌街道之
城市，和欧拉托斯城的奥衣哈利亚的人：
老年的阿斯克庇乌斯的两个儿子在指挥，
朴达莱留斯和马克哈虹，都精通医道的，
他们的三十条凹凹的战舰在海滩上停泊。

再有从奥尔曼纳斯和发源于赫波莱亚的
河流来的士兵；和那些来自阿斯特利安
和在铁坦诺斯白雪皑皑的山峰下的士兵；
都由欧阿孟的光辉的儿子，欧利派洛斯
领导作战，四十条黑色船舰都归他指挥。

还有阿格利萨，葛尔通，奥尔赛，爱龙，
石灰石城奥洛渥松，都是坚定不移的人，

帕力透奥斯的儿子，波利波阿特斯[1]指挥。
这两个人都受到永生的宙斯的慈父般的
爱护。波利波阿特斯是温柔的希波达美
在帕力透奥斯的重压下怀孕而后生出的，
那一天帕力透奥斯挥鞭痛击长满粗毛的
半人半马人，将它们驱逐出了派利翁城，
一直赶到了艾蒂克斯。波利波阿特斯的
副手是克隆诺斯，开内德斯之子李昂德，
这些人的四十条黑色船舰跨海来到这里。

古内斯指挥了二十二条船舰从凯福斯来，
艾尼恩人和勇敢的派莱波亚是他的助手：
他们全是寒冷北方的陀陀那的家乡的人，
也有来自肥沃的铁塔列索斯河谷的老乡。
这可爱的河流，潺潺流入派内岳斯大河，
银色的漪涟透明得如同油脂一样。这河
是冥河支流，河上有过许多伟大的誓言。

玛格内茨人是泼洛托斯指挥的，他是那
邓特洛冬的派纳约斯所生之子，生活在
绕着派利盎山的山麓，发光的绿叶之下，
四十条黑色的船舰追随着泼洛托斯而来。

这些就是丹南人的军事长官和指挥员们，
可是，缪斯女神呵，请告诉我阿格门农
所有的人马中谁是最优越的人？而战马，

① 波利波阿特斯：又译波吕波特斯。

哪匹马是菲利斯的牧场上，最精壮的马？
说到马，优莫洛斯赶的马群跑得像飞鸟
一样的快，无论是看颜色，还是看马齿，
它们都是完美而无缺的，用绳子拉起来，
给予衡量是一展四齐，个头都一样大小。
原来是银弓神阿波罗，为了它们能扬威
于战争中而赐予放牧在派利依牧场上的。
人员呢？战斗人员中最勇猛的是爱亚斯·
德律曼诺斯，当然是因为现在阿基勒斯
不在。独占鳌头的，唯有阿基勒斯而已；
他的神马也一样，拖拉过帕琉斯的战车
作战。可是这回，在战舰中他独自躺卧，
心头痛恨着全军的统帅阿格门农，他的
士兵却在海滨沙滩掷铁饼，射箭投标枪，
用体育来消磨时间。那些战马也各自在
战车旁边沼泽中，咀嚼三叶草和欧芹草，
它们的战车都被包装好，安放在车库里，
而那些渴求出战的玛密同人只能懒懒地
在营房中悠悠荡荡，不能参加这场战斗。

而正在挺进的大军像草原上的一场大火，
吞食这片平原，大地在他们步武下呻吟，
当执掌电闪雷鸣的神仙，宙斯开始鞭挞
阿丽玛地方的泰福斯土地时，据说那里
就埋葬着英雄泰福斯，而大地呻吟之声
如同雷霆滚过，他们急速地通过了平原。
现在来到了作为宙斯的信使的，虹霓神

乘急风飘来，给特洛亚人报告大事不好。
他们聚集在泼利姆的富门前，男女老少，
她来到了他们面前，跟他们说：那声音
却很像是泼利姆的儿子，波利斯特斯的。
他是前线的遥望者，是有魄力的赛跑家，
在平原中央的，以古老族长艾西叶特斯
坟墓的堆上作岗哨，在那里他等待着看
亚开亚人，如何离开他们的船舰和营房。
虹霓神在他的伪装下，现在对泼利姆说：

“陛下，你难道还是像以前和平的时期
那样的喜欢清谈不已？战争已在眼前了！
多少次我在战斗中已显过身手，可是我
从没有见过敌人，像这一次那样的整齐，
人数是那样的多，每一个人都像是树叶，
像是砂粒，正在向着我们的城垣扑过来。
赫克脱，你是我要召唤的人：照我所说
那样地行动起来。我们的同盟军，来自
许多分散的国家的，说着不同的语言的，
要赶紧在城里集合起来，每一支队伍的
指挥员必须给自己的队伍发出他的命令，
让他完成他的编队，领导他们前去战斗！”

赫克脱准确地执行了，按照女神的要求，
会议解散了，士兵奔跑着去取来了武器。
城门大开着，像打哈欠似的吐出了步兵、
马匹、战车，一时间塞满了喧哗的声音。

突然地，孤独地崛起于平原的，面向着
特洛亚的一道山梁，唬人地向四方开放，
他们叫它蔷薇山。也有人叫它麦林纳坟。
在这里特洛亚人曾驻防与希腊联军对阵。
身材高大、头盔闪闪的赫克脱，泼利姆
的儿子率领着特洛亚大军，最大的兵团，
最优良的队伍，都已集中，并举起标枪。

达尔丹人领导者是爱伊尼斯，是狂欢的
爱神，永生的阿福洛狄忒，当她在依达
的山中溪谷，在一个凡人的，安凯塞斯
拥抱和重压之下，受了孕而后生下来的。
副指挥是安忒诺尔的两个儿子，军事上
都很能干的阿尔凯罗库斯，和阿卡麦斯。

在阵上还有来之于柴雷亚的，依达山的
山麓的特洛亚方面的人，是很低劣的人，
喝着艾塞波斯的，又黑又凝固的死水的，
然而他们却受潘达洛斯，利卡翁的光辉的
儿子指挥，潘达洛斯的箭术，阿波罗传授。

阿德瑞斯特人马，他们来自穷乡僻壤的
阿派索斯，毕丹亚，崎岖山区特雷里亚，
是阿德雷斯塔所率领的，穿麻衣护胸的
铠甲的安非奥斯是他的助手，两人都是
梅洛泼斯·佩库西奥斯的儿子，预言家
中间最深刻的预言家：他曾经劝阻他们

走上战争的毁灭人类的道路。他们不听
他的话，被死亡黑色力量驱使着往前赶。

住在佩尔考特一带的拉克兴、赛斯托斯、
阿皮陀斯和老城阿列斯皮的人：他们的
队长是阿西奥斯，赫尔塔凯蒂斯，曾把
大群的红鬃烈马赶过赛勒衣里斯的大河。

希朴托奥渥斯率领了彪悍的佩拉斯金人，
来自拉里沙的肥沃耕地，他和年轻战士，
派拉岳斯，两人是勒索斯透塔莫斯之子。

还有海岬那边的色雷斯的人，他们都是
在赫勒斯邦特的，急湍奔流的岸上的人，
由阿卡玛斯率领，还有老人佩依洛奥斯。

特洛仁·基特斯的儿子欧福莫斯率领了
基空恩人从远方来；还率领了更远方的
佩安纳人；泼拉赫姆斯率领阿克锡斯河
养育整个平原的阿密冬人；帕拉依曼纳
率领着派法拉弓宁人，从恩纳陶地区的
野牛中来，这些人满身粗毛，心地良善，
住在赛萨莫斯以及著名贞女庙河岸上的
克罗马，爱汲罗斯和高高的爱里蒂诺意。

奥狄奥和爱匹斯特洛福是东方更遥远的
哈利尚斯的队长，那些地方有白银矿藏。

密襄人是克洛米斯率领的，和能够识别
鸟语的恩诺莫斯一起；但后者却没有靠
飞鸟的翅音逃出命运的黑浪，当他以后
随着众人冲到阿基勒斯面前，和其他的
特洛亚人一起战死在那里的一条大河中。

法拉金人是福尔斯和阿斯卡尼奥斯率领，
也是从远方来的，是十分合格的好战士。
吕底安人则有梅宏尼斯和安蒂福斯领导，
他们是姬葛绮湖的水妖，给予德莱曼纳
生的儿子。二人率领着特莫罗斯山下的
谷中人。纳斯特斯指挥着说喀良语言的
喀良人，是米勒托斯人福些隆密林下的
人和潺潺的麦安德罗斯河滨的人，以及
密卡尔山顶的人。所有的这些人都是由
安菲麦可斯和纳斯特斯指挥的，他们俩
是诺米虹的光耀的儿郎。穿了一身金色，
姣好如同一位少女，纳斯特斯上了战场，
但是金子骗不了一个傻子，来救出他的
命定的死亡。阿基勒斯把他击毙在水中，
还取走他的金碧辉煌的盔甲作为战利品。

萨本冬和格劳科斯俩率领着遥远地方的
罗吉安人，在那里珊托斯的巨流奔流着。

一九九二年八月十九日初译于吉日
一九九二年八月三十一日完成一稿

第三个歌

在他们好些个大将的率领底下，发出了
能够震聋耳朵的喊杀声，陪衬以刀枪的
铿锵声，特洛亚大军在挺进，声闻于天。
好像在严寒的冬天，阴雨连绵的天空里，
飞翔的仙鹤飞过海洋去，嘈杂地快速地
飞过了，他们是准备去屠杀优秀的民族，
呵呵，优秀国土上的民族多么的不幸呵！
希腊人不然。他们静静地来到，忠贞的
决心，要采取共同的行动，正像群山的
峰顶，给南风披覆了一阵浓雾，牧羊人
最怕它，而小偷却欢迎它更甚于黑夜的，
他们的眼睛只盯住了扔一块石子的距离，
浓厚的灰尘却从它们的后脚跟，飞扬起，
真正的快呵，他们一下子冲过了平原地。
两军的前端，越来越靠近，直到一个人，
从特洛亚前沿中挺身而出。第一个投身
于战斗的是晶耀俊美的阿历克桑德罗斯[①]，
披着有一袭豹皮的外套，背上挂一只弓，
腰里挂一把剑，两手都擎着两支铜长矛，
他召唤阿谷斯健儿，来和他面对面交锋。

---

① 阿历克桑德罗斯：又译阿勒珊德洛斯，帕里斯的别名。

门纳劳斯看到这人，突出于众人之前的，
跨大步露了面，认出了他来，心中一时
制不住狂喜。像饿狮要扑向这件好猎物，
像只梅花鹿或像只黄羊，一定要撕碎它，
大嚼它一顿，尽管其他猎户猎狗都在场。
门纳劳斯看到阿历克桑德罗斯真是仇人
相见，分外的眼红，禁不住欢喜又高兴，
他想要把他这条淫荡的狗，来剁成肉酱！
他立刻从他的战车中，一跳就跳了下来。

但当阿历克桑德罗斯看到是他从中出现，
他内心动摇了，他躲到同伴后面，不愿
遭受到致命的一击。像一个人在山区里
踏上了一条毒蛇就要跳开一样，他退走，
退走了，阿历克桑德罗斯就退入特洛亚
阵地，藏起来，害怕见到阿特丽柔斯的
儿郎。赫克脱看到他这样就藐视地说道：
“你这纨绔子！你这伟大的情人巴列斯，
有动人的美貌，你既不该结亲，尤不该
留种，早该死掉去见神仙的东西。现在
人们要看不起你啦，你要在耻辱中生活。
现在亚开亚人可都要嗤笑你，原先他们
还以为你会是第一流人物，人中的锦标，
从相貌看确是如此，只是你并没有骨头，
内里更没有点威力。难道你当初带水手
扬帆过海远行去，也就是这一副窝囊相？
而你带回家来的，是一位从远方拐来的

人世最美丽的女人：是一个已婚的少妇。
她丈夫和夫兄可不是最有名声的战士吗？
你做了为仇者所喜，为亲者所痛的事情，
你毁了你父亲和他的王国的一切，现在，
你敢不敢和门纳劳斯进行角斗呢？现在
你可以看到他是何等英雄，你却抢走了
他如花似玉的美丽妻子。七弦琴是不能
帮助你的，爱神，阿福洛狄忒的宠爱也
没有用，无论怎样的仪表和秀发，照样
要葬身于尘埃中。幸亏特洛亚人很懦怯，
要不然你早已穿上一袭鹅卵石的大外套，
偿付你怎么样血洗也洗不干净的罪恶了。”

听到了赫克脱说的话，阿历克桑德罗斯
这样回答：“呵赫克脱，你的话粗暴又
不公正。你想，你这种神气倒像是木工
切削一条梁木时，用磨得极锐利的一柄
利斧，一斧头就辟开了木料，那是工具
给你提供了膂力。你胸中的心情也一样。
那一位白金似的阿福洛狄忒给了我礼物，
请不要嘲笑我。神的赐予是不可嘲弄的。
我自己梦想绝梦想不到，那是神的意志。
既然现在你要我去作战，你就让特洛亚
和亚开亚人们都放下武器；让门纳劳斯
和我两人，为海伦和她的全部首饰珍宝，
在两军对阵的中间单独决斗，谁个胜了，
就将珍宝和这个女人拿走，然后出征的

军队可以开船回去，回到阿谷斯的牧场
和生育过无数的美女的，亚开亚土地去。”

听到了这样一番话，赫克脱心头轻松了，
他催动战车从特洛亚军队的正中央驶来，
手握着长矛柄的正中，高举它，他喊着：
“两军停战！”喊到那战车停下的地方。
长头发的亚开亚士兵正在弯弓要射击时，
他们听到了阿格门农发出了明确的喊声：
“守住阵地！阿谷斯战士，停止射击吧！
头盔闪闪的这个人是赫克脱，他有话说。”
弓箭手把弓箭放下，现在全体已静下来，
正好让赫克脱向着两方面的阵地作呼吁：
“特洛亚弟兄和亚开亚战士们大家听着，
战争是阿历克桑德罗斯一个人引起来的，
请听他的建议。他请求特洛亚和亚开亚
两军的战士都把武器放下来，放在地上，
由他和门纳劳斯单独决斗，当大家的面，
战利品是她，海伦和她的珍宝，胜利者
就把它们拿走，将女人带回家，大家呢？
用神圣的誓言做证，像朋友一样地分别。”

战场上现在是一片寂静。从对面的阵营，
门纳劳斯，如同军中的号角一样回答说：
“让我说一说，因为在我的身上的烙印
是很深很深的，然而我同意，特洛亚人
和亚开亚人应该和平地撤退，你们大家

为了我和阿历克桑德罗斯的争吵受了苦。
因此，该死的到了该死的时候就应该死！
其余的人很快就可以平安地分散回家去。
快取一只白色的母羊和一只雪白的公羊
来贡献给大地和太阳之神；这里我们再
将第三头羊献给宙斯神，请泼利姆自己
也到来，他有权在此地宣誓为和平做证。
虽然为非作歹的他的儿子，是不可信的，
但没有哪个敢胆大到破坏宙斯的和平的。
年轻人多变；像他那样的老年人能瞻前
又顾后，懂得什么是属于大众的利益的。”

所有的人都听到了这一番话，因为双方
都希望看到这不幸的战争能够早日结束；
战车都退了回去，战士们也走出了行列，
把武器堆放在附近不远处的一块空地上。
那时赫克脱已派出了两个传令兵去取羊，
去邀请泼利姆到来，阿格门农同时派了
塔尔透别乌斯[1]回船舰，取来了一头羊子。
现在虹霓的女神来到，要给海伦报消息，
她乔装作海伦的表姐妹，泼利姆钟爱的
最美丽的女儿，又是安台诺[2]大人的儿子
赫里卡翁的妻。女神看到她是在女红厅，
刺绣着一幅紫色的图画，绣入特洛亚的

① 塔尔透别乌斯：又译塔尔提比奥斯。
② 安台诺：又译安忒诺耳。

骑兵和戴盔披甲的亚开亚人多次的激战，
正是因为了她，而引起战神的一场考验。
走到了她的身边，捷足的虹霓之神说道：
“亲爱的，到外边来看看，多大的变化
已经发生在特洛亚和亚开亚人们的中间。
一直到现在，他们总在这片平原上激战，
使我们为了战死者哭泣，而战争无尽头。
但是现在，再不是这样了！他们竟坐在
盾牌上休息了，长矛直插在他们身旁的
大地上。阿历克桑德罗斯看来是将要和
门纳劳斯这位将军单独地，用战矛为你
而对阵，而战胜者可得到你，作为慰劳。”
虹霓的女神这样说，海伦的灵魂里不觉
掺杂了一个甜蜜的欲望，想看看从前的
土地上的父老和同乡。她立时披上雪花
一样的面纱，轻移着步履朝前行，不知
不觉地掉下了一滴温柔的泪珠。并不是
没有人陪伴她的，有她的宫中的两女郎：
毕修斯[①]的女儿，那位漂亮的小姐伊色拉[②]，
和克吕曼尼[③]小姐，那位眼色柔软的姑娘。
她急急忙忙地来到了斯开恩[④]城楼的上面，
在那儿，正中坐着泼利姆国王；彭都斯[⑤]，

① 毕修斯：又译皮特透斯。
② 伊色拉：又译埃特拉。
③ 克吕曼尼：又译克吕墨涅。
④ 斯开恩：又译斯开埃。
⑤ 彭都斯：又译潘多奥斯。

克利修斯[1]，兰浦斯[2]，蒂莫陀斯[3]，黑塞汤[4]，
战神的本家，还有安台诺，还有智慧的
乌开莱盎[5]，全体的长老，都是当年名将，
只可惜现在白发苍苍，已经老耄不中用，
可是开口讲话时，还仿佛是正午时候的，
停在大树枝上啼声不绝的蝉羽的不让人，
只管向树荫的下面，广播着甜蜜的歌曲。

这时特洛亚的统治阶级在城楼，忽然间
看见海伦踏上城楼梯，很快地交头接耳，
这样表示："这就怪不得特洛亚和希腊，
要为这样的美人儿，长期地进行交战了。
多么像天上的女神呵！祸水一般的美貌！
快叫她回去，谁能够抗拒她这样的容颜！
别让她牵累了我们，和我们的子子孙孙！"
他们这样品评着，泼利姆却把那绝色的
海伦叫唤："可爱的媳妇，坐在我旁边，
你可以把你从前的丈夫、亲眷和朋友们
指给我们看。我没错怪你。赏赐这一场
战争给我们的，不是你而是天上的神仙。
告诉我，那个身材魁梧，又仪表堂堂的
希腊将领姓甚名谁？我看见过比他身材

① 克利修斯：又译克吕提奥斯、克吕提俄斯。
② 兰浦斯：又译兰波斯。
③ 蒂莫陀斯：又译提摩特斯。
④ 黑塞汤：又译希克塔昂。
⑤ 乌开莱盎：又译乌卡勒昂。

更长的人，可是这样子威严庄重的人物
我从来还没有看见过。说说他是谁个呢，
想必是一个龙种。”于是最美丽的女人，
海伦回答：“我的第二个公公，我永远
尊敬的公公，我带着孝心，敬爱的公公！
离开了我的家庭，离开了我的天伦之乐，
我的幸福的婚姻，离开了我的同胞手足，
和我爱的女儿和亲爱的女友而跟你那位
儿郎在一起，以至我漂泊在天涯和远方，
我宁可挑选残酷的死亡，还来得更好些，
可是我不死，我只好活着哭泣。我只好，
哎哟！告诉你，你看见的这一位，便是
战争中大显身手，在宝座上显得英明的
阿特丽柔斯家的，阿格门农皇帝。他就是
（现在我这样来称呼他可是真正的丢脸）
曾因婚姻的关系，我的一位‘哥哥’呵。”
老人看着战场，沉思了，然后柔和地说：
“呵，阿特丽柔斯的幸运的儿郎，命运
真好呵，快乐的灵魂！多少亚开亚人民
在侍奉着你！在往昔的日子里我有一次
曾经去到福聿癸亚[1]的葡萄园，看到那里
骑着小马的主人，奥特留斯[2]和密格同[3]人。
当着那样的岁月，他们在山加略[4]的河边

---

① 福聿癸亚：又译弗里基亚。
② 奥特留斯：又译奥特柔斯。
③ 密格同：又译米格冬。
④ 山加略：又译珊伽里奥斯。

扎营，把我当作他们同伙那样的地位时，
亚玛逊的女人冲上来了；这是一支能和
男人作战的队伍，可是这队伍是怎么也
比不上眼睛尖锐的，亚开亚人的队伍的。”

继续观看着，他又看到奥德赛，老人问：
“告诉我，孩子，这位将军又是谁个呢？
比诸阿特丽柔斯的儿子他高出了一个头，
但是他有一个更深的胸膛，更宽的肩膀。
他把盔甲武器都放在沃土上，可是他像
一只公羊在行伍中奔走，皮毛这么厚实，
将一队羊群的头羊，带得队伍整整齐齐。”
天仙一般的海伦这样回答他：“他就是
赖厄特斯的儿子，奥德赛，伟大战略家，
他生于绮色加，一块块荒凉的石头岛上，
可是他懂得一切行军作战的智谋与技术。”

机警的安台诺在这里插了话：“夫人呵，
你这话说到了点子上。很久以前有一次，
这一位智谋的奥德赛和门纳劳斯一起来，
就为了协商你的问题。他们是我的客人，
我们成了很好的朋友，我了解到他们的
智谋、技术与性格。我们在一起的时候，
门纳劳斯肩也宽，站在特洛亚人的中间
要比奥德赛显得高些，但当坐到一起时，
似乎又是奥德赛显得高些了。而当他们
表达他们的意见时，门纳劳斯说起话来，
相当的一针见血，十分明朗；毫不晦涩，

不发长篇大论，他确在两人间比较年轻。
而轮到老人家说话时，这卓越的军事家，
挺立着，眼睛看着地，摆动着他的手杖，
既不太朝前，也不太朝后，但是很固执，
看起来不像很聪明，紧握手杖，你会想
他是个顽固派人物，说不定是个空脑壳。
但当他从腹部发出他的强壮的声音之时，
那语言像在追逐着空气中的冬天的雪花，
那样厚密地迅疾地飞来，这时的奥德赛，
作为演说者是没有哪个人可以赶得上的。
他原来的那副样子也不能不使我们惊奇。”

看到第三个形象的，爱亚斯时，老人就问：
“这另一个是谁，这样巍伟，这样强壮，
他的头颅和肩高出于阿谷斯的队伍之上。”
穿着使她显得修长的袍子和银色上衣的
海伦回答：“这是巨人样的壮士爱亚斯，
是苍茫的海上的一道长城。在他的对面，
克里特人中间，又是高大的依陀曼纽斯，
被其他的军官们围绕着。当年从克里特
岛上出发，他经过大海到我们家，战神
最喜爱的门纳劳斯，常常在我们的家里
招待他。现在我已看到了所有我认识的
亚开亚的军人了。只有两人我没有看见，
驯马者喀斯特，和拳击手的波利杜克斯[①]，

---

① 喀斯特、波利杜克斯：又译卡斯托耳、波吕丢刻斯，是海伦的两个哥哥，合称狄俄斯库里兄弟。

都是我的哥哥。我妈妈生下了他们两个。
是否他们并没有参加在拉克达蒙的舰队，
还是他们已登上了长长的船舰，过了海，
但不愿在这里参加战斗了，因为他们怕
听到污辱我的语言，浇在我头上的诅咒？”
海伦这样猜测着，其实她的哥哥们已经
一动也不动地躺卧在贮藏生命的大地里，
早就死在他们父辈们的拉克达蒙地方了。

这时候传令兵已经穿过了小巷，沿城垣，
带来了牺牲品的羊子，带来了暖心肠的
葡萄园土地上的礼物，一羊皮口袋的酒。
其中一个人，名叫易达瑶[1]，带来了金杯
和一只发亮的酒坛，到老人身边对他说：
“老麦东[2]的儿子，请起来，两军的主将，
特洛亚的驯马者和亚开亚穿铜的盔甲者
要求你到平原上去作和平的祭礼和起誓。
阿历克桑德罗斯和战神喜欢的门纳劳斯，
将为这女人用长矛决斗。谁胜就谁得到
她和珍宝。其他的一切，经神圣的协定，
我们在特洛亚土地上，从今后就和平地
生活，而他们就回到阿谷斯的牧场上去，
也回到亚开亚去，那里是出美人的家乡。”

当传令兵发出这个通知，老皇帝感觉到

---

① 易达瑶：又译伊代奥斯。
② 老麦东：又译拉奥墨冬。

一阵自顶至踵的震抖，他说：“驾车吧！”
他们很快把车备好，泼利姆跨上了銮驾。
他掌握了缰绳，身子往后一靠把马拉住，
这时安台诺上车坐到他的旁边。他们就
驰出斯开恩城门，向前奔腾了，保住了
很快的速度，驰过了平原。来到了前沿，
他们勒住马，下车来踏上开阔地，那里
曾经是牧牛场，一步步走到两军的中间。
同样地，阿格门农和军事大师的奥德赛
也起身相迎，传令官和高贵的侍臣送上
供奉的羊子，酌好一碗碗的酒，冲洗了
司令员的手。然后，阿特丽柔斯的儿郎
从他的剑鞘里拔出他的刀，割下了公羊
和母羊的一簇毛，传令兵便把它们交给
两军的军官们。阿格门农举双手向天空，
用大家的名义祈祷：“呵呵，天父宙斯！
依达山的权威！至高无上，最最荣耀的！
洞察一切的！呵，河流！呵，黑色大地！
呵，幽冥中的权威，给不忠于誓言者以
刑罚的执行者！你们全体，都来做证吧！
保证我们誓约的协定吧！如果这场决斗，
让阿历克桑德罗斯杀死了门纳劳斯的话，
他可以保住海伦和得到她的所有的黄金，
我们就乘坐长长的船舰回到我们家乡去。
如果是阿历克桑德罗斯被杀死，特洛亚
就得送回海伦和她的珍宝，而且他们得
交付一笔赔偿，给阿谷斯人世世代代都
享用。如果泼利姆和他的儿郎拒绝赔偿，

那么尽管阿历克桑德罗斯已经死去，我
将留下来作战，为赔偿作战到胜利为止。”
他把锐利的长刀的刀锋刺向羊子，它们
倒在地上发抖，它们的生命就此消逝了。
吸饮着从酒坛倒入酒杯的美酒的军官们
品酒，祈祷。特洛亚和亚开亚这两方面
都这样祈祷：“万能的光荣不死的神仙！
谁对这一誓言不忠而且破坏了它，以致
造成灾难，一定会脑浆迸裂得就像倒酒
在地面一样；他们，他们的子女也照样，
他们的妻子要变成奴隶。”他们的誓言
就是这样的，但是宙斯并没有同意他们。
现在达尔丹人的泼利姆说道：“让我说
一句话吧，特洛亚的人，亚开亚的人呵，
我现在就要回到我依利亚，多风之城去，
我不忍观看我的儿子和门纳劳斯格斗的
景象，战神是站在他的一边的。其结果，
无疑宙斯是知道的，天上神仙也都知道，
两人中，谁将要遭到不可能避免的死亡。”
他把公羊母羊的尸骸放在他车子的前面，
庄严地登上了车子，拉起了缰绳，元老
安台诺这时也上了这一辆尊贵的金銮车。
车以弧形的旋转，回归他们的依利亚城，
赫克脱王子和奥德赛也一起离开角斗场。

然后他们拿起了一只铜盔来放下了骰子，
摇了摇，再看谁将第一个投出他的标枪。

这期间，士兵们都举手向青天，特洛亚、
亚开亚的人都一样地，做了他们的祷告：
“父皇宙斯，依达山上无所不能的天神，
但愿那个给双方都带来了一切不幸的人
一命呜呼吧，让他去到地狱里，而我们，
让我们在和平的生活中结成亲密的朋友。”
他们祈祷时，威严的赫克脱戴着闪光的
铜盔，两眼小心翼翼的，几次摇动骰子。
首先是巴列斯的骰子，很快地显示出来。
现在，一边守住了阵地，一边也就坐下，
双方一样，紧靠他们的马，在武器旁边。

时候到达了，这个阿历克桑德罗斯王子，
海伦的奸夫，披肩带甲的，穿上了他的
全副武装，首先是保护他的胫骨的胫甲，
很有几个银质环儿环绕它；然后他穿上
他兄长李卡虹[①]的，完全合他身材的胸甲。
他挂了一柄银柄的铜刀的饰带在他肩上；
还有一条挂盾牌的皮带和多层厚的盾牌；
再又戴上了一顶用马尾来作顶饰的头盔，
刚好覆盖到了他的眉毛，那长长的羽毛
有如一个波浪似的严峻地抖颤颤地摆动。
最后他捡起了一支结实的标枪紧握住它。

这一边门纳劳斯也穿上了他自己的装备。
都已准备就绪，两人在两军之间，向前

① 李卡虹：又译吕卡昂。

走来，彼此逆视着。而当他们进入这个
决斗的场地，相去不远地站立着，高举
起来了愤怒的标枪来，所有观看的人们，
特洛亚驯马者和铜盔铁甲的亚开亚人们
个个都感到一阵阵的强烈的激情的骚动。
丝毫不迟疑的，阿历克桑德罗斯开始了
他的进攻：他掷出了长影的标枪，向那
圆圆盾牌后的阿特丽柔斯。盾牌并没有
破损，没有，就只有击中盾牌的标枪尖
弯倒在坚硬盾牌前。阿特丽柔斯的儿郎，
门纳劳斯，轮到他跟着投掷了，举起了
他的黄铜标枪，他向着宙斯而作了祈祷：

“高尚的宙斯，允许我能将这个触犯了
我的人惩罚了。让他受辱，由我亲手来
结果他，好让所有这一类的黑心人往后
再不敢把奸行，加之于善行品人们身上。”
说着，他举起并投出了他的长影的标枪，
正好击中了那圆圆盾牌后面的那个仇人。
来势很猛的，标枪穿过了发光的牛皮了。
那厚厚的多层的护胸，刺破了衬衣前面，
只是因为巴列斯闪了一下而逃了一条命。
然后门纳劳斯拉出了他的长剑，上前去
打击他在他的头盔上，可是那刀子碎作
一团粉，从他的手中跌下，掉到地上了。
他不觉呻吟：“一切神仙的父皇宙斯呵，
再没有哪个寄希望的神仙于你更残酷了！

想叫阿历克桑德罗斯受到他应得的报应，
但我时运不济，标枪从我的手中滑落了，
我失去了时机，现在刀子也在手中粉碎！”
可是他一跃而前，一把揪住对方盔顶的
马毛，将此人旋转过来，然后猛拉此人，
拉向亚开亚阵地，因盔带扣住了此人的
下颚，扣牢了喉咙，他拖住盔下的坚实
皮带不放，好一个门纳劳斯，好光荣啊，
凭一己的力量已经能够把他一路拖回去，
要不是阿福洛狄忒用她的慧眼看到了他，
她把那大牯牛的牛皮的带子一下弄断了。
当时头盔轻松地飞离了战士的手，此人
转身便取下它来，任它飞到亚开亚阵地。
急忙忙要杀死此人，他吸一口气，掷出
一支标枪。但这时阿福洛狄忒已轻捷地
将他转移出了战场，只有神仙能这样做。
她先把他藏在云雾中，再又把他放进他
自家的芳香的卧房中，然后亲自去召唤
海伦来。女神在雉堞上看到她在女伴中，
在这里，女神已乔装成为一个曾经在她
故乡旧家中，纺织过羊毛衣裳的纺线女，
女神就在这样的伪装中，这般地对她说：
“跟我回家去，阿历克桑德罗斯在等你，
在你香闺里象牙的床上，他睡着很安逸，
穿得好新鲜，这么潇洒、漂亮，你不能
想象他刚从战场上回来的；人们会说他
正打算去参加一个舞会，要不然就是他

一直都在跳舞，到此刻才刚刚在休息呢。”

女神这样描绘了他，海伦的心跳得好猛。
她的心思也很敏捷，她已看出，虽然她
是乔装着的，但从如无瑕白玉的咽喉上，
从那样丰腴的酥胸散发着渴望的叹息上，
从她那晶耀眼睛上，已知是那位不朽的
女神了。她就用她的名称惊奇地呼唤她：
“永生的疯狂呵！为什么你还要诱惑我？
难道你还要把我送到更往东方的地方去？
到什么福聿癸亚的城墙里，或到美虹尼，
到你的凡人朋友那里去？明明门纳劳斯
已经打败了阿历克桑德罗斯，就算我是
并不愿意的，我也得跟着他回到老家去，
你是因为了这个，才又狡猾地来这儿的？
不如你自己去到阿历克桑德罗斯身边吧！
你可以离开天上的神仙的光辉的道路吧，
大可不必到奥林匹斯山上散步，你可以
为他而不快活，处处庇护他，直到最后
你嫁给了他，或如他的愿望将你占有了。
我不愿再回到他那儿！这是多么的下贱，
如果现在我还在他的床笫上，骄奢淫逸，
特洛亚的妇女，以后一定会窃窃私语地
说我好像我还嫌我的苦头吃得还不够呢。”

女神高傲地对这一番话作出了她的回答：
“别这样刁难了。让你跑掉可没有这样

容易。那样我就会恨死你，现在我还是
那样的喜欢你的。何况我可以让特洛亚
和亚开亚的人更加恨死你，要是我愿意，
你就免不了，要落到一个很坏的下场了。”
这样，天赐的美人海伦，也感到了恐惧，
她把自己包裹在一件银色发光的衣服里，
不再说一句话，转身就走，所有的女人
都没有看见她，因为一个女神在牵引她。

进入了阿历克桑德罗斯的华丽的巨厦中，
下女们赶快侍候了他们，而海伦登上了
她的高贵的闺房里，阿福洛狄忒含笑地
欢庆着，给她递过去一张椅子，放下它
在阿历克桑德罗斯的对面。司掌风暴的
宙斯的女儿海伦坐下，眼看着地面说话：
“从战场上回了吗？你本该是要阵亡的，
被一个强壮的战士，我的前夫，所歼灭，
你常说，你的手和标枪更灵活，更有力，
你是你们两人中更强的一个，那么为何
你不再跟他作一次决斗呢？不过我不会
这样做的，如果我是你。不要再回去了，
不要去作战了，跟那个脸色铁青的战士
角斗可划不来，你会倒毙在他的标枪下。”
巴列斯回答：“爱妻呵，别对我说狠话。
这些话不公平。当然这一次他和雅典娜
胜过了我。也许下一次，我能够战胜他。
我们都有神仙帮助的。我们不谈战争了，

就让我们上床来寻欢作乐吧。我的灵魂
也从来没有这么样渴求你，甚至超过了
第一次我把你带上船只，离开沃土地的
拉克达蒙，在长长的船艇上那时的情欲。
第一次我是在克拉纳依和你上床爱抚你，
现在更大的欲念已把我像海潮样地涌起。”

他上了床，她也跟了他上了象牙的床铺，
这两人就在这象牙上欢爱，就在这时候，
门纳劳斯在战场上，像一头疯狂的野兽
搜索着那个神仙一般的阿历克桑德罗斯。
可是没有一个那里的特洛亚人，也没有
一个他们的同盟军人，能找到这个人物，
来把他交给门纳劳斯，这位战神的朋友。
如果找到了他，也没有一个人敢藏起他，
因为这个人简直像死亡一样的令人憎恨。
现在阿格门农大统帅说话了：“注意了！
特洛亚人民，达丹南人和同盟军的人民，
毫无疑问的了，这回门纳劳斯是胜利者。
因此阿谷斯人的海伦，和她的全部财富，
现在必须交付过来；你们也要付出赎金
直到以后世世代代，都要付出全部偿付。”
对阿特丽柔斯这决定，亚开亚人都同意。

原文 461 行，译文 462 行

一九九二年九月一日开译于武昌

一九九二年九月十九日初稿译竣

第四个歌

神仙们都已就坐在宙斯近旁的、黄金的
平地上，举行会议了，健康之神的雪碧[①]
幽雅地送上了琼浆来。他们斟满了酒杯，
彼此祝酒，一边儿观看着特洛亚的城垣。
突然地，为了故意要跟赫拉闹一点别扭，
宙斯用了辛辣的语言评论道："有两位
女神，当了门纳劳斯的保护人，一位是
赫拉，本来是阿谷斯的保护神，一位是
雅典娜，都知道她也是波约蒂的保护神。
但她们依然在此，还保持着一定的距离；
仅只从观战中取得欢乐。那专门做媚眼，
笑眯眯的阿福洛狄忒却眼睛盯住那个人，
亲自上了阵，免得他大祸临头。其实他
自己都知道他难逃死亡，可是她救了他。
很明显，门纳劳斯有战神阿莱斯做靠山，
他已赢了这场角斗。让我们来考虑一下，
这事该怎么样收场；我们是否要再一次
叫双方鼓噪作战，让灾难还继续下去呢？
或者就让他们来签订这么个和平的协议。
如果你们大家都觉得，这样做是更好的，
那就让泼利姆的城邦，照旧地生活下去，

① 雪碧：又译赫柏，青春女神，宙斯与赫拉的女儿，在天神宴席上负责斟酒。

门纳劳斯也可以带着海伦，回去阿谷斯。”
对这番话语，赫拉和雅典娜是不同意的，
发出了反抗声。这两位心中满怀着恶意，
要给予特洛亚人民以灾难。雅典娜虽然
不作声，但一肚子光火，反对她的父亲。
赫拉终于也忍不住这股气，她得说话了：
“父皇在上，你说的是些什么样的话呵？
让我辛辛苦苦的操劳，全部都不算数了，
我和我那风尘仆仆的马，汗水白白流着，
流掉了。可不是我把大军调遣，就为了
要严厉惩罚泼利姆，和他的那些儿郎们？
至于你想怎么干就怎么干，但不得人心！”

呼风唤雨的宙斯冷冷地不高兴地发话道：
“怪了，泼利姆和他的儿子到底怎么的
得罪你，因之你恨他们，恨得这个样子，
一定要把好好的依利亚城烧光，人杀尽？
难道你能打开那座城门，和城墙的缺口，
把所有泼利姆和特洛亚人，全都活捉来，
生吞活剥地，吃光了他们，怨气才消失！
但你想这么办就这么办。这件事是不能
在我们中间留下阴影来的。只有一件事
告诉你，你记着以后在什么时候我有了
决心，要摧毁哪一座也许是你所喜欢的
城市时，别来阻碍我的愤怒！你要放手，
就像我现在心里并不赞成，还对你放手，
我还是答应了你。地面上的大部分人类，

都在太阳的底下，在所有城市中生活着，
依利亚这城市是我最喜欢的，在我心中，
泼利姆很不错，居于首位，他枪法很好，
百姓们也好，特洛亚总让我吃得饱饱的，
神坛上从不缺少他们所贡献的丰盛祭品，
从不缺少好酒，不缺众神仙喜欢的香火。”

牛眼睛的赫拉回答：“我最喜欢的却是
三个城市：街道宽广的美基纳[①]，阿谷斯，
斯巴达。你要是恨他们，把它们毁了吧，
我决不从中干预。这一点我一点不在乎。
也不推诿或反对，我不同意也没有用处，
我得不到什么好处，因为你所有的权威
远远地超过了我。然而我的辛苦也不是
没有用处的；我也是一个永生的神仙呵，
你的祖先，和我的祖先，原本是一家子，
不过我父亲，克洛诺斯头脑有点不端正，
生下了我是为了光耀门第，把我嫁给你
做皇后，因为你是不朽的众神仙之主宰。
我们是彼此不相上下的。好吧，我让你，
你让我，其余的神仙也就会跟着我们走。
可是事情要办得快，派雅典娜去到正在
混战的两军中去吧，要让特洛亚，不是
亚开亚的军队第一个违反他们的誓言吧。”

① 美基纳：又译迈锡尼。

赫拉这一下促使他接受意见了，诸神与
人世之父，也就对雅典娜匆匆地吩咐道：
“你用最快的速度下去，到军中去看看，
是否特洛亚，不是亚开亚，首先破坏了
他们共同谈判的、宣誓的、庄严的和平。”
既受权于她可随机行事，灰眼睛雅典娜
离开了奥林匹斯的山顶，一直坠落下山，
好像满腔恶意的克洛诺斯之子，发射了
这一颗彗星，一颗光亮巨星的一条光线，
以同一讯息传达给海上水手们或军人们。
雅典娜这样下来了，降落在两军的中间，
把所有的人都看得发呆了，无论驯马的
特洛亚人或者穿甲的亚开亚人，你可以
听到一个人，眼看着旁边的另外一个人，
轻轻地说着：“会出什么事吗？黑暗的
时日好像又要在血泊中回来了。这双方
还能成为朋友吗？手执着战争的钥匙的
宙斯到底是怎么想的？”双方的战士中，
都在问着同一个问题。那时战士打扮的
雅典娜，乔装成安台诺的儿子罗陀柯斯[1]，
一个坚强的长矛兵，在特洛亚人中穿行，
寻找利卡翁的宝贝儿子叫作潘达洛斯的，
只怕找不到他。但她还是找到了，他正和
战士们一起等待着，用盾牌保护着自己。
他们是一直从爱塞泊斯瀑布跟随他来的。

---

① 罗陀柯斯：又译拉奥多科斯。

现在她在他的身边站住了，她急速地说：
“利卡翁的儿子，我现在想到一件壮举，
也许对你有吸引力。你有没有这种胆识，
像闪电一样地射出一支箭，送门纳劳斯
回老家？每个特洛亚人都会心为之雀跃，
人人都要称赞你，特别阿历克桑德罗斯
王子要称赞你，要是他看到你用你的箭
把阿特丽柔斯的儿子，门纳劳斯结果了，
只见他躺在火葬堆上面，哀伤地火化掉！
他肯定会给你，送上最有光彩的礼物来。
你来吧，现在就放胆给门纳劳斯射一箭。
你就答允，当你回家到采莱亚的家乡时，
要给光耀的弓箭神一百头头胎生的羊子。”

雅典娜这样哄了这个愚蠢的人去做蠢事，
他拿出了一只擦得光亮的野山羊长角来。
那一天，他前胸紧靠在峭壁之上的自己
隐蔽得好好的，看准了它的肋骨的中间，
一箭射过去，射中了射杀的。它的弯角
一共有四尺那么长。他把它切割了下来，
打好了榫眼，装上了弓弦，把它打磨光，
又镶上了金子。这只弓现正卧在草地上。
潘达洛斯把弓拉开了，弓弦也绷上去了，
他的那一队人同时用盾牌把他掩护起来，
免得阿谷斯人警惕，他要射门纳劳斯呢。
他打开箭囊，抽出一支有翎毛的，从未
磨损过，冷冷的含着剧痛的死亡的箭羽。

他光滑地把它搭上了弓弦，然后他向着
生于吕西亚的弓箭之神的阿波罗做祷告，
许愿他一回到家乡采莱亚，就献上百头
头胎羊。然后他的手握着有刻痕的箭柄，
均衡地拉开弓弦直到几乎碰到他的乳头，
而铁的箭头也到了弓弦尽头，巨大的弓
紧绷着到成一个大圆形时，他发射了它。

“俒”的一声，弓弦歌唱，箭矢飞出去，
尖尖的箭镞，恶意地飞过军人们的头顶。
可是，门纳劳斯这一次，并没有被天神，
永生的神仙所忘记。还是战士寄希望的
雅典娜，第一个前飞来保护他，射中的
目标稍稍偏了一点儿，不让它射到皮肉，
仿佛是一位母亲，不让苍蝇停上孩子身，
让他幸福地睡觉。雅典娜注意到只允许
箭正好射到了双层皮护胸皮带的金扣子，
射中后箭头穿过皮带去，还穿过了护胸，
刺进了专门保护腹腔的护心镜，从那里，
箭镞还照样进入了门纳劳斯的身体发肤。
便这样黑色的血水从创口里喷射出来了。

正像麦虹宁[①]或喀琳[②]的女人用殷红的染色，
染红了象牙，来制作出一副马勒一样的，

---

① 麦虹宁：又译迈奥尼亚，位于小亚细亚。
② 喀琳：又译卡里亚，在麦虹宁的南边。

一个个骑手都希望得到它，这件工艺品
藏在工房里，它是为一位大人物制作的，
是马队的装饰品和御者的光荣，两者的
奇珍和异宝。门纳劳斯，那么，你也是
由喷出的鲜血染红了你的象牙般的大腿，
还染红了你的很好的皮肤和底下的足踝。
现在大统帅的阿格门农看见并且发抖了，
看见从发黑的伤口流出来便转暗黑的血，
门纳劳斯自己也感到他渐渐地寒冷起来，
可是他一看到伤口，露出了箭头的凸缘
和倒钩，生命和温暖立刻又回到他心上。
那时全军都听到了阿格门农的手握着他
兄弟的手而恸哭，因此大家也都恸哭了，
只听得他这样哭着说：“亲爱的弟弟呵，
我要来的和谈，却送你去死了。我派你
单独和亚开亚人作战，反而给了特洛亚
机会射一支冷箭。他们践踏了和谈誓言，
但我们宣誓，并歃血为盟；我们喝羊血、
红酒，手和手拉在一起，把我们的信心
结合到一种仪式中间去，也不是白白的。
不是，不是，就算此时奥林匹斯山没有
给以惩罚，到了恰当的时候，他会给的，
而且会叫他们，用更多的妻子和儿女来
偿付他们的恶劣行为的！我从我的灵魂
和心里知道得更清楚：这样的一天定会
到来，那神圣的依利亚城要起火、挨刀，
尽管泼利姆是掷标枪的好手，他将会和

他的人民同归于尽。因为克洛诺斯之子，
宙斯，正就座在他居住的蓝色的苍穹上，
自然会举起他的风暴的盾牌来反对他们，
对他们的失信愤愤不平。事情必然如此。
可是这对于我是太悲惨了，门纳劳斯呵，
如果你过尽了你的一生，现在就要死去。
我将会带着深深的羞耻回到干旱的家乡，
亚开亚人又会回心转意回到遥远的家乡，
我不怀疑我们还得把阿谷斯的女人海伦，
留下给特洛亚人，使得泼利姆容光焕发。
而你的骨灰却留下在特洛亚土地上腐烂，
出师未捷身先死！我心灵中仿佛看到了
有一些骄傲的特洛亚人，站在伟大人物
门纳劳斯的坟墓上，欢庆之余雀跃地说：
‘让阿格门农的光火，得到这样的结果。
记得吗，他率领了亚开亚的大军来这里，
一无所获而在凹凹的船上，扬帆返回了，
可是他不得不把门纳劳斯留下在这里了。’
有人会这样说：那天大地该张口吞下我。”

可是红头发的门纳劳斯说道：“安心吧！
勇敢些，不要叫军队张皇失措了。箭头
射在这里，并没有碰到什么致命的地方；
金扣子皮带挡住了它，护心镜是出色的
铁匠捶打出来的。”于是阿格门农说道：
“亲爱的门纳劳斯，是天神赐你安全的！
可是那伤口，我们得请一位外科郎中来，

得用点药来减少你的痛苦。”他转过身，
下令给传令兵塔透皮乌斯：“赶快去叫
大医师阿斯克莱皮乌斯的弟子马卡翁来，
请他来这里给门纳劳斯检查一下。不知
是特洛亚或利地亚哪一个出色的弓箭手
伤了他，敌人在叫好，我们烦恼而痛苦。”

塔透皮乌斯听命而去了，穿过无数军队，
寻找马卡翁，他找到他正站在持盾牌的
行列的士兵中间，这一支队伍是特里克
牧场上的他的队伍。传令兵走近去说话：
“这儿走，阿斯克莱皮乌斯之子，统帅
要你快去检查副帅门纳劳斯呢，特洛亚
或利地亚的哪个弓箭手将他射伤，敌人
叫好，我们却烦恼痛苦。”一听这消息
他就激动了，他们赶快穿过大军，来到
红头发副帅受伤的地方。亚开亚元老们
绕着他成一个圆圈地站着，马卡翁很快
从他们中间来到他旁边，从金扣子皮带
和护心镜里拔出了他的箭。倒钩一拔出
就断了。医师接着就解开金扣子的皮带
和铠甲，解下里面的护心镜的，由名工
捶制的铁片，那时他才看到了他的伤口，
他舐干净血瘀，抹上了卡龙给他父亲的
一种油膏。而在他们治疗门纳劳斯之时，
特洛亚重整了他们的阵势，亚开亚方面
也穿上了盔甲，又把思想集中到战争上。

这时刻无人能注意到，阿格门农会有哪
一点儿麻痹，或者私下的犹豫的，他是
狂热地渴求着一战，能够给战士们带来
光荣的战斗考验。他离开队伍，他的车
闪射出铜光来：欧利满顿，泼托莱茅斯·
潘拉台斯的儿郎，他的御者，用手勒住
抖擞的奔马；阿格门农给他发出了严命，
要他在他检查完了全部的军队后，以致
两腿有点儿发软了之时，就能驰车前进。
他步行经过了整成了阵形的兵士，看到
兵车队都已经准备就绪，他劝告他们道：

“阿谷斯的战士，勇敢起来，因为宙斯
决不会支持说谎者！凡是那首先背叛了
誓言的，绝逃不过吞噬他们嫩肉的鹞鹰。
至于他们的妻子儿女，等我们打下城池，
我们要将他们拿来，做我们的臣仆奴隶。”
当看到哪个还懒洋洋，没有做好准备的，
还怕战争的，他用鞭子抽打他们并且说：
“阿谷斯的兔子心肠人，你不怕羞死吗？
你怎么能够站在这里，像逃跑一整天的
麋鹿，跑得没力气了，呆头呆脑停下来，
好像心都破碎了，风一样的飘飘荡荡了？
你是这副样子，没一点儿战斗的意志了，
你要是在等着特洛亚人一直杀到我们的
船舰跟前，船舰都拖上岸，到了沙滩上，
难道你还妄想，宙斯能伸出手来搭救你？”

大统帅就这样一个个兵队地检阅了他们。
他来到了克里特岛上的披甲戴盔人中间，
他们围住了像一头野猪似的依陀曼纽斯。
这颗伟大的心，正在激励和鼓动战士们，
在后边，梅里安纳斯也在做着同样的事。
看到他们的神情，阿格门农感到高兴了，
他用了温和的声音，对依陀曼纽斯说道：
“依陀曼纽斯，在驯马的高手中，你是
我最钦佩的人了，不论在战争或劳动中，
或在宴会上，当元老们酌出了香酒来给
高贵的人士宴饮时。亚开亚长发人只能
喝他们分内的一份，可是在你的酒杯中
却斟了一杯又一杯，像我的一样！这次
宴会可是战争，祝君如往昔日似的勇猛！”

对这一番激励之词，依陀曼纽斯回答道：
“阿特丽柔斯的儿郎，我要比过去更加
忠贞地执行好你的话。现在你就去鼓动
其他亚开亚人尽快地投入到战斗中去吧。
特洛亚人又一次背弃了他们的和平誓言，
降死亡于特洛亚人！他们蹂躏了我们的
和约，撕毁了它，灾难就在他们的面前！”

这样的勇气使阿特丽柔斯之子满心喜欢，
他继续往前面的队伍中走去，他来到了
两个一高一矮的爱亚斯的面前，他们正

整装待发，他们的士兵像一团乌云一样。
一团团乌云，在山顶的牧童看来，就是
一场场风暴，就是海上的飓风，被西风
吹送到岸上，在他看来，黑得比漆还黑，
虽还离得很远，然闪电在风前面打先锋。
一看见这个他胆战心惊，赶快要把羊群
往回赶，找寻一个山洞，便来把它们藏。

也是这样的威严，这密集一片的战士们
是爱亚斯·德律曼诺斯和另外那一个，
盾牌漆黑的，还有那密集如篱笆的长矛，
使阿格门农看到心喜欢，和气地对他说：
“爱亚斯和爱亚斯，你二位穿了戎装的
阿谷斯英雄，我没有话吩咐你们，没有
必要再给你们动员了，很清楚你们已经
把战斗的精神传递到你们的部队中去了。
父皇宙斯呵，雅典娜，阿波罗，只要是
每颗心都能像这里的这些人的那个样子，
泼利姆的堡垒，早就已经给我们拿下来，
只消一天就攻下，听凭我们放手掠夺它。”

说完话，他离开他们，继续往前去检查，
他看到派洛斯岛上，嗓音清脆的演说家，
纳斯特，正在鼓动派洛斯士兵，要他们
追随着帕拉冈、阿拉斯透、克劳缪俄斯、
海姆顿队长们和毕阿斯将军，摆好阵势。
他吩咐御者们，将战车和马匹向前移动，

步兵在后面，布成一道固若金汤大围墙，
把弱者放在强者中间，让弱者也勇猛地
投到战斗中去，不用管他们是否不愿意。
对战车他讲了作战的方式，整个车队要
一字排开，不至于自相伤害到无法战斗。

“绝对不能自以为马术高明，勇气十足，
一车独自冲上前；更不可单独地退后去，
这会暴露出自己的弱点。行列中的战士
在接近敌人的战车时，你们一定要投出
标枪去，自古以来的多少的征城与略地，
都是采用了这方式，从而更勇猛过人的。”

老人这样劝告了，用一生积累的老经验。
这使得阿格门农很高兴，他就对他说道：
“我真希望你的腿力跟你的精神一样强；
我就希望你的力量还像以前一样的完美。
岁月不饶人呵，但愿你能把年龄给一个
战士，而自己能够依然像从前那样年轻。”

格伦尼亚的纳斯特回答道：“阿格门农，
我也愿是当年杀死艾鲁塔利盎的那个人，
但不朽的神仙已给人规定好不同的季节，
从前是青壮的年代，现在可是上了年纪。
尽管如此，我很愿意在御者中，出主意，
指挥他们，这些是适合老人的；年轻人，
善于用长矛、标枪，他们是后生可畏的。”

阿特丽柔斯之子听完了他的话便上前去。

接下来，他找到了曼纳斯透斯，驯马者，
帕泰奥斯之子，已准备就绪，他周围的
雅典人也都善战。他的近旁是大战略家
奥德赛，守在他的岗位，卡菲伦尼亚的
战士摆开了阵势围着他，绝不是经不起
阵仗的；他们等待着，战斗命令没下来，
前哨的接触才刚刚激起了些微的波澜呢。
考察到这情况，阿格门农这大军的统帅
用迫切的语言责备他们：“帕泰奥斯的
儿郎是神仙的种子！还有，你，奥德赛，
多谋的贪战者，你们怎么还冷冷在一旁，
等着什么其他的部队吗？你们应该首先
行动起来，赶紧投入火热斗争，难道没
听见我已经说了的‘宴会’，当初我们
宴请将领时，你们最喜欢的：就是烤肉
和暖心的美酒，都曾满足了你们！这次，
可是，你们反倒高高兴兴地看十支队伍
走在你们前，以血肉之躯去浴血战斗了。”

奥德赛，足智多谋的指挥员怒目回答他：
“阿特丽柔斯的儿郎，你怎么那么紧张？
你怎么能说我们在垂手旁观？什么时候
亚开亚对付特洛亚，我不是磨刀霍霍的？
要是你真有心眼儿的话，你应该能看到
德律曼科斯的儿子，是手脑并用，领先

作战的，你说的话像风似的白白地吹了。”

阿格门农了解，这老人光火了，就满面
笑容地收回了他的激将法，他安慰他说：
“你赖厄特斯王者的儿子，足智多谋的
奥德赛，我不会对你不公平的，也不要
给你发什么命令，知道我若要你这样做，
你一定能完全照我的意志，把它们做到。
你的思想跟我的一模一样，那么回头见；
今儿的事以后有机会我再给你赔礼道歉。
要是我说了什么不该说的话，就让上帝
吹一阵海风过来，从你的脑袋里刮掉吧！”

他把他留在那里了，走进了别的一些地方，
见到了杜透斯的勇敢的儿子，狄奥默特，
他周围都是战车和马匹，都还没有行动。
近旁站的是斯特纳洛斯，卡帕纽斯之子，
阿格门农一见他们就用尖刻的话责备他：
“迷糊啦！杜透斯的儿子，著名的将领，
驯马的能手，为什么你如此之羞答答的？
对战争的进行这么谨慎小心？你的父亲
从来都不这样拖拉的，更不愿意这样做，
根本不，他宁可单独一个人出去打头阵，
投入战斗去。那些曾见过他浴血战斗的
人们都这样说的。我自己可没有看见过，
也没有亲眼见到他这个人，只是听到过
人们说，从来也没有谁能够等同于他的。

有一个和平的时期里，他是波莱奈克的
盟友，带着友好的部队，来到了古老的
马其内。他们正在招募战士，想要攻打
忒拜的古老城门，我们是第一流志愿兵，
也愿意帮他们，并且同意了他们的要求：
可是宙斯显示的噩兆，改变了他的主意。
当他们已经离开，有好一阵子的路程了，
到达了阿索帕斯，碧绿的草地，小河里
长满着芦苇，在那里他们又命令杜透斯
出去送一封信。他去了，见到卡德米盎，
正在艾托克莱斯的采邑里设下了大会宴，
在那里他没有随从，也没有远方的朋友，
虽然是一个人走进一大群，杜透斯不怕。
他挑起了一场摔跤的比赛，轻易地战胜
所有的人，因为雅典娜是在支持着他的。
驭马者卡德米盎在他的归途中设下陷阱，
五十个壮汉和两个队长，几乎是不朽的
海蒙的儿子麦虹，和奥托封诺斯的儿郎，
波莱封德斯就在那里埋伏了起来，但是
杜透斯也把他们都收拾光，只留下麦虹，
和奥托封诺斯的一个儿子波莱封德斯，
好让他们能回到家里，按照着神的意志。
这就是，你们看看，艾托林人的杜透斯，
可是他儿子开会很会讲，打仗却又很次！”

狄奥默特没有作声，接受了统领的责斥。
卡帕纽斯的儿子斯特纳洛斯却反驳了他：

“阿特丽柔斯，把明白熟悉的事歪曲了，
这很不公平。我说我们是比起老一辈来
更好的一代人，攻下忒拜的七道城门的，
不是他们，是我们，率领了不多的人民
攻打那样强壮的城垣，是听了神的信息，
得到了宙斯帮助的。那么我们的父亲呢？
因为他们轻率信任，毁掉了他们的美名。
要低一点估量他们，而不是与我们平等。”

狄奥默特皱结了眉头，转过了身来说话：
“鹜马，闭嘴吧，听我说，我并不认为
阿格门农大统领的话是含有任何恶意的，
他必须鼓动亚开亚人，奋起作战。因为
光荣最后是归于他的，如果毁灭特洛亚
和占领这强悍城邦的是他的部属下的兵；
如果他的战士被杀，悲痛也是归于他的。
来吧，我们大家都应该想到的是：光荣。”

说完了这话，他全副武装地从他的车上
一跳就跳跃下来，前胸的盔甲在着地时
发出响声，把一个队长吓了一跳，就是
健壮的一颗心听到了，也会觉得怕他的。

正如在潮音震天的海岸边，巨大的波浪
已在一阵涤荡的西风推送下，汹涌澎湃，
从宽阔的海中先腾起，疾驰着向着海滩，
扑向那些金色的沙子，吐泡沫，发巨声，

用浪花的波涛，抱住了整个隆起的海岬，
使靠近海岸的沙滩，铺上层盐味的浮沫，
现在希腊人的阵形像潮水一样地冲过来，
无情地向战斗的方向推进，每一个队长
招呼自己的队伍。队伍却是寂静无声的；
你不可能相信，这么浩荡，从内心深处
发出杀喊声的大军，能这样静静地冲刺
向前进，倾听着军官的命令，而在他们
周围，战士闪耀出为战斗而穿的铠甲光。

特洛亚人却不然。像羊群的拥挤在大户
人家的栅栏中，等着被拉出去挤出羊奶，
不停地大声哀叫着，听到它同类的叫声，
就这样特洛亚人的喊杀声，全军都响起。
但不是一个声音，不是一种语言，而是
混杂的一片从许多国家地区来的嚣叫声。
这一支大军由战神阿莱斯推进，另一支，
是由雅典娜，率领着一群小鬼，“恐怖”
“混乱”“仇恨”，是惯于杀人如麻的，
那些阿莱斯的小姐妹，从小变大，越变
越多，或向天上升，或在地上滚，一路
播种“残暴”，碰撞人类，让他们受苦。

当两军来到了接触的地点时，只听兵器
相击，长矛交锋了，盾牌撞响了，响彻
云霄的是人的叫喊声哀号声，血溅大地。
春天里雪水上涨时，沿着大山的脊梁骨，

滚滚地下流，把大量奔流投入到山水中，
冲出峡谷来，其他的支流又汇聚了它们，
使远远的山外的一个牧童听到它的吼叫。
当大军对阵时，也出来了这样的喧嚣声。
安蒂洛库斯第一个打倒了一个特洛亚兵，
前线的一个勇敢的，叫艾克波罗斯的兵，
塔尔西斯人：他被击中在头盔的边儿上，
枪刺进去后，尖刺穿过前盔刺入了前额、
黑暗遮住了他的眼睛。在这场角斗之中，
他像一座宝塔一样倒了下来。然后这人
倒下的双脚被卡尔库科冬人的艾尔菲诺，
阿斑特军队的长官，抓住了，他想把他
拉过来，很快地剥掉他的铠甲。这间不
容发一瞬间，看到他在剥铁甲，弯腰时
暴露了他的两侧在盾牌外，正好阿格诺
用一支铜制的标枪击中他，他也倒下了。
他死在为争夺他的尸体，而进行的一场
特洛亚长矛兵和亚开亚人的像狼一样地
扑来扑去的，人与人之间的痛苦激战中。

同时，爱亚斯·德律曼诺斯击倒了一个
正当盛年的薛莫艾肖斯，安蒂米德斯之子。
他的母亲孕育他，是在依达山的倾斜的
山坡上，沿着明亮的薛莫斯河边，当时
她正和她家里的人放牧着羊群，所以他
叫了这样的名字。他没有能报答父母的
养育之恩，他的生命已给爱亚斯的长矛

结果了。爱亚斯为首，向前走来，拔出
正好击中他前胸的标枪，从乳头的右边，
铜尖尖从肩胛后面刺透，他倒地而死去。

像一枝白杨生长在底层大地上，在一片
巨大的草地上，它的枝干光滑，可是在
筑造战车用的锋利斧锯下倒下，这木材
是要用来做车轮子的轴承的，被砍伐掉，
它躺在河边。而天神样的爱亚斯一斧头，
就毁灭了安蒂米德斯之子的薛莫艾肖斯。
爱亚斯手下还抡到了泼利姆之子安蒂福，
穿着护胸的铁甲，投出一支标枪，没击
中他，却击中琉珂斯，奥德赛的伙伴的
腹股沟，也是在他弯身夺回那个尸体时，
抓尸体的手一松，他就往那上面倒下去。
见到这情况，奥德赛心中就异常的愤怒，
他光彩夺目的头盔从拥挤着的队伍肩膀
中间穿过了，他的怒目忽左忽右扫视着，
仿佛在玩弄他手中的标枪，使特洛亚人
恐惧地往后退下去。再不浪费他的时间，
他投枪，并击中了泼利姆的叫德莫孔的
一个私生子：他从阿波陀来的，在那儿
玩儿骑马和赛马。而奥德赛是因为他的
死去的同伴使他愤怒不平，掷标枪击中
他的天灵盖，枪尖从这头到那头对穿过，
黑暗阖上了他的眼。当他倒下来的时候，
他重摔了几下，盔甲发出了吭吭的声响。

特洛亚的阵线溃退了，赫克脱的也一样，
阿谷斯的阵线大声鼓噪。把战死者拖开，
他们大踏步地挺进了。这时从佩加莫斯
背上往下看，阿波罗愤愤不平地打招呼：
“驯马者特洛亚人，前进！难道你们会
对阿谷斯人这气焰低头？他们也不能是
铁石之躯，铜器打去不会弹去又弹回的。
看呵，阿基勒斯，忒蒂斯之子拒绝出战，
他在船舰旁，怒火正燃烧，一肚子牢骚！”

这威严的神仙这样从他的高塔上呼唤着，
而在亚开亚的这一边，是宙斯的荣耀的
女儿，雅典娜，在行伍之中穿出又穿进，
要鼓舞她看到的，有些压抑的人的精神。
其次一个给命运给关上门的是狄奥瑞斯，
阿玛荣凯特斯之子，给一块蛮石击中了，
在右边大腿下踝骨旁。这是派洛斯扔的，
他是英拉索斯之子，色雷斯的一个队长，
从爱诺斯来的。那骨头，被可恶的石头
砸断了他的筋和骨，这巨人倒下在尘埃，
伸出两手摇摆着，告别了同伴，喘息着，
眼看他生命在逝去；但那个扔蛮石的人，
派洛斯也在他往回跑时，被飞来的一支
标枪击中，正中肚脐眼，腹部里的东西
向外喷射出，黑暗像纱似的蒙上他的眼。
这是爱托连亚人的陶渥斯，就在派洛斯
垂死时，还向他跳过去，握住那沉重的

标枪，拔出它，又拔出他的刀，砍腹部，
然而却来不及卸下他的铠甲，死者之友，
打顶髻的色雷斯人，带着长矛迫近来了，
使得他，虽然魁梧而有力，赶快跑回去。
留下双尸在尘埃，直挺挺地躺在地面上，
一个色雷斯的队长，一个穿甲的阿斑特人
也是队长，还有许多阵亡者在四面八方。
因此，这一场战斗是谁也不能够轻视的，
没哪个沙场老将，这次没经受了考验的，
除非是雅典娜亲手牵着他，保护他不受
石子和箭羽的伤害，因为这一天，多少
特洛亚和亚开亚的尸体，狼藉在沙场上。

原文 537 行，译文 535 行
一九九二年九月二十五日开译
一九九二年十月六日译出初稿

第五个歌

这一回，该轮到狄奥默特来大显身手了。
雅典娜赐予他勇敢，他轻松愉快地成了
阿谷斯人中最强者，将赢得最大的光荣。
她在他的盾牌和头盔上，笼罩上一层光，
如夏日黎明，一颗纯洁的、闪耀的明星，
在海上波涛中沐浴，过后冉冉升上天空。
照耀得他的头和肩膀分外威武，她硬是
把他安置在最激烈的一个战斗的中心区。

有个名叫达瑞斯的某某，特洛亚的富翁，
火神海法斯特斯的崇拜者，生下了两个
训练有素的儿子，菲居斯和依达依俄斯。
当他俩驾战车到前沿，和亚开亚阵营中，
迎面而来的步兵相遭遇。距离越来越近，
菲居斯就瞄准，并抢先掷出了他的标枪：
枪尖一直向狄奥默特的左肩飞去，但是，
并没有击中。然后狄奥默特旋转了他的
手臂，那包铜的枪尖飞掷而出。命中了，
正好中在他两个乳房的正中，被击中的
那人便掉落到正行进的队伍的后边去了，
依达依俄斯立刻从那美观的车子上跳下，
但没有敢站到他兄弟躺着的那一处地方，
而且他自己也没有可能逃脱死亡的命运，
幸而海法斯特斯将他搭救，藏进暗黑处，

使他父亲不至于，如果他也死了，就会
只一战就丧失两个好儿子。而狄奥默特
却使劲拉拽战马的头，鞭打它们的臀部，
他把他手下的人马，交给了他指挥下的
下属，让他们都退回到他们的战舰那儿。
特洛亚人方面，却已经看到达瑞斯二子。
一个得救了，一个战死在他的战车旁边，
所有的人们都在内心深深地，为他哀伤。

灰眼睛雅典娜，握住了战神阿莱斯的手，
说道："阿莱斯，你是善于征战杀伐的，
血迹淋漓，人所共弃，可为什么你不愿
特洛亚的人和亚开亚双方作战，让他们
打下去嘛，为什么不呵？宙斯可以看到，
究竟谁是胜利者，我们还是不参战了吧，
以免他生气。"说话间她把他拉出战场，
来到斯卡曼德河边坐下了。丹南人这时
已把特洛亚的战线打回去，战果累累的。
首先是阿格门农，从战车上击中奥茗斯，
一个高个儿的战士，哈列崇斯的大队长，
他正要转身发出撤退讯号时，阿格门农
刺中了他两肩之间，从他背后穿透肺部，
他倒下去，发出了铠甲的响亮的吭啷声。
接着是依陀曼纽斯杀死了鲍罗斯的儿郎，
法斯托斯，他是从泰尔纳肥沃田园来的，
他登上战车时，依陀曼纽斯投了他一枪，
正穿过他右肩，使他从战车上翻滚下来，
克里特人剥他铠甲时，黑暗已包裹起他。

而斯特非斯之子的猎人斯卡曼特里俄斯，
则死于门纳劳斯枪尖下，他是精明猎者，
生长于深山野林中，是猎神的阿忒密斯
亲自教给他怎样来猎取飞禽的，他可以
将箭羽布满天空，这次猎神不能保护他，
他自己的善射也起不了作用，当时他在
亚开亚的长矛之下奔跑，门纳劳斯正好
猛掷标枪，击中他的肩胁，穿过他肋骨，
他倒下了，头先倒下，铠甲发出吭啷声。
同时，梅里安纳斯杀死了哈尔蒙尼特斯的
儿子费瑞克洛斯，他尤精于建筑艺术和
手工艺，本来智慧女神雅典娜最喜欢他。
他甚至给阿历克桑德罗斯筑造过一些船，
对特洛亚人来说那是最不幸的罪恶的船，
现在他自己，他想不到这是上苍的意志。
当梅里安纳追逐、赶上他，一枪击中他
右臀，穿过他的膀胱，但没有伤害骨盆。
他扑倒，呻吟着，用手和膝支撑着他的
身体，死亡将他包裹起来。同时麦加斯
杀死了佩达岳斯，安台诺的非婚生之子，
元配蒂阿诺夫人却对他视若己出的一样，
从而得到了她丈夫的赞扬。杰出长枪手，
麦加斯·菲留斯之子，迫近了他，击中
他的后脑，枪尖一直穿过他的舌苔根到
牙齿上，他咬住了铜器，倒下在尘埃中。

欧艾蒙尼特斯之子，尤洛派洛斯击倒了
斯卡曼德河的老祭师，人们尊重他好像

他是个神仙似的高贵的，陶洛宾的儿郎，
休泼申诺，当他逃跑之时，尤洛派利斯
拔出长刀，砍中了他的肩膀，砍下一臂，
它血淋淋地掉下来，死亡在他眼中激荡，
便将他摄取而去，给他一个悲惨的命运。
亚开亚人就这样奋勇冲刺着，乘胜前进。
至于狄奥默特，简直不知道他是亚开亚
一方或特洛亚一方，他在这平原上奔驰
好像四月的河流里，雪水融化似的奔腾，
冲走了两岸堤防，没有围堰能挡得住他；
没有护墙能保护住那些鲜花开满的果园；
好像这道河流突然汹涌而起，天上降下
宙斯的瓢泼大雨，淹没了许多的长满了
谷子的良田：就这样狄奥默特的面前是
无数特洛亚人的溃兵，多得无法控制住。

这时潘达洛斯看到他，扫荡而过这平原，
他向狄奥默特挽起了他长长牛角的大弓，
在他冲锋中发射了一箭，射中他的胸甲，
正好在右肩的关键上。飞箭便贴在上面。
血渍飞溅出铠甲来。潘达洛斯大声叫道：
“特洛亚人呵，集合起来！战车，往前
冲呵！亚开亚的锦标已被我射中要害了！
我赌咒，我这一箭，已经把他射下车来，
我来自利基亚，是阿波罗鼓动了我的。”
他胜利地欢呼了：可是这一箭没有能把
狄奥默特射下车。他还在车上带队回来，
他站着对卡帕纽斯之子斯特纳洛斯说道：

“快！斯特纳洛斯，老友，快跳下马来！
把这碍事的箭头，从我的肩头上拔出来！”

斯特纳洛斯弯身从马背跳下，身子靠紧，
把小小的箭羽从伤口那儿一下子拔出来，
于是鲜血喷薄而出，玷污了他的紧身衣。
现在，杀喊声响亮的狄奥默特高声祈祷：
“呼风唤雨的宙斯的女儿，不知疲倦的
雅典娜！要是你曾在我父亲身边站立过，
在灼热的战斗中帮助过他，请对我一样。
把我放到射程内，让我首先摧毁这个人，
他对我突然袭击，且还大言不惭以为荣，
他赌了咒说，我很快就要见不到阳光了。”
他这样祈祷，雅典娜听到了，步履矫健，
手腿灵敏，她站在他身边迅速地回答道：
“勇敢的狄奥默特，加强对特洛亚的
进攻吧。我要把你父亲心中的愤怒注入
你的胸膛，他是持盾勇士，奔马的英雄，
杜透斯从没有畏缩过。我要把方才遮掩
你双眼的云雾排除掉，使你看得更清楚，
看得见神人之区别。要哪个神仙竟想来
和你在这战场上较量，你可不要和不朽
神仙作对呵，除阿福洛狄忒女神为例外。
要是她也来参加战斗，那就用你的兵器，
把她打伤吧。”说完这话，灰眼睛女神
雅典娜离开他，他再一次杀上了战场来。
如果他以前曾燃烧着对特洛亚人作战的
激情，现在三倍的炽盛的怒火占据了他。

假定有一头被牧羊人弄伤的狮子轻疾地
跳进了围子里：激怒它的人无法抵挡它，
只能逃到荫蔽处去躲起来，羊群散开了，
到处发疯似的乱跑，然后它们一堆一堆
倒在地上，蜷缩在一起，而雄狮却跳跃
而过栏杆，现在狄奥默特也是这样杀向
特洛亚。他先杀了阿斯托诺，和海佩隆，
前一个队长，他是用长矛击中他前胸的，
后一个他一剑劈向他锁骨，把肩膀整个
从身子上切削下来了。他离开这两个人，
然后碰到了朴莱德斯，和阿比斯，都是
同一个详梦者老人，欧利达玛斯的儿子，
但他没有给他们详过梦，他们上了战场，
狄奥默特杀死了他们，剥下他们的铠甲。

桑托斯和陶红，他们是一生坎坷，现已
衰老的老人，泛诺泼斯的儿子，他将要
再没有继承者了，狄奥默特比他们两个
要强得多，他杀死了他们，听任这老人
从此孤独地哀悼他们，再不能欢迎他们
在战后活着回老家，中断了一家的香火。
达尔丹的泼利姆家的两个王子，艾凯蒙，
和克洛缪乌斯被狄奥默特杀死在战车上。
正像雄狮扑向草原上，在森林边吃草的，
一头牯牛或一头母牛，一上去就咬住了
它们的脖子，狄奥默特刚一跳上车子去，
便揪着惊慌失措的两人下车来杀了他们，
剥下他们的铠甲，把缴获的马匹送后方。

爱伊尼斯，看到了此人给特洛亚的行伍
造成混乱，他从长矛飞舞底下转移他的
部属，沿路寻找潘达洛斯。找到他以后
就在这利卡翁的高贵的儿郎旁边对他说：
“潘达洛斯，你的弓在哪里？你的箭呢？
你的荣誉在何方？特洛亚和利基亚的人
是没有哪个在箭术上比得上你，请举手
向宙斯祈祷吧，请你向这一个人射箭吧，
不要管他是谁个，他是一个勇猛的战士，
他已经大大地伤害了特洛亚人，杀死了
我们的许多最好的人。射出你的箭羽吧！
除非有哪个神仙，因我们没有祭祀到他，
是对我们怀恨在心了，神的愤怒是残酷的。”

利卡翁的高贵的儿子回答：“爱伊尼斯，
战斗的能手，据我看起来，这一个标枪手，
好像是狄奥默特，从盾牌和头盔上的羽毛
我认出了，从他的人马也看到了，我不能
赌咒说他不是神。如果他确实是狄奥默特，
如果他并没有神助，决不能这么疯狂冲杀，
不不，他旁边一定有神仙，藏在云雾中间，
射中他的箭羽会被拨在一边，因为我已经
射过他一箭，正好中了他的右肩的锁骨上。
我以为我已把他送进了鬼门关，哪知不然，
我的箭羽是不能射中他的，有神在保护他。
我也没有马队，没有兵车，也没有单骑马。
在我父亲的家里，有十一辆战车刚刚造好，
装修好，一切都配备俱全了，每车一队马，

在那里咀嚼着大麦。天知道利卡翁在送我
离开时，在大厅里给我说了多少话，他说
我可以挑一辆战车，赶一队马去和特洛亚
军人并肩作战。要这样是多么好呵！但是，
我拒绝了：不想带马，因为在围城中草料
一定困难，所以我步行来到这座依利亚城，
靠的是我的一把弓，可惜我用不上这把弓，
我已用它射中两员大将，一个是狄奥默特，
另一个是门纳劳斯，我已经叫他们见了红，
但只是激怒了他们。当我从挂弓的木架上
取下这把弓，为了应赫克脱的要求，带兵
到你的甜蜜的家乡特洛亚时，命运已经在
反对我。要是我还能回去，再见我的土地、
妻子，和我的大厅，有人会割下我脑袋的，
除非我用手折断了我的这把弓，把它扔进
一堆熊熊烈火，这把弓，不论我到哪里去，
都无用了。”爱伊尼斯听了这样的话回答：
“还是不要说这样的话了，现在我们再不
采取点行动，眼看着他在不断取胜。我俩
可以驾我的车去打击这人，用刀剑和长矛，
去取他的生命。请你上我的车，你会看到，
战阵上特洛亚的车速多么快，这些马知道
它们的土地，也知道如何在上面像风一样
飞跑和追逐。它们可以保证我们安全返回
特洛亚，除非是宙斯要再一次让狄奥默特
光荣，并占据上风。请拿起这马鞭和缰绳，
让我们在车上和他对阵作战，见一个输赢，
要不然你单独去和他交战，我就给你驾辕。”

利卡翁的高贵的儿子回答道："爱伊尼斯，
你就紧握你的缰绳，看好你的那两匹好马，
它们知道是主人在驾驶它们，自然会跑得
使战车运转，灵活自如。这次我们是向着
杜透斯的儿子跑去，不然它们会感到吃惊，
而不听你的指挥停下车来，那时狄奥默特
就会纵身一跃，跳上车来。神仙不会允许
他杀死我们俩，让他得逞的。不会，你就
掌握车和马，我将在他进攻时投出我的枪。"
双方说定，他们驾着彩色车飞向狄奥默特。

斯特纳洛斯看见了他们，便告诉狄奥默特：
"我心爱的知己朋友，我已看到两个想要
喝你的血的枪手，一对巨人在向你冲过来，
一个是弓箭手潘达洛斯，他的父亲是声誉
卓著的利卡翁；另一个爱伊尼斯，他们说
安凯塞斯是他父亲，母亲却是阿福洛狄忒。
小心吧。我们的车还是后退一点。这又将
是一场血战。要不然你可能会送掉性命的。"

狄奥默特看了一眼，骂道："你不要再说，
什么后退的话，你没有叫我这样做的理由。
在拼死一战的时候，不能去长他人的志气，
灭自己的威风呵。我正在勇气百倍的当口，
你叫我乘车归去？我怕了吗？不！我正要
迎头冲上前去呢，雅典娜不会叫我害怕的。
这两人决不会在我们打击他们后，转过车
来跑掉，就算有一个活着的想要这样子做，

让我索性把这话告诉你，你可得记住它呵。
雅典娜已给我杀死这两人的光荣。到那里，
你就得把车稳住，把缰绳紧紧拴在车栏杆，
然后跑过去捉住爱伊尼斯的马，然后把它
驱驰到亚开亚阵营，离开特洛亚尽量远的
距离。这马是宙斯的良种，他曾经赠送给
特洛斯，来补偿他儿子，甘内美特的损失，
这可是太阳底下，黎明中之最好的马匹了。
特洛亚将军安凯塞斯，没有让老麦东知道，
把它偷走了，他用小雌马来培育，一共有
六匹小驹下了地，养育在安凯塞斯采邑上；
有四头养在他自己的马厩里；有两头他给
爱伊尼斯作为战马，我们要抓到它们就是
无上的光荣了。”两人这样商量好。同时，
那两位已靠近在他们马后面，潘达洛斯说：
“杜透斯的儿郎，勇敢的战士，无畏的心，
我的箭是无法结果你的了，白白地射向它，
这次我要试试看用一支标枪，让我击中你。”
说着掷出了它，长的标枪飞过去，击中了
他的盾牌；强劲的枪尖穿过它刺进了胸甲，
潘达洛斯发出一声呐喊：“你已被击中了！
正中了腹部，你还能站起来吗？不长久了，
我想，这一次的光荣，可是属于我的了吧。”

狄奥默特没有被这一击所压倒，这样回答：
“失误了，没有击中，我以为你俩本不该
下场的，但命中已注定了你们中间的一个
就要流着血，被那贪馋的战神阿莱斯带走！”

说完他投出了被雅典娜磨砺着的他的兵器，
削去潘达洛斯两眼间的鼻子，敲碎他牙齿，
铜器还裂开了他的舌头，从舌尖到了舌根，
枪头又穿过面颊骨而出。他从车上倒下来，
全身的铠甲吭啷啷地响。战马震抖着离开；
生命和精力从这重伤的身上逝去，他死了。
举着盾牌和标枪，爱伊尼斯现已站在地上，
怕看见亚开亚人拖走死者的尸体，他上前，
两腿跨着他，好像一只狮子，在困兽犹斗。
盾牌和标枪都握得紧紧的，似乎谁敢近来，
肯定会挨上一枪，被他杀死的，他发出了
一声怕人的大吼。可是狄奥默特一手抓起
一堆大石头，大到没有两个人休想举起来。
但他拿在手上却是轻而易举的。他把这块
巨大的石头抡了出去，正好击在他臀部上，
击碎了他的那个叫作骨盆的地方，还打断
他的两条韧带，皮肤表面也给整个扯掉了。
特洛亚这个伟大的英雄，立刻就跪了下来，
他把全身力量都支撑在一条强壮的手臂上，
他斜躺在大地上，夜色渐渐盖上他的眼睛。

爱伊尼斯本该就此消失了，要不是宙斯的
女儿，他的母亲，阿福洛狄忒非常敏捷地
来到。使她怀他这一胎的是牧人安凯塞斯，
现在，她已把他放在她用两条玉臂做成的
枕头上，还用她的闪光的袍子一角盖着他，
因此丹南人的长矛，无法刺向他并结果他。
然后她从战场抱起他来，向着天空飞上去。

同时，卡帕纽斯的儿子斯特纳洛斯想起了
狄奥默特的命令。他勒住了马匹，迅疾地
把他的缰绳拴住在战车的栏杆上，一纵身
跳上了爱伊尼斯那一对有美丽长鬣的马匹。
他纵缰飞跑，跑出特洛亚的射程，驱策着
它们，并把它们交到了稳当、镇静的御者
代派洛斯手上，他看重这位老把式更甚于
其他御者。他再回到车上，抖动了几下子
发亮的缰绳，又驾驶着他的一对矫健马匹，
按狄奥默特要求的路线：狠狠地奔跑起来，
现在狄奥默特要去进攻赛泼利斯的女神了。
他知道她柔美，不像其他女神中的善战的
神仙，比如雅典娜，或征城略地的恩尼奥[1]，
因此他引用普通的战术，来发动他的攻势。
来到了她近旁，他纵身一跃，跃到高出于
她之上，一枪挑了她纤细的玉手，铜质的
枪尖撕破了由幽雅三女神为她织制，天仙
穿着的霓裳，割破她手上一层温柔的皮肤。
从这女神身上流出了永生的血水，是不吃
人间烟火，不喝人间酒浆的神仙流的鲜血，
因而不是红色，而是纯白色的，称为灵液。
阿福洛狄忒顿时大叫一声，扔下她的儿子，
幸而太阳神阿波罗伸臂接住了他，并把他
在乌云中带走，使敌人的长矛无法伤害他。

现在狄奥默特用雄壮的肺活量向她吼叫了：

---

① 恩尼奥：又译厄倪俄，复仇女神。

“呵，放弃战争吧，放弃战争和杀戮了吧，
女神！你用情欲诱惑过弱女子，难道不该
这样对待你？你还想来战场，是吗？我看
经过这一回，你该听到战争就浑身发抖了。”

受到这等讥嘲，爱之神仙痛苦地离开战场，
她柔和的皮肤，这时已渐渐地黯黑起来了。
虹霓的女神帮助着涕泣着的她，乘风飞扬，
她来到了战场左边的，战神阿莱斯的身旁。
他的长矛斜倚在一片云雾之上：一对战马
也在那里，她一条腿跪下来恳求她的哥哥，
想借用他的黄金装饰的马匹：“好哥哥呵，
让我借用你的马，飞回神仙住的奥林匹斯
山上，我受重伤了：一介凡夫，狄奥默特，
用标枪掷我，赶明儿他就敢向宙斯挑战了。”
阿莱斯借给了她黄金装饰的战马，她跨进
他的战车，一边儿她呻吟不已。虹霓女神
帮助她拉着缰绳，驾驭着双马飞上了天空。
她们几乎是立刻就飞到了崇峻的奥林匹斯，
众神仙居住的山上。虹霓神如疾风停下来，
并下车解松了缰绳，把马匹送进马厩饲养。

阿福洛狄忒倒入她亲爱母亲黛奥妮的怀中，
她母亲拥抱她，悄悄地对她说：“好孩子，
谁这样欺侮你？在天上有谁这样粗暴野蛮
好像你做出了什么了不起的错误的事情了？”

多情的阿福洛狄忒回答说：“是狂妄之徒

狄奥默特刺伤了我，在我要救出我的孩子，
对于我是最亲爱的孩子，爱伊尼斯的时候，
这战争现在已不只是特洛亚人对亚开亚人，
现在是阿谷斯人在向着天上的神仙开战了！”

女神中最可爱的黛奥妮说：“是这样的话，
孩子，你得忍耐一些，尽管是这样的痛苦，
我们许多住在灵山上的神仙都受过凡人的
伤害，以及在神仙的彼此之间互相的伤害。
当阿洛乌斯的巨人之子奥托斯和艾菲特斯
捆绑了阿莱斯的时候，他就这样子忍耐着，
十三个月，他躺在一只黄铜制的坛子中间，
直到这贪于战争的神仙差不多快要完蛋了，
要不是他们的后娘艾里波亚告诉赫尔默斯，
赫尔默斯打破了这只坛子，这才释放了他，
他仿佛被铁链，捆绑得几乎死去活来的了。
也还可以想一想，赫拉又如何的受苦受难，
当安菲特里盎把那三股叉的箭头射中她的
右胸：无法可以忍受的痛苦遍布在她周身。
还有的，连冥王的哈德斯也一样在幽冥界，
被同一个宙斯的生于派洛斯的强壮的儿子，
射中了一箭。这一箭使他痛苦得叫苦连天。
哈德斯只好带箭来到奥林匹斯的高高山上，
在那里，帕艾翁给他敷上了药，才得活命，
因为他是不该死的。赫尔克莱斯又是多么
轻率呵，虽然干活儿他确实是出色的锦标，
对天道不满，竟敢弯弓来给灵山射了一箭。
至于这个人，他使你受了伤，这是雅典娜

鼓动了他的。蠢货呵，不知道他自己也有
尽头的，他竟敢向神仙挑战！他的儿女们
不会在他战后回来的时候，‘爸爸，爸爸’
地叫他，该让膂力过人的狄奥默特暂停了，
要让他知道他也有劫数，也要碰到对手的
某个晚上，阿特雷斯特斯的女儿安琪拉亚
会从梦中惊醒，流着眼泪，叫醒全家的人，
哭诉他最高贵的狄奥默特也已销声匿迹了。”

黛奥妮这样安慰她，用双手从阿福洛狄忒
手掌上，抹去了她流出的灵液，再不痛了，
已经医治好了。可是雅典娜和赫拉在看着，
说了两句刺人的话，想来把宙斯激怒一下。
灰眼睛的雅典娜先说：“呵，爸爸，我要
说句话，你别生气呵。阿福洛狄忒真喜欢
诱惑亚开亚的女人，去跟她喜欢的特洛亚
男人勾搭。她正勾引一个亚开亚的小娘儿，
却不小心，让金别针将她纤纤玉手刮破了。”

微微地一笑，神人之父对阿福洛狄忒说道：
“孩子，战争可不干你的事。你该关怀于
卿卿我我、渴望和叹息，新婚床第上的事。
让阿莱斯，和雅典娜去干那血污的行当吧。”

这就是天堂里的闲谈对话，而就在这同时，
狄奥默特却狂呼乱叫的，冲向了爱伊尼斯，
他知道是阿波罗救了他，却连阿波罗本神
也不放在他的心上，他就要杀死爱伊尼斯，

剥下他的盔甲。他三次投出了他的标枪来，
三次被阿波罗用盾牌挡住，使标枪落了地。
他七窍生烟了，再一次投枪，阿波罗发出
震人心肺的声音，大声地叫道："留神呵，
滚开！你实在太过分了，竟然跟神仙作战，
我们是天空中的不朽的神仙，你们这些个
在地上爬行的凡人怎么能跟我们相比呢？"

狄奥默特听了这话，在异常愤怒的阿波罗
面前退避三舍，那时阿波罗已把爱伊尼斯
放好，在特洛亚的最高城堡，在佩加莫斯，
他自己的神庙中，就在丽陀和阿尔特密斯
高贵的殿堂里，一面调养他，一面称赞他。
同时阿波罗设置了一个幻影似的爱伊尼斯，
全副武装着似的武装着，好让特洛亚人和
亚开亚人围绕着他互相砍杀，争夺着他的
护胸的考究的牛皮铠甲，和圆形的大盾牌。
然后阿波罗对激动的阿莱斯说："你这个
人所共弃的凶手，屠夫，征城略地的战神，
你为什么不去找这个人来把他调离这战场？
杜透斯的儿子，现在连宙斯都敢触犯的了。
他最先就欺侮了赛泼利斯的女神，刺伤了
她的手，然后他竟然发了疯似的进攻了我。"

说完，阿波罗回到了佩加莫斯，而阿莱斯，
走进了特洛亚的行列，鼓动他们英雄作战，
装作是色雷斯人的领袖阿卡玛斯，他向着
泼利姆的儿子们说道："王子们，你们是

站在宙斯的一边的，泼利姆的子孙，你们
还能给亚开亚人多少时间来杀死你们的人？
让他们杀到你们的城门前？躺卧在那里的，
是我们尊重他像我们尊重赫克脱一样的人，
他是安凯塞斯的儿子的爱伊尼斯，快来吧，
把他从这等混乱的践踏中将他搭救出来吧”。

他的话使他们心中发热，于是萨佩冬转身
向赫克脱说：“赫克脱，你怎么啦？你的
勇气到哪儿去了？没有部队，没有同盟军，
没有你和你的兄弟，近亲的表兄弟这些人，
你能保卫住这座城市吗？可在这次战斗中，
我没有看见也没有听见他们，就像狮子的
旁边是很少见到有狗的。我们参加了战斗，
我们是同盟军，其中之一是我，从利基亚
和滚滚桑托斯河流，远道而来的，离开了
我的妻子儿女，许多人羡慕的一大笔财产。
在这里我是一样的，和利基亚派遣我的人
挺进。我自己也投入了战斗，确实我没有
在特洛亚有什么好东西，也没有亚开亚要
抢走的东西，但是你却像一只羊子在等着。
你甚至你没有召唤其他的人，要守住阵地，
要为保卫他们自己的妻子而战斗，难道你
宁可落入网中，像飞鸟被捕，被人烹食吗？
他们很快就要抢劫你们的城市了！这不就
是你的责任，日日夜夜地催促外来的援军
队长，站在他们的战斗岗位上，浴血鏖战，

来替你们的败局消除责任，减少它的痛苦！”

这些批评使赫克脱愧羞得以致脸红。他从
战车上跳下来，高举着两支标枪，在军中
走动，从侧翼走到中心，号召全军去战斗，
再次投入激战中。特洛亚人现在鼓噪起来，
而亚开亚人也站上阵地，而且摆好了阵图。

就像古代的打谷场上，当人们扬起了谷物，
让黄发的谷神，地母狄密忒，将风吹得那
谷子和糠秕分离，整整一天，一堆又一堆
白色的谷堆越来越高，亚开亚的军队也是
如此地变白了，当大批的战车奔腾，马蹄
扬起的尘土飞满了天空，御者转来转去地，
不知疲劳地驾驭着战车，战争又重新起来。
特洛亚人现在有了后盾，战神阿莱斯暗中
出现在所有的地方，听从了阿波罗的命令，
激起了特洛亚人的勇气：但是他也看见了
丹南人的保护神，雅典娜在对方的阵营里。
阿波罗却又让特洛亚大将爱伊尼斯走出了
他的圣所，他的战斗的精神已恢复过来了。
他再次执枪站在元老们中间，使他们看到
他身上一无伤痕，急于上阵，便大为高兴。
谁也没有时间来问一问他，这是怎么回事；
阿波罗，还有人所共弃的阿莱斯，再加上
不知道知足的“斗争”，现在给了新任务。
在亚开亚那方，也出现叫爱亚斯的两兄弟，

参与了狄奥默特和奥德赛，一看到这四人，
丹南人就稳住了阵脚，他们是不怕进攻者，
不怕特洛亚军队的，非常镇静，一动不动，
仿佛是宙斯布置在晴天高山上的云彩一样，
当时西风正在睡觉，其他的云也停下来了，
他已把小块的乌云全都吹散得干干净净了。
这样丹南人对特洛亚人守住阵地，不动了，
阿格门农则在行伍中穿来穿去地进行鼓动：
“朋友们，在战争到来的时候，你们就都
是男子汉，大丈夫，要显示勇气，要争取
荣誉，这样的人越多，得救的机会就越多，
逃跑得不到荣誉和好处，也不能平安无事。”

像闪电一样的快，他投出他自己的标枪去，
击中了爱伊尼斯的朋友，代克虹，他就是
佩迦索斯之子，一个标枪手，特洛亚人是
尊重他如同尊重王子一样的，都知道他是
随时可以出战的勇士。他的盾牌虽已挡住
阿格门农的标枪，但它吃不住枪尖的力量，
它一直深深地穿透了皮带，进入了他腹部，
将他击倒在地，发出了一阵响亮的金属声。
同时是爱伊尼斯，杀死了丹南人的俩伙伴，
奥锡洛可斯和克雷松，都是狄俄克勒斯的
儿子，他在费瑞地方上置有庄园，他们是
流过派洛斯大地的，叫阿尔菲俄斯河那条
宽阔大河的儿孙。奥锡洛查斯的父亲就是
阿尔菲俄斯，比许多人更为强悍，他后来

成了勇武的狄俄克勒斯的父亲，他的两个
孙子是一对双胞胎：奥锡洛可斯和克雷松，
都是孔武有力的人。当他们登上黑色船舰，
来到出产野马的依利亚，接受阿特丽柔斯
家族，阿格门农和门纳劳斯的征战的时候，
他们刚好成年，青春正盛，但死亡迅速地
收容了他们。多么像一对在母狮的哺育下
出生成长的雄狮，它们是在深山和老林里，
以吞噬牛羊作为养料的孪生子，它们曾经
破坏了许多庄园，却有朝一日，被猎手的
长矛突然击中，被撕成了碎片，双双死亡。
就这样，他们在爱伊尼斯的武器下丧了命，
如一枝高大的松树，在一柄斧子下倒下地。

为可怜这两位战死者，门纳劳斯陡然起立，
举起了一支凶狠的长矛，闪闪的铜甲使他
狰狞可畏。这是战神阿莱斯有意送他露面，
好让他也领教一下爱伊尼斯的致命的一击。
可是纳斯特的善于观察的儿子安蒂洛库斯，
立刻上前陪伴他，使他们的首领有所防卫，
只怕他可能有闪失，不留神就会致成失算。
这时这两位武装的军人，都已面对着面的，
将武器高高举起，安蒂洛库斯跑上前来了。
在门纳劳斯的旁边一站立，他们肩并着肩，
使爱伊尼斯感觉他，虽然也是灵活的战士，
还是不忙着交锋好，得考虑那两人的力量。
他暂停的当儿，他们把两位孪生的不幸的
尸体拖回去，安置在后方，然后回到战场。

法拉刚尼亚人的派莱曼纳斯，雄伟如战神，
给门纳劳斯杀死了，他用长矛一击，击中
他的颈骨，安蒂洛库斯打倒了他的御者的，
名叫美顿的，阿东尼奥斯的儿子，正当他
转动着健足的马匹时，一块巨石击中他的
肘部，装饰着象牙的缰绳弯弯曲曲掉下地，
安蒂洛库斯也一跃上了车，削去了他脑袋。
他头先着地，然后是身子摔下绚丽的车子，
倒在沙场上，他的命运就是如此。他的马
践踏着他，在尘土飞扬中，把他拖着走了，
安蒂洛库斯鞭着他的马，赶车到了后方去。

正在行伍中注视着亚开亚人用兵的赫克脱，
发出一声突然的呐喊，冲上前去。他身旁，
特洛亚的精锐队形也就向前挺进，由战神
阿莱斯和复仇的女神恩尼奥一起推送他们，
“混乱”与“无情”一路随行，战神挥舞
长矛，忽儿在赫克脱前面，忽儿在他后面。
狄奥默特看到这股阵势，自觉成了孤独的
旅行者独自在一个平原上，如一道洪流之
横亘在前，咆哮着向海洋滚滚流去，使他
无法渡过它。这时的旅行者只好掉转身来，
狄奥默特也只好这样做，他对他的同伴说：

“朋友们，我们只能感到赫克脱神秘莫测，
他是何等样的一个标枪手，何等样的战士！
有一位神仙和他在一起，保护他不受损伤，
呵呵！在他的旁边，是隐形的战神阿莱斯！

快让出地盘，脸朝着特洛亚方向那样后退，
要跟神仙作战，那是得不到任何的好处的。”

他说话的时候，赫克脱已经来到了他跟前，
赫克脱一下子扫荡了一辆车上的两个战士，
曼纳斯特斯，和安克海洛斯。他们的阵亡
激起他们身旁的大爱亚斯·德律曼诺斯的
怜悯，飞出一支闪闪的长矛，击中安菲盎，
他是派索斯的一个庄园主赛尔迦斯的儿子。
命运使他和泼利姆和他的儿子结合在一起。
现在爱亚斯的长枪击中他的皮带，刺入了
下腹，咬住了伤口不放。爱亚斯冲上前来，
想要剥下他的铠甲，这时特洛亚人的标枪
飞舞而来时，用来掩护自己的盾牌，中了
一枪又一枪的。他一腿跪在地上，把枪尖
拔了出来，但因为不断地飞来了许多标枪，
他不能从死者的肩上，很快地剥下了他的
刀剑皮带和铠甲。而且他也害怕特洛亚的
勇士围上来，虽然他强壮而且勇敢，他们
把他赶了回来，他退出来了，胆战而心惊。

这是在这一战区所发生的战况。另外一处，
全能的命运促使赫拉克勒斯的那个大儿子
德律朴莱莫斯，他和萨佩冬遭遇到一起了。
他是呼风唤雨的宙斯的孙子，他嘲弄他说：
“利基亚人的战争参议员，萨佩冬，怎么
在战场上这么忸怩的？你能自称为战士吗？

你比起宙斯的子息的老一代人来太差劲了。
想想赫拉克勒斯，我的狮子心肠的父亲是
何等样的威武！为了老麦东的战车的马匹，
他靠岸在特洛亚的海滨，登陆时只六船人，
如此之少的兵马，却攻下了这座依利亚城，
并将它抢劫一空。你的神经却不知在哪里？
你损失了多少兵马，你从利基亚来到这里，
没从特洛亚夺到什么，你还算是一个强者？
如今你碰到了我，你即将进入那死亡之门。”

萨佩冬回答：“对极了，德律朴莱莫斯呵，
他确实征服了依利亚城，老麦东这贪馋人，
在他完成了巨大的功勋之后给了他小气的
报答，没有将他答应赫拉克勒斯所要求的
马匹给予他，至于你，我也答应给你一个
悲惨的命运，你将在这里发现一个决战场，
当我的标枪投到你头上，你将死在血泊中。
你要把荣誉给我，把生命给他，冥王将要
驾起你的战车，奔驰到他的地下的王国去。”

于是德律朴莱莫斯举起了他的灰色的标枪，
同时间，从他们俩的手中都飞出了长枪来。
萨佩冬击中他的敌人，正好在他的脖子上，
力量之大，枪尖穿透了他的咽喉，无穷的
死亡的黑夜压上他的眼睛。德律朴莱莫斯
也击中了对方的大腿，在上下肢间膝盖上，
又一次萨佩冬的父亲搭救了他。从战场上，

受他指挥的人们把他连同标枪一起抬走了。
那时没有人想到，应该先要把标枪拔出来，
他们抢先把他抢出来，战争打得这样紧张。

那时德律朴莱莫斯也被亚开亚人抬回去了。
久经风霜的奥德赛看到了又生气，又哀怜，
他想，他干吗要去干这等事？竟然想要去
攻击萨佩冬，他是雷电之神的宙斯的儿子，
他是否要在这多人中，杀害利基亚的生命？
雅典娜，却让他也对利基亚人愤愤不平了，
他杀死了柯拉诺斯、阿拉斯脱、库罗缪斯、
阿康德洛斯、哈廖斯、诺门、泼洛坦尼斯。

很可能要杀死更多人，幸亏赫克脱的慧眼
从闪闪发光的铜盔下看到了。他跑到这里，
一身闪耀的铜光，出现在这条战线上来了。
对丹南人形成了一种威胁，连萨佩冬的心
也跳动起来，对经过他的赫克脱轻声地说：
“我请求你不要离开我，躺在这里要受到
丹南人的欺侮，保护我吧，让我以后回到
城里去流血到死。我已不能回到家乡去了，
再没有看到我妻子的欢乐，看不到我娇儿。”

光亮的头盔下的赫克脱，没作声地走过去，
显赫而匆忙，他在追赶敌人，并大肆杀戮，
围绕着萨佩冬的那些人，把他们长官放在
宙斯的橡树的高贵的树荫下。爱他的一个

朋友帕莱刚[①]感到箭头不便，从股上拔出它，
他晕了过去，但一阵寒冷的北风吹了过来，
绕着他吹拂，给了他蓬勃的生气，一会儿
他又在呼吸，他从黑色的眩晕中醒转来了。

虽然还没有打得他们退到海边的船舰那里，
在阿莱斯的猛攻，和在赫克脱的打击下面，
阿谷斯人只好节节败退了，战神在特洛亚
一方作战。一个，又一个被赫克脱杀死的，
被阿莱斯杀死的是谁呢？最早是刁特拉斯，
驯马者的奥瑞斯特斯；投枪者特雷特拉斯，
一个爱托良人；渥诺毛斯，俄诺皮德斯的
海伦诺斯，以及胸甲灿灿的奥赖斯皮乌斯，
他是居住在凯菲索斯湖上的海尔的有钱人，
旁边还有同乡人，肥沃土地上的波约蒂人。

现在赫拉看到了阿谷斯人在战场上不行了，
满怀不高兴地对雅典娜说："看了不舒服，
你看见了吗？不知疲倦的女神呵，掌握着
雷电的宙斯的女儿，难道我们对门纳劳斯
说的他将征服依利亚于回家之前，是说谎？
不行，如果我们让这个疯子阿莱斯狂下去！
来吧，我们得想法子加强我们的战斗力量！"

灰眼睛的雅典娜太同意了。老克洛诺斯的
长孙女，赫拉，套上了她金光闪耀的战马，

---

① 帕莱刚：又译佩拉贡。

雪碧，安装了她车子的左边右边的，八个
车幅的轴轮，连同它们的轴心，轮缘全是
镀金的铜质，外面是黄铜的轮胎，是一件
美观的珍品，毂盖也是银的，均衡地转动
那车子本身是金子的和银子的紧密的组合，
由双层栏杆绕着，中间立有一根银质柱子，
雪碧还给它装上了美丽的金车轭和金轭带。
赫拉渴望作战，把最好的骏马套上了缰绳。

至于雅典娜，她脱下了她自己刺绣的锦袍，
听其摊伏在父亲家里的地面上。她穿上了
呼风唤雨的宙斯自己的束腰外衣、护胸的
铠甲这等剧烈战争所必需的装备。她拿起
装有复杂缨带的暴风雨的盾牌，使她变得
猖狂而且狰狞，“骚动”“仇恨”“威力”
和“追袭”都画在盾牌上面，蛇发女怪的
头像使人恐惧，它是暴风雨的宙斯的标志。
她头上，戴一顶双层的、有四只角的金盔，
画有一百个城市在战场上格斗的人物图景。
她跨上了赫拉的黄金车，在手中高举标枪，
只有“权力”的女儿，拿得起这沉重兵器，
她要用它来击破一条长长的战线上的战争。
只听得赫拉的鞭声一响，天堂之门的巨门，
它是由“时间”看守，因它是从奥林匹克
通达广漠的天体，用云彩来封住和开放的，
这门就半旋转着地开启了。它从云彩之间
穿过，鞭策着马匹而前进，女神们见到了
克洛诺斯之子，他没有跟其他的神仙一起，

独自坐在灵山的山顶。把马勒住，白得像
象牙的玉臂的赫拉，向至高无上的宙斯说：
“父皇宙斯，难道你还不认为阿莱斯实在
太恼人了吗？这多的暴行，勇敢的亚开亚
人已经被毁了不少，他惹我伤心了。你看
赛泼利斯和阿波罗多么快活地催促那笨伯，
简直不讲规矩了。父皇，你不会，会不会
不高兴，要是我在战场上，狠狠地整整他？”

雷电之神的宙斯回答说：“去对付他好了。
雅典娜是士兵的希望，她完全对付得了他：
她自然是有妙计，能给他一点苦头吃吃的。”
得到了他的允许，赫拉又抽起鞭子，奔马
就在星空和大地之间驰突。正像肉眼所见
那样的，他坐在山顶，下瞰酒浆似的兰海。
只听得高空中马匹长嘶，一跃就到目的地。
在特洛亚平原上，两条河流，斯卡曼德
和西莫埃斯汇合在一起，赫拉在这儿降落，
让她的马自己吃草。在她的周围布起浓雾，
为他们到来，西莫埃斯献出了它的芳草地。

女神们像扑翅的飞鸽，一直下降到战场上，
来保护阿谷斯，看到那里，在狄奥默特的
近旁，都是他们的最好的标枪手，像狮子，
或者野猪，是肉食的动物，等着进入战斗。
赫拉刚一站定，就发出一声长啸。她装作
斯丹特的模样，他的肺活量做出的喊杀声，
有五十人的音量那么大，像一个军号一样。

“可耻呵可耻，阿谷斯战士们，好不懦怯！
只有在检阅时很好看。要是阿基勒斯在场，
没有一个特洛亚人敢于露一露面的，可是
现在他们穷追猛打，一直打到船舰旁边了！”

这一声长啸已激怒了他们。灰眼睛雅典娜
急促地掠过了太空，来到了狄奥默特之旁，
她看到他在战车里休息着，养着潘达洛斯
射中他的伤口。掮着盾牌的大皮带，疲劳
而且流着汗，觉得负荷重了，他把那肩带
松下来，卸下它，又把血迹抹干净，这时
女神把手放到了套马的车栏杆上，对他说：
“呵呵，杜透斯之子，真是不如他的父亲。
杜透斯个子很小，但是他真的是一个战士。
曾经有一次，我没有允许他显示他的威力，
那时他，作为信使，离开了亚开亚的行列，
单独去到底比斯，来到卡德曼族的众人中，
在他们的大厅里，当安逸地欢乐地宴饮时，
好斗成性，他提出挑战，要和卡德曼青年
角斗，他竟毫无困难地取胜了他们。那时
我曾支持过他。那么你呢，我现在是和你
站在一起的，是上天的意思，叫我保护你，
关怀你，要求你投入战斗，可是你的腿子
不大想动。你打仗打累了？不然就是心虚？
多少有点恐惧？说到最后，你还够不上是
奥依尼特斯之子的大英雄杜透斯的儿子呢。”

狄奥默特回答道：“我认出你来了，女神，

风雨雷电的宙斯的女儿，我衷心地尊敬你，
我能够解释，我也要解释，我不害怕也不
疲劳；我只是简单地听从着你自己的命令。
你特意告诉过我，我不应该面对着永生的
神仙作战，除非是碰到了阿福洛狄忒的话。
我感到对她，我可以不管怎样地，自由地
击伤她。你这样命令过我。我就下了命令，
所有阿谷斯人原地驻防，守住阵地，因为
我知道，现在战场上的主要神仙是阿莱斯。”

灰眼睛的雅典娜就说：“狄奥默特，你是
我心中的英雄，不管怎么说，你都能得到
我的原谅的，但是当我和你在一起的时候，
你不应该因为阿莱斯，或因为其他的神仙
而退缩。鞭策你的战马，你要冲向阿莱斯
和他格斗，并击伤他，对这样的一个天生
恶劣的，老是玩两面派的恶神，不用姑息，
不到一小时之前我亲自听他对赫拉和我说，
他要在阿谷斯的一方作战，现在他忘记了，
他参与了特洛亚人的一方了。”这样说着，
她推开了斯特纳洛斯，把他从御者位置上
拉扯了下来，一挥手就把他推到了地面上。
急于作战的雅典娜和狄奥默特坐到了一起。
她驾起车子，使橡木的车轮载起了女神和
英雄，发出急转声音。威武的女神鞭打着
战马，挥动缰绳，一直地向着阿莱斯驰去。

虽然是粗壮的大汉，就在这时候他正在和

一个艾托良[1]的最好的战士，一个巨人角力，
他是奥凯西俄斯皇室的子孙，叫帕利法斯[2]。
血迹淋漓的战神，这时已经把他打倒在地，
但是雅典娜已变形，以冥王的王冠掩盖了
她自己。在这时，阿莱斯看到了狄奥默特，
战神挺身向狄奥默特冲过来。距离靠近了，
阿莱斯向对方的战马的上边，掷出了他的
凶恶的标枪，雅典娜一手接过标枪，将它
撇在一旁了，它无用地掉落在车边的地上。
现在狄奥默特使出全身之力，投掷了他的
黄铜包头的标枪，雅典娜就在这支标枪上，
使它特别地猛撞在阿莱斯的腰前的皮带上，
她在他的肉身上，划出了一道伤痕，然后，
拔出了枪头来。凶恶的战神向着天空咆哮。
那声音是这样的可怕，像一万个在交战的
战士齐声呐喊。所有亚开亚的和特洛亚的
战士听到，都震聋了耳朵，害怕得发抖了。

像雷阵雨之前，一股黑色的雾气，在热浪
蒸发下，向高高风暴的顶上那样地飘过去，
狄奥默特看到，阿莱斯是那样厚颜无耻地，
一直升到太空中。到崇高的奥林匹斯山上，
神仙们聚集着地方。他倒在父皇宙斯前面，
又受伤，又愧羞，他展露出他的那个伤口，

① 艾托良：又译埃托利亚。
② 帕利法斯：又译佩里法斯。

喋喋不休地控诉说：“父皇呵，你看这种
样子的无法无天，你能无动于衷吗？我们
本是为了人类的好处，却在自家人的中间，
自相残害，我真是吃足了苦头，我们大家
都说，你是要负责的，生下那么一个尖刁
姑娘来的，是你呵，可诅咒的女人，她是
一心一意要捉弄我的。灵山上所有的神仙
都听从你的命令，大家都服从你，唯独她，
得你的宠了，你从来也不说她的一点不是。
是她唆使狄奥默特这么疯狂的，向永生的
神仙作战的念头，他首先攻击了赛泼利斯，
刺破了她的玉手，然后就对我猛扑过来了，
好像是复仇女神一样，幸亏我跑得还飞快，
我才跑开了，否则我将挨几下黄铜的刀子，
砍得我疼痛到痛死为止，我将死于非命了。”

呼风唤雨的宙斯，紧皱着不乐的眉头，说：
“不要到这儿来哭哭啼啼，你这个两面派，
整个奥林匹斯山上，数你是最讨人嫌的了。
你的本性就是吵架，打架，既充满了兽性，
又屡教不改，这都是你妈赫拉遗传给你的，
我娶了她，但她从来不肯听我给她的话语。
你这次也是她，给你的苦头吃。我是不会
叫你受不了的。说到头来，我还是你父亲，
你妈也是把你当作一个儿子，给我生下的，
若是别个生下你的，又这么不成才，那么
必然的，你地位要低于所有其他的神仙了。”

说着他吩咐帕艾翁给他诊治，他在伤口上
给敷了止痛药。毕竟是神仙，他是不死的。
正如野生的无花果浆里，滴入了一点乳奶，
稍稍震荡，就很快凝结，经帕艾翁的治理，
阿莱斯很快好了。然后雪碧给他洗了个澡，
换上了新衣服，而后他坐到宙斯的身旁了，
他再一次显得容光焕发。不多久后，赫拉，
这阿谷斯的和雅典娜，这波约蒂的两神仙
回来了，他们已从屠宰场上把战神召回了。

原文 900 行，译文 810 行
一九九二年十月十五日开译
一九九二年十月二十八日译竣

第六个歌

（缺原著 1~13 行）
没有神仙了，只特洛亚和亚开亚人留下在
浩浩乎无垠的大战场上，在两条河流中间，
忽儿这边取胜，忽儿那边取胜，像一支支
标枪持平地飞行，往这头往那头飞过上空。

德拉莫诺之子爱亚斯，亚开亚的强大卫士，
进攻了，并击溃了特洛亚的一个小小队伍，
给他自己开辟了一道前进的通道，他杀死
一个为首的色留斯人，是卓越的阿卡玛斯，
膂力过人的优索洛斯之子。他击中了他的
前盔，枪尖劈开了他额角，揳入了他大脑，
一下子给他的两眼蒙上一层墨墨黑的阴影。
然后，狄奥默特杀死托特拉尼德斯[1]的儿子，
那个来自有城墙的阿历斯比城的克西洛斯，
他是富有的人，十分和气，对往来的行人，
经过他的地方的人都很友好，现在没有人
再能得到他的招呼了，亚开亚人杀死了他。
和他一起遭难的卡勒息斯[2]副官，又是御者，
两具尸体躺在大地上，等待着葬入大地中。

---

① 托特拉尼德斯：又译透特拉斯。
② 卡勒息斯：又译卡勒西奥斯。

尤罗雅洛斯[①]在杀死德瑞索斯和奥尔窕斯[②]后，
又去寻找水中仙女的阿巴巴里[③]和波柯利盎[④]
生下的一对双生子，艾瑟波斯和派达索斯。
波柯利盎是老麦东的长子，他是个牧羊人，
因为他是在牧场上，爱上水仙的，她怀孕
生下了一对双胞胎，最初还曾保守秘密呢。
现在尤罗雅洛斯销毁了他俩的荣誉和生命，
正弯腰从死者的肩膀上，剥下刀剑和铠甲。

此外，波利波阿特斯杀死了阿斯托阿洛斯[⑤]。
彼柯肖诺斯，毕台柯斯之子，倒在奥德赛
枪尖之下；阿莱塔昂[⑥]倒在茹克劳斯[⑦]打击下；
安蒂洛库斯[⑧]，纳斯特之子，一标枪杀死了
阿勃勒洛斯。阿格门农取走了艾拉托斯的
生命，他的家是在帕达索斯的高山，靠近
斯塔尼奥埃斯河边。勒托斯则在费拉柯斯
转身逃跑的时候，杀死了他。尤得派洛斯[⑨]
把梅拉蒂乌斯[⑩]打发回老家。而生擒了一个
俘虏阿德瑞斯托斯的，是魁梧的门纳劳斯。

---

① 尤罗雅洛斯：又译欧律阿洛斯。
② 奥尔窕斯：又译奥斐提奥斯。
③ 阿巴巴里：又译阿巴尔巴瑞亚。
④ 波柯利盎：又译布克利昂。
⑤ 阿斯托阿洛斯：又译阿斯提阿洛斯。
⑥ 阿莱塔昂：又译阿瑞塔昂。
⑦ 茹克劳斯：又译透克罗斯。
⑧ 安蒂洛库斯：又译安提洛科斯。
⑨ 尤得派洛斯：又译欧律皮洛斯。
⑩ 梅拉蒂乌斯：又译墨兰提奥斯。

那人的一对战马惊厥地在平原上狂奔乱窜，
撞上一枝柽柳，车杠为之断却，惊马直往
特洛亚城逃回去，所有人都在惊慌失措中，
这御者被甩出了车，头倒着朝下撞在地上。
刚好在旁边，站着是手持长枪的门纳劳斯。
阿德瑞斯托斯跪地恳求："阿特丽柔斯的
儿子，饶了我一条命吧！你可以得到大量
赎款，要多少有多少，许多的珍贵的东西，
金的银的和铁的，它们在我父亲的家里是
装满了的，他会把什么都给你的，只要你
留下我的生命，你会得无穷无尽的赎金的，
只要他知道我还活着，在亚开亚的船舰中。"

阿德瑞斯托斯的恳求已得到俘获者的同意，
他想要派传令兵，带他安全地回到战舰去，
这时阿格门农急忙地跑来阻止他开恩释放，
他叫道："怎么啦，软心肠的？特洛亚人
难道曾对你的家庭和和气气过？诅咒他们，
门纳劳斯好兄弟呵！他们没有一个能逃过
我们的手，便是女人子宫里的男婴也不能，
让他们通通死尽，把他们全部杀光，要让
依利亚城所有男人，不分贵贱，全都毁灭，
不能留下一个祸根，我们也不要流一滴泪。"

听到了兄长的命令，毫不迟疑地门纳劳斯
一手推开了阿德瑞斯托斯。而阿格门农就
在他的侧身之上刺了他一标枪，他倒下了。

他一足踩在他的胸膛上，拔出了他的标枪。
这时纳斯特正用他响亮嗓子呼唤阿谷斯人：

“朋友，丹南人，战士，和战神阿莱斯的
伙伴们，现在还不是搜罗战利品，和清扫
战场，把它们运回船上去的时候，现在是
继续作战的时候！等着吧，等到他们通通
死光，躺下不动了，我们再收拾他们不迟。”

高声呼喊着，他催促他们前进。于是再次
特洛亚人，被亚开亚人打败了，感到威胁，
想逃回依利亚城里去。可是泼利姆的儿郎，
海兰诺斯[①]，比所有的预言家还更好的一个，
来到了爱伊尼斯和赫克脱的旁边，并且说：

“你们俩是受着利基亚和特洛亚人重托的，
每一个战役，每一个战争计划，所有行动，
都是身先士卒的，你们现在就站在这地方，
在这里把军队稳住。守住了城门，然后去
鼓舞战斗的士气。要不然大家进城里去了，
钻进了女人的胸怀，敌人会高兴得不得了。
你们就站在这个位置上，鼓舞所有的战士，
我们是可以守住城门，打退丹南人进攻的，
哪怕我们已很疲倦。我们没有别的选择了。
然后你，赫克脱，到城里去看看你的母亲，

① 海兰诺斯：又译赫勒诺斯。

要她把所有她那样年纪的妇女召集在一起，
打开灰眼睛的雅典娜的宫殿，挑选出一袭
最漂亮最华丽的，看起来她会喜欢的袍子，
放在她的膝盖上。然后答应她贡献十二头
健壮、粉嫩的小母牛，看她能否回心转意，
为我们的战士，给他们的妻子儿女以怜悯，
好歹别让狄奥默特进入特洛亚的圣城里来。
他在角逐，格斗中是这样的野蛮和可怕的，
现在我说他是最令我敬畏的一个亚开亚人。
我们还从来没有这样怕过阿基勒斯王子了，
他据说还是天神的子孙呢，但他不是天神，
这狄奥默特，动作飞快得像中了魔的人物，
可没有人能像他那么样的发怒了。”他说。

赫克脱表示同意，而且从头到尾照着做了。
他迅速地一跃上了车，摇动着他高举着的，
磨砺了的标枪，他上车下车，一路鼓动着
作战。于是退回后头去的人又回到阵前来。
对着亚开亚人准备迎战，这回他们缩退了，
不再上前砍杀。好像从天上，已经有一个
神仙下凡来，给特洛亚人注射了一些精神，
他们这么突然地转变过来了。只听赫克脱
大声地叫唤道：“英勇的特洛亚人和前来
助战的著名的同盟军们，记住吧，要勇敢，
保护好你们自己，我现在要进城去，请求
你们的妻子和年老的长者向天上的神祈祷，
并同时以牺牲贡献于上苍。”于是赫克脱

走开了，顶着他的发光的头盔，他的盾牌
挂在他的身后，自顶至踵都受牛皮的保护。

同时，一辆辆战车来到了一个两军之间的
开阔的地带，希朴罗库斯[1]之子，格洛柯斯[2]，
与前驰来的狄奥默特互相接近。急于求战，
距离越来越近，狄奥默特看到他和他已经
面面相觑，就先发言道：“勇敢的年轻人，
我以前没有在战争中见过你，在赐给人以
荣耀的战场上从没有过，而现在你来到了，
出现在许多人的最前面，有着足够的胆识
来领教我的长矛枪杆子了。所有敢于出来
见到我的孩子，他们的父母都将会有一个
悲伤的晚景！如果你是天上的一个神仙呢，
我决不跟任何一个不朽者作战。人再寿长，
本领再强，都不免于一死。就像卢柯谷斯[3]，
这个突吕耶斯[4]的粗暴的儿子，他就敢于和
神仙对阵，竟然在尼萨圣山上追逐过酒神
狄俄尼修斯和他的祭司们。这样一个杀手，
吓得他们纷纷扔下了常春藤和神杖而逃跑。
竟使得狄俄尼修斯惊恐到跳下了海水中去。
他被那吼叫的野人追得浑身打战。忒蒂斯
救了他，把他拥抱在怀。这时候的众神仙

① 希朴罗库斯：又译希波洛科斯。
② 格洛柯斯：又译格劳科斯。
③ 卢柯谷斯：又译吕库尔戈斯。
④ 突吕耶斯：又译德律阿斯。

才来惩处卢柯谷斯的狂妄，宙斯让他瞎眼；
他的日子也完了，整个仙界全都恨死了他。
我决不和幸福的神仙作战，我不。但是你，
如果你是凡人，是用人间的烟火来养大的，
只要你再上前一步！你就会来不及意想的，
不知又不觉，你已经来到了死亡的边缘了。”

希朴罗库斯的卓越的儿子回答道：“那么，
狄奥默特，你要问我的家世吗？就好像是
树木的一代代相传，人也是如此的。树叶，
一阵风把它们吹到了地上，然而，森林是
繁茂了。当春天的时辰降临，于是另外的
一代人诞生了，而老一代人却完全结束了。
如果你真是十分地想要知道它，我的家史，
要是别人也想知道的话，那么请你们听吧。
爱福拉[①]是阿谷斯海湾上的一座城市，那里
爱奥里德斯[②]的儿子，息息福斯[③]，是人中间
最有手艺的人，曾经有一个时期他生活着，
他就是格洛柯斯的父亲，而格洛柯斯又是
贝莱洛丰特斯[④]王子的父亲，诸神曾经给予
王子以美貌和潇洒风度，以及勇武的性格。
不幸来到了一个日子，普洛阿陀斯[⑤]恨上他，

① 爱福拉：又译埃费瑞。
② 爱奥里德斯：又译埃奥洛斯。
③ 息息福斯：又译西叙福斯。
④ 贝莱洛丰特斯：又译柏勒罗丰。
⑤ 普洛阿陀斯：又译普罗托斯。

而宙斯偏偏又把他交给了普洛阿陀斯看管。
强权的国王把贝莱洛丰特斯赶出了阿谷斯，
因为王后安妲霞①看中了他，只想和他私通，
但他是忠贞的。她无法诱惑他，她就设法
给国王撒了一个谎：‘普洛阿陀斯国王呵，
贝莱洛丰特斯违背了我的本意，想诱奸我，
要是你不肯杀死他，我只好希望你死掉了。’
她的谗言使国王充满怒火，顾忌又使得他
并不想杀死他。因此他把他送到了利基亚，
让他带去了一个密封的讯息，普洛阿陀斯
要他把这个画满符号的信件交给他的岳父，
让他岳父来结果他的生命。不想他是有神
保护着的，当着船经过桑托斯河流，到了
利基亚的高地，利基亚国王优渥地接待他。
他款待了他九天，尽用献神的牺牲宴请他，
等到第十天的早晨，当黎明用玫瑰色手指
揭开东方的帘帏，他问讯了他，并看到了
他女婿写来的密件，一看之下便变了脸色。
他提出了第一个要求：要他的客人去格斗
和杀死一条狮头、羊身、蛇尾的吐火女怪。
好啦，他杀死了它，神仙给了他制服它的
方案。他的第二个考验是狰狞的野生蛮人，
沙漠魔怪。他从未经历过那样凶恶的一场
和蛮人的角力。好啦，他降伏了他。他的
第三个任务是和亚玛逊的女人大战了一场，

① 安妲霞：又译安特亚。

他也屠杀了她们。在他的归途中，国王又
设下了一支伏兵，都是精选的利基亚战士，
可是他们中间再没有一个能回到家里来了，
贝莱洛丰特斯将他们全杀了。这时国王才
看清楚了这青年人的神一般的神仙家族的
力量。国王接受了他，把他的女儿嫁给他，
给他王者的权力，利基亚还给了他最好的
土地，葡萄园，和耕地，和最肥沃的麦田。
国王女儿为他生了三个儿女：依桑德洛斯[1]，
希朴罗库斯，露达美雅[2]。至高无上的宙斯
和露达美雅睡在一起了，她生下了萨佩冬，
就是我们队伍中最英雄战士。可是有一天，
贝莱洛丰特斯也受到了神的谴责，他只好
愁眉苦脸的，独自在阿寥昂[3]的原野上咀嚼
自己的心脏，离群而索居了。依桑德洛斯，
他的儿子，是和沙漠魔怪的蛮人们作战时，
死在战神阿莱斯手上的。光火的阿蒂密斯[4]
射杀了露达美雅。但我可以很骄傲地说的，
希朴罗库斯是我父亲。他把我送来特洛亚，
要我勇敢地作战，要我做一个高贵的人士，
永不要辱没我家族的最初在爱福拉，后来
在利基亚的名声。这就是我的血缘和家史。”

---

① 依桑德洛斯：又译伊珊德罗斯。
② 露达美雅：又译拉奥达墨亚。
③ 阿寥昂：又译阿勒伊昂。
④ 阿蒂密斯：又译阿尔忒弥斯。

听说了这一切，英雄的狄奥默特满心欢喜，
他用手将长矛一掷，掷在放牧耕耘的土地，
使它直立在地面像一根杆子。他向年轻人
微笑，并且柔和地说道："你是我的朋友，
我的祖父是奥纽斯，事情虽是很久以前的，
也使我们成了朋友。他曾经在他的大厅里，
欢迎过贝莱洛丰特斯，他做客二十天之久。
他们彼此致送了纪念友情的、美丽的礼物：
祖父的赠品是一袭紫色的绣着雄狮的战袍；
贝莱洛丰特斯送给了他一只双环的金杯子，
它还在我家里，我来特洛亚时特地留下它。
我却不记得我的父亲杜透斯了，当初他随
亚开亚军队，在忒拜城战败时，我还很小。
但我是你的阿谷斯中的，有盟誓的朋友了。
以后我到利基亚，你将是我的唯一的朋友。
让我们从这场刀光剑影的战争彼此分离吧。
有很多的特洛亚人在等着我呢，而亚开亚
也有许多人等着你把他们来消灭，这都是
天上的神仙们，把他们放在我们的中间的。
让我们拿着彼此的铠甲，让周围的人知道
我们之间是有上一辈传下的友谊和盟约的。"
于是两人从车上跳下来，握住彼此的双手，
执行了盟协的规定，但宙斯却让格洛柯斯
短了一智，年轻人错把金铠甲换了铜铠甲，
错把九头牛的价值当作一百头牛的价值了。

现在赫克脱急忙忙地来到了斯该恩城门上，

特洛亚的妻子儿女们纷纷地前来，都问他
他们的朋友、儿子、丈夫和兄弟们的情况。
“向神仙祈祷吧！”他对他们一个个地说，
因为大多数都是悲哀的消息。他一直走到
泼利姆的幽静、高大，用砌琢石筑起来的
宫殿里，到处是圆柱，里面有五十个房间，
都是石块砌成的，一间又一间，泼利姆的
儿子住着，媳妇睡在他们旁边；另外走过
一个内院的庭院，还有十二个房间成一行，
也是磨光的细石砌起来的，住着泼利姆的
女婿和他们的妻子。向前走去时，他遇见
他的柔和的妈妈，正在和她最美丽的女儿
绿棣克[1]走上前来。她们都握住了他的手儿，
妈妈看着他说：“为什么你从战场回来了？
这些恶人，这些亚开亚人，围着我们的城，
攻打我们的城，把你累坏了，你爬上山岩，
向宙斯伸出你的手臂吧！慢来，我要给你
喝蜜酒，你先给宙斯给众神仙献上一些吧，
然后你再喝自己解渴的，酒可以解除疲劳，
你为了保护我们而作战，你已这样的疲劳！”

赫克脱这样回答，他头盔上的豪光闪耀着：
“不，我亲爱的妈妈，你不要让我喝酒了，
酒会使我的神经松懈下来，丧失我的锋芒，
我没有洗手，又怎么能向宙斯献上琼浆呢？

① 绿棣克：又译拉奥狄克。

我很害怕我这一身溅污了的血迹淋漓的人，
怎能对这呼风唤雨、集合云头的神仙致辞？
不，我要找你就是要你把老年的妇人找来，
拿着贡献，跑到‘士兵的希望’的雅典娜
神庙去，要挑选出一袭你们认为最可爱的、
最华丽的袍子，放到雅典娜女神的膝上去，
你们要向她保证，供奉母牛和从来都没有
受伤的十二头小牛，但愿她能够大发慈悲，
赦免我们的城市和妻子儿女所受到的灾难，
但愿她能阻止狄奥默特进入我们特洛亚城。
在追逐、杀戮上，她真可以比得上猛兽了。
你们快到雅典娜的神庙里去，向她祈祷吧，
她是‘士兵的希望’呵！至于我呢，我去
看看巴列斯，鼓动他，看他听我的话不听？
但愿大地在此刻就能吞没了他！灵山上的
神仙是利用他来害得我们好苦呵，泼利姆
和泼利姆的孩子们都被诅咒了。但愿我能
看到他沉沦到幽冥界中去，那样，我就会
感到我的苦难已得到一些解脱。”赫克脱
这样说罢，母后走进了她的宫殿。她吩咐
她的侍从，把城里的一些妇女去召集拢来。
希鸠白自己，却走下楼，到了底层的满是
杉木芬芳的贮藏室中，锦袍就放在那里面，
那是西敦纳[1]女人所刺绣，阿历克桑德罗斯
给她购买的，就是那年他受命航行出海去，

---

① 西敦纳：又译西顿。

却掳回来了海伦，她可是一位珍贵的王后。
母后取出她的一袭最可爱、最豪华的锦袍，
它闪闪如同深蓝穹隆中的繁星一样的耀眼。
她拿了这件贡品要献给雅典娜，许多妇女
尾随着她前行。在卫城上的雅典娜神庙是
安台诺大人的妻子，高贵的基苏斯[①]的女儿，
忒阿娜[②]给她开了门。现在众人高声祈祷了，
并且伸出了她们的手臂，忒阿娜则庄重地
收下了献礼，把它放在秀发雅典娜的膝上。
然后她向这位女神，作出了这样的恳求来：
“女神呵，特洛亚的崇高的朋友呵，求你
折断狄奥默特的长枪呵！求你让我们亲眼
看到他被你重重地摔死在斯该恩的城门上！
在这个祭坛上我们要献给你十二头肥胖的
没有受过惊的小母牛！但愿呵！你开恩呵！
救救特洛亚人，救救他们的妻子和孩子呵！”
这就是忒阿娜的祈祷，但却是徒劳无益的。
灵山上的雅典娜别转了头，没有给予理睬。

在神坛上进行祈祷的时候，赫克脱走进了
由阿历克桑德罗斯自己和当时特洛亚城中
最有才智的人一起建造在城中心的上方的
一座美丽建筑物。大厅，卧室，整个庭院，
它就建筑在泼利姆和赫克脱的宫殿的近旁。

---

① 基苏斯：又译基塞斯。
② 忒阿娜：又译特阿诺。

现在宙斯所喜欢的赫克脱走了进去，手中
拿着一支十一臂长的标枪，它的黄铜枪尖
灿烂地发光，像他脖子上的那一副金项圈。
他看到他的弟弟正在他的卧室中。手舞着
一把大刀，拿着一个盾牌，还试着挽大弓，
海伦的她的随从妇女却坐在一旁从事女红
和精美的编织。赫克脱看着他，为了羞他，
他说：“很不宁静的灵魂，为何独自哀伤？
我们的士兵正在他们战斗的地方，绕着城，
在城墙的底下，一个一个地受伤和死去呢，
战斗的烽火和喊杀的声音，都是因为你的
缘故，而像海潮样地凶猛地冲向这座城市。
你要是见到从战场上回来的人不骂你才怪，
起来行动吧，不要等火把来燃烧这座城了。”

像天神一样光彩夺目的阿历克桑德罗斯说：
“呵，赫克脱，你这番话并不是不公平的。
但让我来说一说，你得把我的话听完才好，
我绝不是因为对特洛亚有什么不快的心意，
所以才这么长久地，坐在卧室里不露面的。
我宁可早点面对我的不幸。刚才我的妻子
就用她的温柔的语言劝告我回到战场上去。
我也觉得这样最好。胜利先属于这个女人，
然后又属于那个男人。好吧，你等一等我，
让我穿上铠甲，或者你先走，随后我就到，
我想我能够赶上你的。”他这样说完之后，
头顶戴着闪光的头盔的赫克脱也没有别的

话要说了，但这时迷人的海伦却轻声说道：

“我亲爱的兄弟，一个失节的女人，又是
不幸的女人的兄弟，那是多么可怕的一天，
我母亲生下了我，为什么不吹来一场狂风
把我吹到一座荒山，或吹到大海的波涛中，
免得后来我遭到这样痛苦的灾难的日子呢？
不过这也是神仙做的主，我是无能为力的，
但我也盼望我可以有一个更好一点的丈夫，
而不要现在的这一个，他是没有什么志气，
永远不会有志气的，他自然会有他的下场，
我却要一个更有男子气概，像你那样的人，
你到这卧榻上来和我一起睡，亲爱的兄弟，
因为我的失节，也因为他的疯狂，使得你
你受了最大的累赘和辛苦，我们的所有的
遭遇的痛苦和烦恼，是宙斯给我们安排的。
但愿我们俩可以永远流传于未来的歌唱中。”
赫克脱摇了摇头，他的头盔闪闪，他说道：
“不行，海伦，不要让我休息了，我知道
你是很喜欢我的。我没有时间了，我急于
要到战场上去参加战斗了，我不在这里就
在那里留下了一个缺口。你的任务是催他，
让他感到他必须赶紧来和我会合。他倒是
有时间。我必须回家看看我家里人和孩子。
谁知我还有没有可能再见到他们，也可能
我会在不朽的神的意志下给亚开亚人击毙。”

他转身急忙忙地进入他家的门口，却发现
安陀萝曼齐公主不在家。带着她的保姆和
小婴儿她站在依利亚城的高塔上，流着泪，
为所见到的一切而哀悼。这时赫克脱停在
门口，高声叫唤侍女："请你马上清楚地
告诉我，我女人安陀萝曼齐到哪儿去了呢？
去看我的姐妹了？或是去看我的嫂子去了？
还是到雅典娜神庙了？听说特洛亚的女人
都去那里跟神仙请愿了。"厨房里的女人
回答："清楚地回答你，她不是去看你的
姐妹，或是嫂子，也不是去雅典娜的神坛，
那里别的一些人在向女神请愿。她跑出去了，
到依利亚城的大方塔上，因为她听说了
我们的人在战斗中被亚开亚人折损了不少，
她像一个发了疯的女人赶紧到城墙那里去。
她去了，保姆也去了，把孩子也带出去了。"

这样他连忙从他的家屋退出，原路经过了
整齐的街市，穿过城邑，去到上战场必定
经过的斯该恩城门：那儿，结好了果实的
他爱妻向着他一直线地奔了过来。他的妻，
安陀萝曼齐，是森林地的泼拉各斯[1]的下面，
忒拜城的英明国君安蒂盎的女儿；安蒂盎，
吉利吉[2]的首领，带甲的赫克脱娶了他女儿。
现在她向他直奔，跟来了奶妈，胸上有个

---

① 泼拉各斯：又译普拉科斯。
② 吉利吉：又译基利克斯。

温暖的天真烂漫的婴孩在吃奶。是赫克脱
心爱的宝贝，美丽得好像一颗星，名字叫
斯卡曼德，河流的名字，但特洛亚人却
叫他“救星”，大家都知道只有他父亲能够
保护特洛亚城。于是赫克脱欢笑着、望着
他却不说话。安陀萝曼齐紧靠着他的站着，
她哭了，握着他的手在她手中，然后她说：
“夫君呵，你这样英勇，这反而毁了你了。
你孩子可怜了，我也可怜了。我极不快活，
不久后我就是寡妇了。希腊人将要围着你，
扑向你，把你杀死了。要是我跟你永别了，
我再没有一点儿快乐了。所剩的只是悲伤，
我还是葬在土里来得更好。倘若你死了呵，
父亲母亲我已没有，英雄阿基勒斯杀死了
我的父亲。当他攻破吉利吉那人烟稠密的、
快乐的、高大的忒拜的城垣时，他杀死了
安蒂盎，但这是阿基勒斯一个永远的耻辱，
因为他解不下他的盔甲，将他连同了他的
盔甲一起活活地烧毁。他的坟堆上，到处
生长榆树，由宙斯的女儿山泉女神来灌溉。
我一家七弟兄，他们是同一天被送进地狱，
他们是矫健的阿基勒斯杀死在小牛和绵羊
中间的。然后他把他掳到的珠宝和我母亲
一起带走，直到付出了一大笔赎款，总算
释放了这位曾经是浓荫的泼拉各斯的皇后。
后来我的母亲回到了娘家去，却还是死在
猎神阿忒密斯的手下。所以你呵，赫克脱，

你是我的父亲、母亲、兄弟、主人，又是
我亲爱的丈夫，你可怜我呵，你留下来守
城门吧。守住城门，以免孩子变成孤儿呵，
免得我变成孤孀。你就站在这无花树底下，
号令人民守城。这是城墙中最弱的一段城，
这是敌人最容易进城的一处地方，在这里，
精锐的敌人已经三次进攻过了，有爱亚斯，
有依陀曼纽斯，还有阿特丽柔斯的两兄弟，
以及杜透斯的英勇的儿子，好像是有什么
未卜先知的人告诉他们要攻这儿，也许是
他们的智力也已经发现了这一个薄弱环节。”

头盔上豪光四身的赫克脱回道：“爱妻呵，
这些话使我心沉重。可是，如果我也怕死，
而逃避了战争，我想这种行为很是可耻的，
我还有什么面孔来见特洛亚的人民和他们
穿着长袍子的妻女？我心里不许我这样做。
崇高是什么意思？除非是站在特洛亚将士
最前锋，赢得我父亲和我自己一世的英名。
然而我知道这一天终归是要到来的，那时
特洛亚已经沦亡了，泼利姆的朝廷毁灭了，
手执干戈，保家卫国的战士和人民都完了。
真使我心辛酸的，并非特洛亚百姓的厄运，
也非希鸠白母后，泼利姆父王，众兄弟的
悲怆，也并非许多勇敢就义的战士的丧亡，
他们是应当倒下在敌人面前的！但是他们
怎么能和你，哭哭啼啼地被披甲的希腊人

拖走，把你一直地拖到阿谷斯，在别人的
纺织机上纺织，还要挨受主人家的重重的
鞭挞，还要供人家使唤，在那些曼西斯[1]的，
希泼莱[2]的泉边替人家担水做苦工。有人会
看见你脸上流眼泪而说：‘她是赫克脱的
妻子，那是过去的事了。我们包围了那座
特洛亚城，在骑射著名的特洛亚众英雄最
前面，就站着她的丈夫。’你听到这话时，
你又哭了。因为你会想到，假如我还在世，
手铐和脚镣就一定不会铐上我们的手和脚。
别让我听见你，知道你已经是奴隶而哭泣，
宁可我早一点战死，宁可我早日葬入黄土。”

这样说完，高贵的赫克脱向孩子伸出了手，
可是孩子稍稍地受惊了，他缩进了奶妈的
胸前的衣襟里，怕看见父亲的模样这么凶，
更怕那铠甲和头盔上的会摇动的铁的罩子。
可是双亲都笑了起来。赫克脱就卸下他的
头盔，把它放在地上，任它自己去闪耀去。
他吻了他的孩儿，把他抱过来，将他举起，
同时向宙斯和天上的众神仙祈祷：“宙斯
和众神，祈求你们允许我这个孩儿，将来
英勇无比，像他的父亲，成为特洛亚圣君。
当他从一场恶战中回来时让看到他的人们
都说，‘他比他父亲还英勇’。祈求你们

① 曼西斯：又译墨塞伊斯。
② 希泼莱：又译许佩瑞亚。

允许他长生不老，允许他总是能击倒强敌，
让他的妈妈，因有这样的孩子而快乐无比。”
说完，他把这孩子放回到他爱妻的手臂中，
她又把他紧紧地拥抱在她的馥郁的酥胸上，
一边儿眼中流着泪，一边儿口上还含着笑。
她丈夫十分怜惜地揩干了她的面颊，说道：
“心爱的，你不要忧愁了，除非我是命该
如此，否则没有人能够送我进地狱，可是，
哪一个懦夫或勇士能够逃避他的命运的呢？
你回家去吧，坐在织布机或者纺纱机前面，
你还是去忙着吧，也要吩咐侍女们勤劳些。
战争，那是男人们的事情，也是特洛亚的
大军的统帅的，我的事情。”这样说完了，
伟大的赫克脱又拿起有羽翎的头盔，而她，
一边走，一边又回头，流不尽滚烫的眼泪。
她很快地回到了赫克脱的整洁的房子里面，
和侍女们在一起，她们一看见她都哭起来，
在赫克脱的家里她们都为他伤心，现在他
还是活着的，但是她们都担心，怕他不能
活着的从战场上，从亚开亚的怒火中回来。
巴列斯在这同一时候，也并没有拖拖拉拉，
穿上了他的金光闪亮的铠甲，大步大步地
奔过特洛亚街道，步履之坚定，好比一头
被苜蓿草和大麦豢养的骏马，生气勃勃的，
在马厩内，雷声隆隆地蹦跳得挣断了缰绳，
飞驰经过一片田野，到一条河流里，每天
例行地洗了澡，洗得精神气爽，自由自在！

马头举得高高的，披肩上的鬣毛飞了起来，
他那姿态美妙的膝盖简直妙不可言，带他
走过群马腾跃的牧场，这就是泼利姆之子，
巴列斯，从佩加莫斯的高处跑下来的神气，
他的黄金铠甲燃烧着有如红色的太阳一样，
他大声笑着。他富有弹性地走着，很快地
赶上他的兄弟，他因为和妻子长久地说话，
较迟地离开那里。阿历克桑德罗斯对他说：
“好兄弟，我没有耽误了你吧，你等我了？
我不是像你要求的哪，及时到了你这儿啦？”

戴着闪光的头盔的赫克脱，这样地回答道：
“好奇怪的人呵，没有哪一个公平的人会
轻视你在战争中的灵巧的本领的，你确有
很强的臂力，但你很容易松劲，一会儿就
没有兴趣了，也就没有决心了。那么多人
为了你的缘故使了那么大的劲，当我听到
他们说到你就表示愤慨时，我总感到心痛。
好吧，我们一起走吧，希望有一天你能够
补偿过来，只要我们能把亚开亚人，赶出
特洛亚的土地去，但愿宙斯能够允许我们，
那时我们将在大厅里，对着天上的众多的，
不朽的永生的神仙，高举起庆解放的酒杯。”

原文 513 行，译文 500 行

一九九二年十一月十三日译出初稿

一九九二年十一月十日初校定稿

出版说明

本书精选徐迟先生的散文、诗歌、译作等文章，在编选过程中参考了《徐迟文集》，其中最后一章关于《荷马史诗》的部分为首次出版。为尊重并保持先生作品原貌，除修改基本文字错误外，编者适当加了一些注释，其余未作改动，特此说明。

图书在版编目（CIP）数据

孤单又灿烂的人生 / 徐迟著. -- 北京 : 北京联合出版公司, 2020.1

ISBN 978-7-5596-3816-8

Ⅰ. ①孤… Ⅱ. ①徐… Ⅲ. ①中国文学 – 当代文学 – 作品综合集 Ⅳ. ①I217.2

中国版本图书馆CIP数据核字(2019)第257322号

孤单又灿烂的人生

作　　者：徐　迟
责任编辑：管　文
封面设计：尚燕平

北京联合出版公司出版
（北京市西城区德外大街 83 号楼 9 层　100088）
北京时代华语国际传媒股份有限公司发行
北京中科印刷有限公司印刷　新华书店经销
字数 220千字　690毫米 × 980毫米　1/16　18印张
2020年1月第1版　2020年1月第1次印刷
ISBN 978-7-5596-3816-8
定价：48.00元